AF599593

altamarea

Primera edición en esta colección: agosto de 2024
Título original: *Gli zii di Sicilia*

altamarea.es
altamarea@altamarea.es

Diseño de la colección: Sara Maroto Hebrero
Corrección: Claudia D'Amico, Laura Arias, Carmen Acedo y Alba Sánchez

ISBN: 978-84-19583-60-4
DL: M-14940-2024

Questo libro è stato tradotto grazie a un contributo del
Ministero degli Affari Esteri e della Cooperazione italiano

Este libro ha sido traducido gracias a la Ayuda a la traducción del
Ministerio de Asuntos Exteriores y de la Cooperación italiano

Impreso en España por Solana e Hijos Artes Gráficas en junio de 2024

LEONARDO SCIASCIA

Los tíos de Sicilia

NARRATIVA

La tía de América

I

Filippo silbó a las tres de la tarde. Me asomé a la ventana. Desde la calle chilló «¡ya están aquí!». Bajé deprisa las escaleras, mi madre me gritó algo a mis espaldas.

Por la calle, bajo un sol cegador, no iban ni los perros. Filippo estaba medio escondido en el portón de la casa de enfrente. Me contó que en la plaza estaban el podestá, el arcipreste y el *maresciallo,* y que esperaban a los americanos, que un campesino había dado la noticia: estaban en el puente del Canalotto.

En la plaza, en cambio, había dos alemanes. Habían desplegado en el suelo un mapa y uno de ellos marcaba una carretera con un lápiz, pronunciaba un nombre y levantaba la vista hacia el *maresciallo,* que decía «sí, de acuerdo». Luego, plegaron el mapa y fueron hacia la iglesia. Bajo el pórtico había un coche cubierto con ramas de almendro. Sacaron un pan, algo de jamón. Pidieron vino. El *maresciallo* mandó que un *carabiniere* trajera una garrafa de casa del arcipreste. Los tenían sobre ascuas aquellos dos alemanes que comían tranquilos, tenían miedo y estaban impacientes, tanto que el arcipreste consintió en deshacerse de una garrafa de vino. Los alemanes comieron, se acabaron el vino y encendieron los puros. Se fueron sin ni siquiera despedirse. El *maresciallo* reparó entonces en nosotros, nos gritó que desapareciéramos de allí y amenazó con patearnos el culo.

De americanos, nada de nada. Eran alemanes, quién sabía cuándo iban a llegar los americanos. Para consolarnos, fuimos al cementerio, que estaba en alto y desde allí se veían los aviones de doble cola caer en picado sobre la carretera de Montedoro y ascender de nuevo mientras en la carretera aparecían nubes negras; luego, se oía un ruido como el que hacen los botijos cuando se rompen. Quedaban los camiones negros en la carretera, se hacía el silencio, y los de la doble cola volvían y ametrallaban. Era bonito ver cómo se lanzaban en picado y luego, de repente, verlos otra vez en el cielo. A veces nos pasaban cerca, y saludábamos con la mano al americano que creíamos que nos miraba. Pero aquella tarde trajeron al pueblo a un carretero despanzurrado y a un niño de nuestra edad herido en una pierna, había saludado con la mano, pero el de la doble cola venga a ametrallar. Los de la doble cola hacían tiro al blanco, disparaban a las gavillas de trigo, a los bueyes que pastaban en los rastrojos. Al día siguiente, por la mañana, Filippo y yo fuimos al campo en el que hirieron al carretero, encontramos por todas partes casquillos gordos como los del calibre doce que usa mi padre. Nos llenamos los bolsillos. Todo el campo para nosotros, silencioso y resplandeciente. Los campesinos no podían salir del pueblo, los militares bloqueaban los caminos. Nosotros cogíamos un camino de cabras que nos llevaba a una cantera y luego a campo abierto. En los árboles había almendras con la piel aún verde y áspera, dentro blancas como la leche: las llaman almendrucos; y las ciruelas de mayo que se pegan al paladar, agrias, todavía verdes. Cogíamos todas las que podíamos acarrear y las comerciábamos luego con los soldados, que a cambio nos daban cigarrillos Milit. Los

Milit eran nuestra riqueza, durante un año fueron un gran recurso. Los hombres fumaban todo lo que pillaban en aquel tiempo. Mi tío probó con las hojas de parra mojadas en vino y secadas en el horno, con las hojas de berenjena salpicadas con vino y miel y luego secadas al sol, con hojas de alcachofa maceradas al vino y luego horneadas, por eso por un Milit pagaba hasta media lira. Yo ponía primero el precio, pedía un anticipo, luego me hacía con los dos o tres cigarrillos de la jornada. Por la noche intentaban volver a agenciarse el dinero o buscaban más cigarrillos. Yo fingía dormir y veía que sacudían las ropas, hurgaban en los bolsillos. No encontraban nunca nada, intentaba gastar siempre hasta el último céntimo antes de volver a casa, y si me quedaban cigarrillos los escondía en la entrada, en el paragüero. Nadie quería enfadarse conmigo por razón de los cigarrillos que le procuraba a mi tío. Cuando mi padre se enfadaba conmigo porque me comportaba como un usurero, el tío lo tranquilizaba por miedo a que el comercio se acabase. Mi tío daba vueltas por la casa y decía siempre «si no fumo me muero», me miraba con odio y luego, dulcemente, me preguntaba si no tenía un Milit. Una vez, un soldado que vino de Zara a buscar dos huevos que yo había robado en casa me dio un paquete con veinte Serraglio; mi tío me dio doce liras. Por la noche no me quedaba un céntimo, mi padre casi me mata, pero mi tío me protegía, estaba obligado a hacerlo porque, si no, al día siguiente no iba a ver el cigarrillo ni siquiera después del café de malta, que era el momento en el que la necesidad de tabaco lo volvía loco. Desde que sonaron las campanas a rebato, y desde que en la calle llegaban gritos de que los americanos estaban en Gela, mi tío hacía locuras, y los Milit los subí a una lira. Al tercer día de emergencia, el bedel de la escuela, al pasar, le gritó a mi tío, que estaba asomado a la ventana, «¡los hemos detenido! En Favarotta, los alemanes han atacado, una masacre», y mi tío entró en casa a los gritos de «¡entre la arena y mar, lo decía el Duce, entre la arena y el mar!», y declaró que no iba a pagar más de media lira por un cigarrillo. La noticia era falsa, y aquella noche se restableció el precio de una lira.

Filippo le vendía los cigarrillos a su hermano, y al camarero del círculo de los nobles, que luego se los vendía a algún noble, y aún ganaba algo. El dinero nos lo jugábamos con otros chavales a raya, o a cara o cruz, comprábamos unas gachas de algarrobo, y había cine todas las tardes. Filippo tenía una habilidad particular para acertarle con un escupitajo a una moneda puesta a diez pasos, al hocico de un gato al sol, a la pipa de los viejos que charlaban ante el círculo del Mutuo Soccorso. Yo fallaba en el blanco por más de un palmo, pero en el cine ya iba bien así, no te podías equivocar. Era un teatro viejo, e íbamos siempre al gallinero. Desde allí arriba, a oscuras, pasábamos dos horas escupiendo a la platea, en oleadas, con algunos minutos de intervalo entre un ataque y otro. La voz de los atacados se alzaba violenta entre el silencio con el «tu puta madre». Se hacía el silencio, el tapón de una botella de gaseosa y luego, otra vez, «tu puta…» y la voz del guardia urbano subía amenazante desde aquel pozo oscuro: «Si voy yo os muelo a palos, como hay Dios», pero nosotros sabíamos que no iba a subir al gallinero. Cuando en la película había escenas de amor empezábamos a jadear bien fuerte, como poseídos por un deseo incontenible, y hacíamos el ruido que se hace al chupar caracoles, que quería ser el sonido de los besos; era algo que, en el gallinero, hasta los mayores hacían. Y también eso provocaba las quejas de la platea, pero con cierta indulgencia y compasión, «¿qué les pasa, se mueren? No han visto una mujer en su vida, estos hijos de puta», sin sospechar que buena parte del jaleo lo hacíamos nosotros, que las escenas de amor de las películas nos daban ánimos para escupir a aquellos merluzos que miraban con ojos de lechuza.

Pero en los días de emergencia el cine estaba cerrado. No se podía ir por las calles sin el permiso por escrito del *maresciallo.* Mi padre lo tenía para ir al despacho; en las calles desiertas solo se veían *carabinieri* y soldados. En las escuelas, los soldados estaban acostados en los catres, jugaban a morra, se cagaban en todo y pasaban hambre. El mayor con la perilla blanca que mandaba no se dejaba ver, tampoco el capitán ni el teniente. Había un sargento mayor que iba de aquí para allá aburrido, cuando no tocaba la corneta como un condenado. Cuando había cine, ninguno de ellos tenía ganas de ir, pues aquí había solo cine mudo, y a ellos les parecía cosa de risa. Ahora ni tan siquiera había cine. Al alba del 10 de julio tocaron a rebato las campanas y el pueblo se quedó vacío como una caracola. La vida tenía un sonido vacío e indescifrable, como el que hace una caracola cuando la acercas a la oreja: la gente encerrada en casa, las tiendas con la persiana bajada como cuando pasa un cortejo fúnebre, y un murmullo de espera, de ansiedad. Nosotros caminábamos pegados a las paredes, de portón en portón para evitar que nos vieran los *carabinieri.* Era estupendo aquel pueblo vacío y lleno de sol, jamás habíamos oído el ruido de las fuentes tan fresco y agradable, y los aviones relucientes que vibraban en el cielo, que también nos parecía vacío y lejano. Teníamos la impresión de que los americanos no quisieran venir a este pueblo tan silencioso, tan muerto, que prefirieran cercarlo y dejarlo así, con el ansia de la espera, como si les bastara con mirarlo desde lo alto, blanco y silencioso como un cementerio.

El padre de Filippo era carpintero. Había sido socialista, lo llamaban a menudo al cuartel y allí se lo tenían unos días.

Cuando veía a los militares, Filippo decía siempre «cornudos» y, cuando podía, les condecoraba la espalda con escupitajos. Por eso esperaba a los americanos, su padre quería darse el gusto de ver cómo iban a irles las cosas a esos cornudos que lo encerraban en el cuartelillo. Aunque mi padre nunca habló mal de los fascistas, yo estaba con Filippo, con su padre que tenía un taller que olía a madera y barniz y, fuera, el tarro con la cola que humeaba sobre el hornillo, un humo dulzón que me dejaba buen sabor de boca. Yo también esperaba a los americanos. Mi madre contaba cosas de América, tenía allí una hermana rica y con un *estore* grande, y cuatro hijos, y uno ya mayor que podía estar entre los soldados que esperábamos. Y América era para mí el *estore* grande de mi tía, una tienda como la piazza del Castello y llena de cosas buenas, y el hijo militar de mi tía que nos traía también cosas buenas, y que era sin duda bueno con el *fait*, y sabía contar cosas del *estore* y cascarles *fait* a los cornudos que le señalara el padre de Filippo.

Pero los americanos no acababan de llegar. Quizá se quedaron en el pueblo de al lado, se estaban en los catres y jugaban como nuestros soldados, que gritaban números y sacaban dedos fuera del puño cerrado, blasfemaban y decían que iban a acabar prisioneros. Un día nos pidieron ropas viejas, pues querían vestirse de civiles para no acabar presos. Se lo dije a mi madre, y me dio toda la ropa vieja de mi padre y de mi tío; también Filippo llevó algo. Los soldados se alegraron, los que se quedaron sin ropa se pusieron a buscarla. Me gustaba, quería decir que los americanos estaban al llegar, de verdad.

El día que dijeron que los americanos estaban a las puertas y, en cambio, eran dos alemanes de paso, se difundió la noticia misteriosamente por el pueblo: mi padre y mi tío se lanzaron a quemar carnets fascistas, retratos de Mussolini, folletos sobre el Mediterráneo y el Imperio, los distintivos y las jarreteras de los uniformes los tiraron al tejado de la casa de enfrente. Pero, a la mañana siguiente, igual de misteriosamente se difundió el rumor de que los alemanes, esta vez iba en serio, devolvían al agua a los americanos, entre Gela y Licata. El secretario político, que hacía días que prudentemente se estaba en casa, volvió a salir. Lanzaba miradas que, según mi padre, iban dirigidas al ojal con la insignia del escarabajo y, si no veía el escarabajo, te miraba a la cara con reprobación y gélido desprecio, como si avisara de que se iba a acordar, implacablemente, de todos los cobardes que habían tirado las insignias al tejado del vecino. Mi padre no creía que los alemanes fuesen a arrojar de verdad al mar a los americanos, pero las miradas del secretario político le molestaban. Nos propuso a Filippo y a mí que recuperáramos los distintivos que había en el tejado, y nos prometió dos liras. No era difícil, pero mi madre tenía mucho miedo, e imprecaba contra el fascismo y las insignias. Podía permitir que Filippo, que según ella era más ágil y fuerte, subiera al tejado, pero no su hijo, que tenía las piernas como palillos y tomaba pastillas de calcio. Filippo se sentía halagado, pero no las tenía todas consigo; a mí me apetecía subir al tejado. Pedí el pago por adelantado, mi padre me pagó entre insultos. Cogimos la escalera de palo y subimos al tejado. Mi padre guiaba la caza desde la ventana de casa, «¿sois ciegos o qué, no veis esa que reluce?, a la derecha, detrás de ti, delante de los ojos la tenéis; no, más a la izquierda».

Paseábamos descalzos por el tejado, y allí nos estuvimos una vez encontradas las insignias.

Para mi padre supuso una pérdida neta de dos liras: en aquel momento entraron los americanos y tuvo que hacerlas desaparecer, pero esta vez se las dejó más a mano, las enterró en la maceta del perejil.

Paseábamos por los tejados cuando nos sorprendió un vocerío, como una radio encendida de repente cuando retransmiten los partidos de fútbol en el momento en el que están a punto de marcar un gol. La maravilla que era que en el pueblo silencioso explotase aquel griterío nos dejó de piedra, pero enseguida entendimos el porqué. Bajamos a toda prisa por la escalera, metimos los pies en las alpargatas que habíamos dejado en la calle y, pisando con el talón para ver si entraban (siempre nos daban alpargatas pequeñas), nos vimos al final de la calle mientras mi madre gritaba que nos quería en casa, que podían disparar, que nos iban a raptar, que había negros, que vete a saber dónde se nos iban a llevar.

Una muchedumbre, en la plaza, gritaba y aplaudía, pero entre todas las voces se oía la del abogado Dagnino, un hombre alto y robusto que yo admiraba por cómo lanzaba los viejos *«¡eia!»,* que ahora gritaba «¡viva la república de las barras y estrellas!» y aplaudía. Carreteles de vino iban de mano en mano sobrevolando el gentío: seguimos el camino y nos encontramos con los americanos, eran cinco, llevaban gafas de sol y fusiles de cañón largo. El párroco de San Rocco, en pantalones y sin alzacuellos, hablaba con ellos (pálido y sudado) y repetía *«plis, plis»,* pero los americanos no le prestaban atención, parecían borrachos, miraban alrededor y fumaban nerviosamente. Se ofrecieron con dulce violencia a los soldados vasos de vino, y los rechazaron. El abogado Dagnino estaba de pie sobre una de las sillas del círculo y no dejaba de proclamar «¡viva la república de las barras y estrellas!», y el padre de Filippo vino a buscarnos entre la gente y se nos llevó, y nos decía por el camino «venid a casa, ya veis cómo grita ese cornudo, han salido de sus madrigueras todas las carroñas». A mí me parecía que estaba bien que incluso el abogado Dagnino se pusiera a gritar, contento, «¡viva la república de las barras y estrellas!» como tiempo atrás, desde el balcón de la estación, gritó «¡Duce, por ti daremos la vida!». El abogado Dagnino, siempre que eran días de fiesta, gritaba. No entendía yo por qué el padre de Filippo, que tanto esperó a los americanos, no les hacía fiestas y nos sacaba de allí, y tenía la cara pálida y huraña, la mano —que notaba temblar— apoyada en el hombro.

Llegados a la carpintería dije «me voy a casa», y me fui. No quería perderme nada de la fiesta. Vi que, en la plaza, los americanos habían conseguido que los dejaran en paz. Llevaban los fusiles inclinados como cuando mi padre, por el monte, esperaba el paso de las calandrias. La gente se arremolinó debajo de la Casa del Fascio y, con palos, querían tirar las insignias, pero estaban enganchadas a las rejas del balcón. Ayudaron a uno para que se subiera hasta allí, apenas alcanzó el balcón aplaudieron. Las insignias cayeron con estrépito, las pisotearon, las patearon y las arrastraron por la plaza. Los americanos miraban, hablaban entre ellos y no le hacían caso al cura que decía *«plis, plis»,* y el abogado Dagnino (que había dejado de gritar) se acercó a la patrulla y le decía algo al oído a aquel que llevaba las franjas negras en la manga, que quizá era el cabo. Luego, apareció el brigadier con cuatro *carabinieri,* los fusiles de los soldados los apuntaron. Cuando estuvieron cerca, un americano se les acercó por detrás a los *carabinieri* y les quitó las pistolas con destreza. Y un nuevo aplauso. «¡Viva la libertad!», gritó el abogado Dagnino. De repente, una bandera americana se izó entre la gente, la ondeaba con fuerza el bedel de la escuela elemental, un hombre que todos los sábados por la tarde se paseaba por el pueblo con el uniforme fascista y que lucía la insignia roja de los escuadrones violentos; un tipo que, cuando se enfadaba, la emprendía a patadas con los chavales en el patio de la escuela y de quien el director decía a los padres de familia que iban a protestar: «Qué queréis que haga, este buen hombre es intratable, un día me pone la mano encima a mí: estuvo en la marcha del 22, el Duce hasta le ha regalado una radio». Ahora, ondeaba la bandera americana y gritaba «¡viva América!». Pero los americanos ni fijarse en la procesión que se montó tras la bandera. Hablaron con el cura y el cura le dijo al brigadier «quieren que usted vaya con ellos». El brigadier dijo que sí y se fue con la patrulla. Si hubiese estado allí Filippo los hubiéramos seguido, pero yo solo no me atreví. Me quedé a mirar el gentío, al lado de los cuatro *carabinieri* desarmados, que no sabían a dónde mirar; parecían perros apaleados.

Luego, aparecieron por todas partes blindados y camionetas. La multitud les dejó paso entre aplausos. Los soldados lanzaban cigarrillos al gentío, alguno hacía fotografías.

No sé cómo, de improviso, vi que de dentro me nacía un torrente de llanto, quizá por los *carabinieri,* por la bandera que ondeaba la gente, por Filippo y su padre que se quedaron solos en el taller, por mi madre. Me asaltó de repente, como si no fuera a encontrarla como la dejé, la angustia por mi casa. Corrí por la calle llena de un griterío festivo y, cuando cerré la puerta a mis espaldas, me sentí como si estuviera en un sueño, que alguien lo soñase y que yo viviese en ese sueño; subí cansado las escaleras y un amasijo de llanto me tenía el corazón en un puño.

Mi padre hablaba de Badoglio. Mi tío, tan abatido que parecía un saco de serrín, se animó al verme entrar, sacó del bolsillo un paquete de cigarrillos, Raleigh, con un hombre barbudo, y con tono impostado, con voz de hipócrita dulzura, me preguntó «¿cuánto me cobrarías por un paquete así?».

Me eché a llorar. «Llora —dijo—, que se te ha acabado el juego, aunque me condenen a muerte, estos no le niegan a nadie el tabaco».

—Déjalo en paz —dijo mi madre.

Pegaron carteles en la plaza. Uno decía *«I, Harold Alexander…»*, y mi padre dijo que reclamaban las escopetas, las pistolas, hasta los sables. Otro cartel decía que los soldados tenían que mantener las distancias con el pueblo, pero los soldados (evidentemente) no hacían caso. Al atardecer, la plaza estaba llena de jeeps, los soldados iban en busca de mujeres, las llevaban a los bares y bebían, sacaban de los bolsillos puñados de billetes, los tiraban encima de la mesa y bebían a morro. Se sentaban a las mujeres en las rodillas y bebían. Eran mujeres feas y sucias, de desconcertante fealdad. Había una a la que en el pueblo llamaban «Bicicleta», que andaba como si uno pedalease en subida, y a mí me parecía más bien un cangrejo. Y aquellos se la sentaban sobre las rodillas, iba de un soldado a otro, le metían la botella en la boca y ella oscilaba ebria, hablaba palabras obscenas. Los soldados se reían; luego, como si fuera un saco, la echaban en el jeep y se la llevaban. Muchos soldados hablaban en dialecto siciliano. Al principio creíamos que no entendían el dialecto, quizá los primeros que vinieron, que eran de una división que se llamaba Texas; quizá estos no nos entendían. Pero sucedió luego que un americano pidió en un bar una botella, señaló con un dedo la que quería e hizo el gesto de pagar. Un joven que estaba en el café le dijo al dueño «pídele diez dólares», y el americano se volvió enfadado: «Pídele diez dólares al cornudo de tu padre», y lo dijo en dialecto.

Alimentada con los dólares con el sello amarillo y de Amlire, la rufianería local estaba en su salsa. Algunos procuraban a los soldados encuentros con mujeres más «discretas», las que nunca irían a los cafés, que temían el ojo alcahuete de la gente y, especialmente, el de por sí desconfiado de las suegras; eran mujeres que tenían al marido fuera del pueblo. Para ver a estas mujeres, los americanos venían avanzada la noche y, para vaciar el pueblo y que no se supiese que en algunas casas se recibían hombres, a esas horas, los soldados se montaban un tiroteo espantoso. Esta buena idea se les ocurrió a los chulos, y era tan buena que luego la utilizaron los del estraperlo para aprovechar y cargar y descargar los camiones sin ser vistos. A la hora del tiroteo se metían todos en casa, ni siquiera se asomaban al balcón a tomar la fresca, pero mi tío se obstinaba en sentarse en el balcón, creo que lo hacía por curiosidad, él decía que lo hacía porque se ahogaba de calor, hasta que oyó silbar una bala cerca de la oreja, que se metió dentro de golpe mientras repartía juramentos. Pero esta precaución de los americanos para preservar el honor de las mujeres «discretas» no servía de mucho: se sabía igualmente qué mujeres abrían la puerta y bastaba con una discusión en la fuente, una de esas discusiones en las que para coger agua se hace una violenta declaración de preferencia, para que acusaciones bien detalladas (día, hora y nombre del macarra) explotaran en el pueblo. Nosotros dos estábamos informadísimos: Filippo conocía las de su barrio, yo las del mío. Lo que las mujeres hacían con los americanos, lo que un hombre podía hacer con una mujer, quedaba para nosotros en una fantasía nebulosa. Que las mujeres se desnudaban lo sabíamos. Íbamos a menudo a Mattuzzo, a la fuente de los chorros, a mirar escondidos tras unas zarzas las piernas de las lavanderas. Cuando se daban cuenta de que espiábamos nos mandaban a mirar a nuestras madres o a nuestras hermanas. Quizá los americanos pagaban para mirar sin que los echaran de allí y, como en el cinematógrafo, para poder besarlas. Rousseau diría que estábamos en esa edad en que en la mente tenemos más palabras que cosas, y realmente teníamos muchas palabras, incluso para las cosas que no conocíamos y que no conseguíamos imaginar, palabras de lo más sucias y atroces. Un chaval de nuestra edad que nos traía cajas de «raciones K», que eran caramelos y terrones de azúcar, un queso rosa y galletas, acababa llorando a fuerza de repetirle nosotros «¿quién te da todo esto?, ¿te las da el americano?, ¿has visto lo que tu madre hace con el americano?», y con gestos imaginados acompañábamos las palabras más prohibidas. El chaval decía que no, que el americano era un pariente, que su madre no hacía estas cosas, y se echaba a llorar, y nos íbamos. Pero a la mañana siguiente venía a buscarnos de nuevo, llevaba la «ración K» y decía que «el americano es mi tío, y no debéis decir esas cosas», pero siempre acababa de la misma manera.

Los americanos querían, pues, las escopetas; decían que nos las devolverían más adelante. Mi padre hizo grabar su nombre en la culata, era un fusil belga de buena calidad; él decía que no había otro igual, se creía que se lo iban a devolver y por eso grabó el nombre. Luego sacó un par de pistolas que yo no había visto nunca, una era de esas grandes como el brazo y se cargaba por la boca; también un sable oxidado y romo, pero vete a saber si los americanos no causarían problemas si lo encontraban. El día de la entrega de las armas quise ir yo también: había un soldado americano acompañado por el brigadier de los *carabinieri.* El brigadier escribía en un registro, y apuntó lo nuestro: un fusil dos pistolas un sable. Mi padre dijo que debería anotar también la matrícula y la marca, pero el brigadier se molestó, ahora estaba mucho mejor que antes, iba de mujeres con los americanos y tenía (decían) una habitación llena de cajas y de cajetillas de tabaco. Le dijo a mi padre «deje todo aquí que yo me encargo», molesto, era evidente. Había una pila de armas, mi padre apoyó suavemente la escopeta. Creo que en aquel momento comprendió que no había esperanzas y que la había perdido, y estuvo enfadado todo el día, y el día siguiente, y siempre que se habló de escopetas. Le devolvieron más adelante una escopeta, dos pistolas y un sable, pero bueno era solo el sable; la escopeta y las pistolas se podían vender como chatarra.

Filippo hacía un buen rato que disfrutaba en el cuartel de la entrega de las armas. Mi padre se fue y yo me quedé también a mirar, era como una procesión, apenas entregadas las armas, los campesinos se deshacían en juramentos: «Los ladrones ahora tienen las metralletas y las personas honradas ni siquiera el pistolón con baqueta», decían. Y era verdad, el campo estaba lleno de ladrones y a dos que pillaron con mosquetón y pasamontañas los absolvió paternalmente el mayor americano, un hombre lechoso y estirado, que decían que en su país era profesor de filosofía; quizá decían eso porque aquí, todo lo que es estrafalario, dicen que nace de la filosofía. El mayor perdonó a dos ladrones, les pidió que llevaran vida pacífica y honrada, que encontraran un buen trabajo; el intérprete traducía con una cara que significaba «yo no entiendo nada, hay que ver qué imbéciles que son los americanos» y luego, el abogado defensor, que no había conseguido decir una palabra, imprecó hasta contra Cristóbal Colón, pues era difícil hacer que dos absueltos de esta manera le pagaran unos cientos de liras. A nosotros nos gustaba el mayor americano, íbamos tras él por las salas del ayuntamiento y ni una sola vez nos echó de allí; de vez en cuando nos miraba y decía, que casi no se le entendía, «pequeños sicilianos». Debía de ser un buen hombre, quizá tuviera hijos en América, en su casa. El soldado que se encargaba de la entrega de las armas también tenía cara de bueno, masticaba chicle y sonreía, le decía algo al brigadier y luego volvía a masticar y a sonreír. Quizá pensaba en su casa, en la América llena de casas altas y de coches, en su madre que miraba desde una ventana alta. No parecía que reparase en nosotros. Cuando se acercó para darnos chicles pensaba que venía a echarnos de allí, en cambio nos dio un paquete y dijo «son buenos, no es menta»; sin duda a él la menta no le gustaba, a mí tampoco. Dije «gracias», y también Filippo, con los desconocidos conseguíamos parecer chicos bien educados, y sabíamos hacer hasta el sanluisgonzaga, pero estos modales los dejábamos para la hora de doctrina cristiana. El americano nos miraba sonriente. Dije «tengo una tía en América», me parecía que era cosa debida establecer amistad. El americano dijo:

—¡Oh, en América!

—Sí —dije—, en Brúkilin.

—Yo también vivo en Brúkilin —dijo el americano—, es muy grande Brúkilin.

—¿Es tan grande —pregunté— como este pueblo?

Yo sabía muy bien que era grande como este pueblo y Canicattì y Girgenti juntos, y quizá más, y que solo era un barrio de Nueva York, pero no quería que la conversación decayera. Dijo él:

—Más grande, más grande.

—Es grande como Palermo —dijo Filippo—, yo lo sé, mi padre ha estado en América.

—Como Palermo, sí —dijo el soldado.

—En Palermo —dije yo— hay mar, y también en Porto Empedocle hay mar, yo fui a Porto Empedocle antes de la guerra, solo me acuerdo de las barcas. ¿Hay mar en Brúkilin?

—Está cerca del mar —dijo el soldado—, cogemos el coche y vamos al mar.

—¿Es bonito Brúkilin? —preguntó Filippo, aunque yo hubiera querido hablar de coches.

—No —respondió—, esto es bonito.

—¿Y la guerra? —dije—, ¿te gusta la guerra?

El soldado sonrió y dijo:

—También la guerra es fea, también mueren niños como vosotros, pero esto es bonito.

En el patio, el cielo era azul como el agua cuando se disuelve el azulete para hacer la colada, había nubes como la espuma, y el campanario de piedra arenisca de la iglesia de San Giuseppe parecía de oro. «¿Me acompañas?», dijo el brigadier. El soldado se fue sin despedirse.

Volvimos al patio del cuartel a la mañana siguiente. El soldado estaba sentado en el mismo sitio, leía un libro y mascaba. Cuando nos vio dijo «aló» y volvió a leer. Poco después cerró el libro, sacó el paquete de chicles y nos ofreció. «*Cheuingam* —dijo—, se dice así».

—¿Y cómo se dice «caramelo»? —preguntó Filippo.

—Se dice *quendi*, hay *quendis* de todas clases en América.

—Aquí —dije yo— no hay *quendis*.

—No hay ni patatas —dijo Filippo—, ya he olvidado a qué saben las patatas, cuando era pequeño comía siempre patatas.

—Patatas —dije yo—, hay un guardia municipal que las vende a escondidas; las vende caras y mi padre dice que sale más a cuenta comprar carne.

—Sí —dijo Filippo—, no hay pan y quieres encontrar carne.

—¿Por qué no traéis el trigo? —pregunté al americano—, mi padre dice que el trigo lo tiráis al mar.

—No es verdad que tiremos el trigo al mar —dijo—, no tenemos barcos para traerlo; cuando acabe la guerra traeremos trigo.

—¿Acabará pronto la guerra? —pregunté—. Cuando acabe la guerra vendrá mi tía.

—De Brúkilin —dijo él—, viene de Brúkilin, pero la guerra es larga, nadie sabe cuándo acabará.

—Mi tía tiene un *estore* en Brúkilin —dije—, un *estore* grande, antes de la guerra nos mandaba paquetes, y en las cartas metía dólares, en Navidad me mandaba un dólar a mí también.

—Su tía es rica —dijo Filippo al soldado.

—Tiene dos coches —dije yo—, y uno es grande, reluciente, he visto una foto.

—Acaba la guerra —dijo el americano— y tu tía viene con el hermoso cochazo, vengo yo también con el coche, esto es bonito.

—¿Tienes coche? —pregunté—, ¿qué coche tienes?

—En América tenemos coche todos, este es el mío.

Sacó una billetera del bolsillo, de la billetera una fotografía. Era un coche grande y reluciente, y él apoyaba una mano en la portezuela, había una mujer gorda con un vestido de flores y dos niños con jersey, y árboles detrás.

—No está tu padre —dije.

—No, no está —dijo—, mi padre murió.

—Yo vi una vez un muerto —dijo Filippo—, era un alemán, lo sacaron muerto del aparato, cayó aquí al lado. Por la noche soñé, parecía vivo, ya no me gusta ver muertos.

—¿Qué quieres que te hagan los muertos? —dije, sin haberlos visto y sin querer jamás verlos—, los muertos, cuando mueren, ya no están. Me hubiera gustado ver al alemán muerto. ¿Tú has visto alemanes muertos? —le pregunté al soldado.

—Sí —respondió—, he visto muchos; y americanos muertos, e ingleses, franceses, australianos.

—Los alemanes son malos —dijo Filippo—, mejor que mueran los alemanes.

—Ahora estamos en guerra y es bueno que mueran —dijo el americano—, los alemanes mueren y nosotros ganamos la guerra.

—También ganan los rusos —dijo Filippo.

—¡Oh, Rusia! —dijo el soldado.

—Rusia no es como América —dije.

—Sí —dijo el soldado—, Rusia es otra cosa.

Mi tío se pasaba el día en casa enganchado a la radio. «Hijos de puta —decía—, ¿quién sabe dónde se lo han llevado?».

—¡Basta! —saltaba a veces mi padre—, ¿aún tienes ganas de vestirte de payaso, no tienes suficiente con todo lo que ha hecho?

—¿Qué ha hecho? —decía mi tío—, Italia era respetada, temida, vivíamos bien, había orden. Y tú también te vestías de payaso, y decías que era un gran hombre. ¿Qué te ha hecho ahora, te ha dado un puñetazo en el ojo?

—¿La guerra en la que nos ha metido te parece poco? —respondía mi padre—, claro que para ti es nada, razón tienes, hay quien la sufre, a ti no te da ni frío ni calor…

Una tarde habló Orlando por la radio, dijo que los cañonazos que desde Sicilia llegaban a Calabria eran como un anillo que unía Sicilia a Italia, la imagen se me quedó grabada.

Mi padre decía «Orlando es un gran hombre». Mi tío se enfurruñaba y decía «sí, este viejo medio lelo salvará Italia».

—Sí —respondía mi padre levantando la voz—, este viejo tiene la cabeza en su sitio, tu Duce, en cambio, está loco, y de manicomio, lo decía hasta Bocchini, una vez se lo dijo en confianza a Ciccio Cardella, que es un pez gordo en el Ministerio.

—Uy, Bocchini —decía mi tío—, Bocchini dices, una carretada de traidores, eso eran.

—Lo traicionaban todos —mi padre levantaba cada vez más la voz—, solo tú no lo traicionabas, cómo ibas a hacerlo con el culo clavado en esta poltrona, que lo levantabas solo para gritar «¡Duce, Duce!» en las fiestas de rigor.

—No grites —decía mi tío—, que te oyen los de fuera, con el cargo que tenía vienen a buscarme y me llevan directo a Orán, si llego, capaces de tirarme al mar durante el viaje son.

Mi tío empezaba a hacer una enfermedad de todo eso, y yo me aprovechaba de su estado, me divertía. Me ponía a cantar «Duce, Duce, por ti queremos morir» y él subía enseguida, porque yo me ponía a cantar en el solanar, y me decía «desgraciado, ¿no ves que me pones en peligro, que a Orán se me llevan?». Yo me echaba a reír y él adoptaba solemne didactismo: «Italia llora y tú ríes, intenta comprenderlo, el enemigo en casa tenemos…».

El soldado americano se llamaba Toni, había nacido en Calabria, se fue a América cuando tenía un año. Esperaba un permiso para ir a Calabria, tenía tíos y primos en un pueblo de Calabria. Los americanos ya habían llegado a Calabria, el anillo de los cañonazos se había cerrado.

Yo le preguntaba si quería a los tíos y a los primos que tenía en Calabria, quería saber si mi tía y sus hijos podían querernos a mi madre y a mí. Toni dijo «son pobres».

Pregunté «¿pobres cuánto?, ¿los de aquí somos pobres?».

—Más pobres que vosotros son —dijo Toni—, duermen con las ovejas, los niños van descalzos.

—Pues tú les mandas dinero desde América —dijo Filippo— y ellos se compran zapatos.

—Sí, a veces —dijo Toni.

—Ahora se acaba la guerra —dije con intención diplomática, como si todo dependiese de las decisiones de Toni— y los americanos nos traen zapatos para todos, los zapatos y el trigo, barcos llenos nos traen.

—Los americanos trabajan —dijo Toni—, trabajan y tienen zapatos, tienen también buenos vestidos, casas bonitas y coches, los italianos no quieren trabajar.

—Yo quiero trabajar —dijo Filippo—, y mi padre trabaja; son los ricos, dice mi padre, los que nos quitan el pan.

—Tú tienes que trabajar para hacerte rico —dijo Toni—, en América todos trabajan y se hacen ricos.

—Mi padre tiene un tío que no trabaja —dije— y es rico.

—Aquí nadie trabaja —dijo el americano—, ni los ricos ni los pobres, para quien es rico esto está bien, mejor que América es.

—A mí me gustaría ir a América —dije—, hago fortuna y luego vuelvo, me compro un coche y vuelvo.

—Yo no —dijo Filippo—, cuando se acabe la guerra ya no habrá ricos.

—Más que antes habrá —dijo Toni—, y los que ya eran ricos lo serán aún más, y todavía nadie tendrá ganas de trabajar.

—Pero ¿no nos libraréis de los fascistas? —preguntó Filippo—. Si los echáis vendrá el socialismo.

—Nosotros luchamos y luego vosotros metéis el socialismo —dijo Toni—, menudo beneficio sacamos, vete a decírselo a aquel.

—¿A quién? —pregunté.

—A uno que esté en América —dijo.

Tocaron las campanas, ya tarde. Mi madre pensó que era por incendio o por peligro; en cambio, gritaron por las calles que habían firmado el armisticio, mi madre empezó a rezar en agradecimiento porque así muchos hijos de buenas madres se libraban de lo peor. Mi tío paseaba nervioso y decía «a ver qué hacen ahora los alemanes, solo nos faltaba esta vergüenza, si los alemanes piensan como yo, al mariscal Badoglio de mis... quiero ver yo, y a ese otro quiero ver, ese medio cartucho lleno de traición».

Mi padre decía «¿y qué querías que hiciera? Tú deberías ir a continuar la guerra, cosa de opereta me parece: el honor, la alianza, la amistad, ve tú con la espada Durandarte a poner en orden las cosas».

Aprovechando la discusión, que se animaba cada vez más, salí de casa. En la plaza, había un gentío frente a la iglesia de Sant'Anna, la única iglesia que no había participado en el concierto de campanas, la gente quería que el cura las tocase, y el párroco, asomado a la ventana de la casa parroquial, decía «¿acaso es fiesta, no comprendéis que hemos perdido?, inconscientes sois», hasta que a alguno se le acabó la paciencia y disparó a las campanas, una manera como otra de hacerlas cantar, el cura dijo «delincuentes sois» y cerró a cal y canto la ventana.

Mi tío, luego, dijo que en el pueblo solo había dos hombres: él y el párroco de Sant'Anna.

Toni era alto y rubio. Mi padre no quería creerse que era hijo de calabreses, todos los calabreses que conocía eran pequeños y oscuros, mi tío decía que los calabreses tienen la cabeza dura; Italia era una gran nación, pero los calabreses eran tozudos, los sardos traicioneros, los romanos maleducados, mendicantes los napolitanos…

Toni iba a misa los domingos, y cuando llegaba la elevación se veía que nadie era tan alto como él. Después de la misa, él comulgaba, lo acompañábamos al café. Le preguntábamos si había iglesias en América. Había iglesias y la gente era más religiosa que aquí. Y le preguntábamos cómo era el domingo en América. De lo que decía intuimos que eran domingos melancólicos y que los domingos eran, para nosotros, la plaza llena de gente, los puestos callejeros y las voces de los vendedores; por el contrario, ellos buscaban soledad y silencio, cazar, pescar.

—¿Y qué hacen los chavales? —le preguntaba.

—Juegan —respondía—, juegan mucho.

—Mi tía —dije— una vez me mandó unos patines, ¿y qué hago yo con unos patines? Probé una vez y casi me rompo la crisma.

—Aquí no van bien los patines —dijo—, las calles son malas.

—¿Y cómo son las calles en América?

—Son grandes y llanas —dijo—, no hay polvo, caben diez coches a lo ancho.

—En América —dijo Filippo—, los trenes andan bajo tierra, y por el aire; me gustaría ir, bajo tierra no, por el aire me gustaría.

—Qué dices, no son aviones los trenes —dije yo—, no he oído nunca que los trenes vuelen.

—No —dijo Toni—, no vuelan, hay puentes altos, de hierro, y los trenes van por allí; son puentes elevados, y los trenes van por encima de la ciudad.

—¿Va por encima de las casas, el tren? —pregunté—, ¿y si se cae?

—¿Cómo quieres que se caiga? —dijo Filippo—, el puente de hierro es; apuesto a que te daría miedo.

—Tengo miedo por las casas que hay debajo, yo; vivir en una casa bajo el puente me daría miedo.

—Yo de nada tengo miedo —dijo Filippo.

—Pero los muertos te dan miedo —dije yo—, ves un muerto y por la noche tienes miedo.

—Los muertos no tienen nada que ver —dijo Filippo—, ¿verdad que los muertos no tienen nada que ver? —preguntó a Toni.

—Es lo mismo —dijo Toni—, a uno le dan miedo los muertos porque tiene miedo de morir.

—Yo no me quiero morir —dije.

—Entonces te dan miedo los muertos —dijo triunfal Filippo—, nadie quiere morir y a todos nos dan miedo los muertos.

—Los soldados quieren morir —dije yo.

—Los soldados deben acabar con los fascistas y quieren morir —dijo Filippo—, mi padre quería ir a la cárcel y los soldados quieren morir, eso es otra cosa.

—¿Qué hacían los fascistas? —preguntó Toni.

—Nada hacían —dije—, mi tío era fascista y no hacía nada, nunca nada hizo.

—Quizá no hacían nada —dijo Filippo—, mi padre en la cárcel quería acabar, mi madre dice eso.

Mi primo estaba en Italia, vino a la guerra aquí, con la carta que mandó no conseguimos saber dónde estaba. Decía que si le daban permiso vendría a vernos. Con la carta venía otra de mi tía, y cinco o seis billetes de mil liras.

«Querida hermana —decía mi tía—, igual llevan a mi hijo a Italia, y por eso te escribo la presente esperando estés bien y con salud, como nosotros estamos, gracias a Dios. Llevo clavada esta espina de mi hijo Charlie que va al frente, y espero que la Virgen Santísima lo proteja. Las cosas nos van bien, mi hija Grace se ha casado con un *yiud*, pero que es un joven bueno y muy trabajador, y tiene un *shop* de barberos cerca de nuestro *estore*, pero también él ha ido a la guerra, la Virgen Santísima lo proteja. Esta guerra es mala cosa, pero el Señor no permitirá que entre la desventura en mi casa, yo le he prometido a la Virgen patrona del pueblo el anillo con brillantes que llevo en el dedo, cuando acabe la guerra lo llevaré yo personalmente, acabará pronto, América es fuerte y gana...».

Mi madre lloraba de alegría al leerla. Las noticias más importantes se las repetía a mi padre, «Grazia se ha casado, mi hermana le ha prometido un anillo a la Virgen del Prado», y mi tío, cuando oyó lo de que América era fuerte y lo de la victoria, empezó a hacer como el gato cuando ronronea, «la guerra la gana América, ¿eh?, bellacos, se han olvidado todos, cómo nos respetaban, que antes de él nos escupían, el fascismo hizo que los extranjeros nos respetaran, y ahora se nos mearán encima otra vez, ya veremos cuando acabe esta barahúnda». No hablaba en voz alta para que no lo oyera mi madre; además, no era el momento; sí, como un gato que ronronea se enfadaba y bufaba.

Le dije a Toni:

—Ha escrito mi tía, dice que ganan los americanos.

—Ganamos a los fascistas —dijo Filippo, que tenía aquella fijación—, a los fascistas y a los alemanes.

—La guerra la ganamos —dijo Toni—, la ganamos y vuelvo a América.

—A Brúkilin —dije yo—, y luego coges el coche y vuelves aquí.

—Sí —dijo—, vuelvo cuando no tenga ganas de trabajar, es bonito esto sin trabajar.

Toni se fue un día de octubre, vino un jeep a buscarlo, y a mí me entraban ganas de llorar. Nos dio paquetes de *cheuingam* y *quendis* de esos en tubo, desde el jeep nos hizo una señal y dijo *gudbai.* El día nos pareció largo y perdido, y lo ocupamos con los juegos más violentos.

A la escuela íbamos a desgrado. A Filippo nadie le decía nada porque su padre estaba en el Comitato di Liberazione y el maestro fue jefe de escuadrilla fascista; a mí me iba peor: el maestro llamaba a mi padre y le decía que conmigo era como predicar en el desierto. Mi padre me obligaba a estar en casa y culpaba a mi madre de mis escapadas, pero yo sabía que todo acababa en nada. Apenas mi padre se lanzaba a un dramático discurso sobre la educación, mi tío intervenía y decía «lo que se siembra se recoge, procuramos por la educación y no la quisisteis, y ahora como puercos os crecen los hijos», y con esto era suficiente para darle la vuelta a la conversación y empezar una de las discusiones habituales.

Los fascistas del norte hacían lo de la República de Saló, mi tío era uña y carne con la radio, y la oía hasta de noche, se frotaba las manos y repetía una frase de Hitler que decía, más o menos, así: «A las doce creerán que han ganado, pero a las doce y cinco la victoria será nuestra». A mí Hitler me parecía uno de esos monigotes de madera a los que se tiraban pelotas, cinco a una lira, en las barracas de la feria, aquellos monigotes me impresionaban. Cuando mi tío nombraba a Hitler, yo decía «monigote» y si él se enfadaba yo no dejaba de repetir «se lo comen los americanos de un bocado a ese monigote, como el ratón con el gato acaba», hasta que a mi tío se le inyectaban los ojos en sangre y yo echaba a correr escaleras abajo. Desde la escalera yo le repetía el estribillo, así tenía la excusa de que me había encorrido hasta el portón; y entonces mi padre me perdonaba que saliera de casa, e incluso conseguía yo el estatus de víctima.

Por los campos había a diario robos y homicidios, y hasta hubo un secuestro. En este aspecto, mi padre le daba la razón a mi tío, «y quién le niega las cosas buenas que hizo, cosas así no sucedían, es verdad; pero ya verás como todo se arregla».

—¿Con la democracia? —decía mi tío—. Un gobierno fuerte es lo que hace falta, la democracia una anguila es.

Por el hecho de que no le gustara a mi tío, yo empezaba a creer que la democracia era buena. No me arriesgaba a ir más allá de las últimas casas del pueblo, veía los matorrales como hormigueros llenos de hombres armados y camuflados, una noche soñé que me secuestraban, y para que no gritara me metían en la boca un paquete de algodón, cuando me desperté tenía la boca seca por culpa del algodón, me puse a gritar y mi madre vino a decirme que todavía estaba oscuro. Filippo decía «a mí no me secuestran, pueden tenerme así un año, deben darme de comer, además, que no consiguen ni un céntimo», pero tenía miedo. La angustia que daba el campo, con el crujido de las hojas secas, la provocaba también el jardín del oratorio; ahora más que antes, el arcipreste nos obligaba a ir a catequesis, nos daba higos secos y almendras tostadas.

Volvía a haber en el pueblo banderas de dos partidos, una decía «DEMOCRACIA SOCIAL» y tenía un ramo de espigas, la otra «MOVIMIENTO INDEPENDENTISTA SICILIANO» y tenía una cabeza como centro de tres piernas dobladas que formaban una rueda. Los independentistas eran los separatistas de los que tanto se hablaba, querían que Sicilia se separase de Italia, mi padre decía que no se equivocaban, que a Sicilia la habían tratado siempre a patadas. «Oh, pobre Italia —decía mi tío—, Italia mía, veo los muros y los arcos..., ni las paredes dejan en pie estos delincuentes, tiran bombas como si rezaran padrenuestros y, ahora, este que quiere Sicilia independiente, un bufón es, como todos los que lo siguen».

Yo iba con los separatistas, llevaba una escarapela con dos cintas, una amarilla y otra del color de la sangre vieja. «Degenerado», decía mi tío al ver la divisa. Me divertía. De noche, con el tarro de pintura en la mano, íbamos por el pueblo con los jóvenes separatistas que escribían por las paredes «VIVA FINOCCHIARO APRILE, VIVA SICILIA INDEPENDIENTE, ABAJO LOS ENEMIGOS DE SICILIA, QUEREMOS LAS INDUSTRIAS EN SICILIA». Cansados de escribir siempre lo mismo, llegó un momento en que los jóvenes se pusieron a escribir «ABAJO LOS QUE MATAN DE HAMBRE AL PUEBLO, MUERTE A QUIEN VENDE EL TRIGO A 2500 LIRAS», y empezó una especie de competición gracias a la cual, por la mañana y en letras de un palmo de alto escritas en rojo chillón, la ciudadanía se enteraba de que don Luigi La Vecchia era un ladrón y don Pietro Scardìa ladrón y cornudo a la vez. Esto era una gran diversión para nosotros, especialmente cuando veía que de la brocha salía «VIVA AMÉRICA, VIVA LA ESTRELLA 49», y mi fe separatista devenía fanática, sabía que la cuadragésimo novena estrella era Sicilia, la bandera americana tiene cuarenta y ocho, con Sicilia cuarenta y nueve, a punto de ser americanos estábamos.

Mi tía no dejaba de escribir. Mandaba las cartas al hijo y este las distribuía desde Italia, quizá estaba en Nápoles. Bajo el texto de la madre, él escribía un saludo en inglés. Pero mi madre no podía rescribir, ni siquiera al sobrino en Italia podía rescribir.

«Querida hermana —decía mi tía—: aquí nos prometen que dentro de poco podremos escribir a Italia y también mandar paquetes, yo preparo muchas cosas para mandarte a ti y a tu marido, y especialmente para tu hijo, porque sé cuánto sufren los niños, he visto fotografías que me hacen llorar. Dios se ocupará de aquellos que nos han traído este infierno...».

—A ver, ¿quién nos ha traído este infierno? —dijo mi tío con satisfacción—, ese paralítico de presidente que tienen, que ha venido a tocarnos los... ¿Cómo quieres que razone un paralítico? A estas alturas ya habríamos arrasado Inglaterra, habría paz en el mundo.

—Menuda paz —dijo mi padre—, buena paz tendríamos con Hitler.

—Con el monigote —dije yo.

Mi tío ya no me soportaba.

—El coronel Moscatelli —dijo mi tío—, ¡por Dios!, me dan ganas de vomitar, ¿de qué mazmorra lo han sacado? ¿Y Parri?, ¿de dónde sale este Parri? De la cárcel, seguro, de donde sale toda esta chusma.

—No son salteadores, eso seguro —dijo mi padre—, estuvieron en la cárcel por cosas políticas.

—Peor que los salteadores son —dijo mi tío—, los salteadores de caminos te piden la billetera, si no se la das te sueltan una perdigonada; pero estos a Italia la han asesinado, subversivos, gente que quiere el fin del mundo. Por el amor de Dios, no me hables, nosotros no podemos hablar, mejor que no hablemos. ¡El coronel Moscatelli! ¡Virgen Santísima, yo loco me vuelvo!

Me eché a reír.

—Ya veo lo que será Italia —dijo con los ojos que de la rabia se le salían de las cuencas—, la Italia de Parri, del coronel Moscatelli y de los desgraciados como tú: sin educación, sin ideales; a tu edad, yo oía nombrar la patria y se me saltaban las lágrimas, oía que tocaban *Giovinezza* y me hubiera revolcado de emoción, cualquier cosa hubiera sido capaz de hacer, con esa música.

Y me lo imaginé que se revolcaba por el suelo como los asnos cuando se rascan, y volví a reírme.

No vio en mis ojos al asno que se rascaba, política perdición leyó, se enfadó y pensé que había enloquecido de verdad. «Los comunistas —dijo—, ni tú ni tu padre entendéis nada de lo que está pasando, se presentan aquí, hasta aquí los veréis llegar a esos asesinos, queman las iglesias, destruyen la familia, sacan de las camas a la gente y la fusilan».

Mi tío se veía a sí mismo, se pasaba en la cama dieciséis horas al menos, e imaginé que lo arrastraban por los pies, la cosa me gustó, no me gustó pensar que debieran fusilarlo.

—Tenemos al general Cadorna —dijo mi padre—, ¿te crees que un general como él se deja tomar el pelo? Y los americanos, ¿no tienes en cuenta a los americanos?

Ahora, hasta mi padre parecía un poco preocupado.

—La revolución es —dijo mi tío—, ¿quién detiene una revolución?, tienen las armas de los americanos, quién sabe cuántos rusos hay, ¿piensas que Estados Unidos se va a meter a guerrear con Rusia? Estos son cosa nuestra, nosotros debemos arreglárnoslas. Yo no sé cómo va a acabar esto, a un convento me voy.

La idea del convento, por un momento, lo calmó. Luego, reaparecieron la ira y la desconfianza, «apañado estoy con el convento, esos me entregan y me queman vivo, ¡menuda gente es!, el hombre de la Providencia, las bendiciones, las misas cantadas, luego vas al cardenal para sentirte a salvo y te encuentras con Moscatelli».

—No digas tontadas —dijo mi padre—, lo han detenido mientras escapaba con los alemanes.

—Y tú hablas mal de los comunistas que queman las iglesias —dijo mi madre— mientras piensas estas cosas, un cardenal que es un santo.

—Santo o no —dijo mi tío—, no le confiaría ni al perro; aunque no sea cierto eso que dicen, verdad es que no ha movido un dedo para proteger a los débiles.

—Los débiles —dijo mi padre—, ¿son los débiles los mismos que hasta un día antes fusilaban a quien se les pusiera por delante? Cuando pillan a un asesino o a un *carabiniere,* entonces deviene un «débil».

—A los rebeldes fusilaban —dijo mi tío—, a los rebeldes y a los traidores.

—Los que obedecían al gobierno del rey no eran rebeldes —dijo mi padre—, no hay manera de hacerte entender esta cosa tan sencilla.

—¡El gobierno del rey! Me da risa el gobierno del rey, el rey que viene a esconderse como un conejo entre los americanos. ¿Sabes qué te digo?, que para poner las cosas en su sitio hay que hacer rey a Giuliano, es más honorable Giuliano que tu rey.

—Benedetto Croce… —empezó mi padre.

—¡Por Dios! ¿Hasta a Benedetto Croce hay que meter en esto? Me cago en él y en los libros que ha escrito. Y hasta en Dante Alighieri. Y en ti. Y en toda esta Italia. Me voy a un rincón y me muero, haceos a la idea de que me he vuelto sordomudo.

—Los americanos desarman a los partisanos —dijo mi padre.

—Ya era hora —dijo mi tío—, por fin hacen algo bien.

Mi tía escribió: «Querida hermana: Aquí seguimos con la fiesta por la guerra que ha acabado. El señor ha escuchado mis plegarias y ha tenido a salvo a los míos. Mi hijo está en Alemania y está bien, también mi yerno, que ha hecho la guerra de la Marina contra los japoneses. Una bomba así hacía falta, América tiene tantos científicos que siempre inventan algo nuevo. Mussolini se equivocó al meterse con América, siempre amigo de América debería haber sido, estaría vivo y aún mandaría, porque sabía mandar e Italia con él estaba bien, no puedes imaginarte la impresión que me ha hecho saber cómo lo han matado, a todos en América les ha impresionado. Pero nosotros no podemos interpretar la voluntad de Dios, aunque yo siempre rezo para que estas muertes que hay en Italia el Señor haga que acaben. Querida hermana, sigo con la idea de ir allí a cumplir la promesa que le hice a la Virgen y para abrazarte a ti y a nuestros parientes. Ahora dicen que podemos mandar paquetes a Italia, y no puedes imaginarte cuántas cosas tengo listas para vosotros, también cosas de comer, porque sé que en Italia pasáis hambre…».

—Esto es hablar como buen cristiano —dijo mi tío—; es verdad que Mussolini algún error cometió, pero la bomba atómica cosa alemana era, científicos así solo en Alemania los encuentras.

Filippo y yo íbamos a la escuela privada, nos preparábamos para los exámenes de admisión, hacíamos juntos los deberes, en su casa, su padre no se fiaba, quería ver con sus ojos cómo estudiaba, «cada lira que me cuestas —decía—, piensa en lo que me cuesta ganarla», y una frase parecida la leí en *Corazón* de De Amicis. Al padre de Filippo parecía que le hubiera tocado la lotería con Parri en el gobierno, contaba la vida de Parri y algunas aventuras de partisanos que me gustaban, él las leía en los periódicos y en los libros y luego nos las contaba, a su taller acudían siempre otros socialistas, era como un círculo. «Si tu padre tuviese sentido común —decía la madre de Filippo—, en lugar de estarse venga a clavetear tablones y parlotear debería buscarse una colocación, con la cárcel que se ha chupado hasta en el Ayuntamiento lo cogerían, leer y escribir lo hace mejor que un abogado». Pero al padre de Filippo le gustaba cepillar y clavetear tablas, y así podía hablar de Parri y de los partisanos con los amigos; me gustaba también a mí aquel trabajo, lo habría hecho mucho más a gusto que el ir a clase, y también me gustaba aquella especie de círculo.

Cuando oía el nombre de Parri, a mi tío se le revolvían las tripas. «Habladme de Parri —decía— y se me estropea la digestión, una cucharada de bicarbonato debo tomarme cada vez que me hablan de él».

—¿Y Moscatelli? —decía yo—, ¿y Pompeo Colajanni?

—No me hables de Colajanni —decía—, a este lo veía yo con estos ojos el mal que hacía, en Caltanissetta, en Canicattì, hablaba siempre de Marx y de Rusia, se rodeaba de gente joven. ¡Qué tontos fuimos al no meterlo en la peor mazmorra y dejar que se pudriera!

Conocía a mi tío como los pianistas conocen el teclado del piano. Decía yo «eso mismo, tontos fuisteis, ¡qué tontos!».

—No —volvía al ataque—, no fuimos tontos, el Duce era bueno, y lo que hacía falta era mano dura.

—Pero a Matteotti se lo cargaron —decía yo.

—¡Y venga a darle vueltas a Matteotti! Deberíamos habernos cargado a miles de traidores.

—Pero ahora mandan ellos —insistía yo—, te cogen y te matan como a Matteotti, tú querías ver muerto a Colajanni y Colajanni te mete en un coche y se te cepilla a golpe de lima.

Yo me sabía bien cómo fue lo de Matteotti.

A mi tío se le descomponía la cara.

—¿Qué mal hago yo? —decía él—, la muerte de nadie quiero yo. Colajanni es viceministro y yo me estoy en mi casa, todos felices y contentos estamos. ¿No se te ocurrirá contarle a aquel… al padre de Filippo, digo, que yo hablo así? Yo nada digo, de mis cosas me ocupo, aunque vea que la gente camina con las manos, ni media palabra digo.

Llegaron los paquetes de mi tía, en un mes llegaron unos diez, con cosas que yo no imaginaba que pudieran existir, galletas con sabor a menta y espaguetis en lata, arenques en lata y latas de zumo de naranja, y ropa: camisas, corbatas como fuegos artificiales, jerséis. En los bolsillos de los trajes había cigarrillos, de las mangas salían paquetes de *cheuingam,* y no faltaban las plumas estilográficas y los imperdibles; en todo, mi tía estaba en todo.

Cada vez que llegaba un paquete, mi tío supervisaba la apertura. Miraba, husmeaba, elegía, y monologaba: «Los cigarrillos me los quedo yo, total tú no fumas, tú fumas solo Nazionali; esta estilográfica sí que hacía falta, en la mía no funciona el émbolo; buena esta camisa, justo mi talla es; esta corbata sí que me la puedo poner, colores decentes tiene; y este traje me iría bien, para ti es demasiado pequeño…», mi padre no decía ni sí ni no, y mi tío cogía el botín y se lo llevaba a su habitación.

—Hay que ver —decía—, oye, estos americanos. No falta de nada en América, por fuerza tenían que ganar.

La ropa que mi tía mandaba para mí, o que me tocaba a la buena de Dios, o me quedaba como a un cristo o me sobraba por todas partes; menos mal de aquella en la que nadaba dentro, que mi madre podía arreglármela. Mi tía no se hacía a la idea de cómo era yo, de mi estatura o de lo flaco que estaba, compraba a ciegas. Me iban bien algunas camisetas de Mickey Mouse, y camisas con rombos azules y amarillos que no hubo manera de convencerme para que me las pusiera. El pueblo estaba lleno de chavales con camisas a rombos y camisetas con el ratón; trajes de inequívoco corte americano llevaban los mayores, camisas con bolsillos, corbatas con crisantemos, dibujos de aguas, trompetas y mujeres desnudas; las mujeres llevaban vestidos estampados con las mismas aguas que decoraban las corbatas. «América nos viste», decía mi madre. Verdaderamente, todo el pueblo vestía ropa americana, todo el pueblo vivía de las ayudas de los parientes americanos, no había familia en el pueblo que no contase con lo que mandaba el pariente de América. En una esquina de la plaza hasta se instaló un puesto de cambio de moneda, y por un dólar llegaban a pagar novecientas liras, mi padre no cambiaba esperando que subiera. Por todas partes había comercio con cosas americanas, carne en lata y pastillas de jabón, zapatos, vestidos, cigarrillos; el comercio más serio era el de las medicinas, un frasco de penicilina te lo cobraban a precio de oro, había que vender un bancal de tierra para comprar un frasco de penicilina. En los casos más desesperados, el médico abría los brazos y decía «¿qué queréis que os diga?, si conseguís encontrar penicilina os puedo dar todas las esperanzas que queráis», y todos sabían dónde encontrar la penicilina, y a qué precio. Había gente en el pueblo que en lugar de hacerse mandar cigarrillos y latas de carne pedían a los parientes de América que les mandasen medicinas, y ganaban dinero a punta de pala. Mi padre decía «escribe a tu hermana y dile que nos mande un paquete de penicilina», y mi madre sabiamente respondía «tú se la regalarías a quien la necesita y, como pago, conseguirías que te metieran en la cárcel».

Mi tía escribía y escribía, mandaba paquetes y largas cartas con dólares plegados entre el papel cebolla, y siempre decía lo mismo, el Señor, el Sagrado Corazón de Jesús, la Virgen Santísima, y la promesa a la Virgen, y los hijos y el *estore* y los paisanos de Nueva York.

El año escolar estaba a punto de acabar, pero yo tenía otras cosas en la cabeza, no la escuela; todos los días había mítines, enganchadas en los cafés, reuniones en el taller del padre de

Filippo, monarquía y república, república y monarquía, parecía un partido de fútbol, como cuando venía el equipo del pueblo de al lado y empezaba la bronca. El rey acababa de nombrar *cavaliere* a mi padre, le mandó un hermoso diploma con una carta, y uno que se llamaba Lucifero escribía en el nombre del rey. Me impresionó el nombre. Mi padre decía que no le importaba nada aquel nombramiento, y hasta quería devolver el diploma y la carta, decía «yo tengo que votar al rey; por principios soy republicano, pero el momento no me permite votar según mis principios».

Yo llevaba una hoja de hiedra enganchada con un imperdible en la camiseta, el partido republicano me parecía que fuera lo mismo que la república, incluso mi tío se confundía. Ahora se metía con Pacciardi, me miraba la hoja de hiedra y decía «te puedes coser toda la hiedra que hay en el cementerio, sé que lo haces adrede, sabes que me carcomo por dentro y lo haces aposta», y luego se ponía a explicar la teoría del salto al vacío concluyendo que Dios sabría si Umberto merecía su voto, después de la traición que su padre le hizo a Mussolini, pero no había nada más que hacer, había que votarle a él. Si ganaba la república nos despertaríamos con el Ejército Rojo en el cabezal de la cama: los grandes desastres se los imaginaba siempre alrededor de la cama.

Mi tía, en aquel tiempo, escribió que ella, en Italia, habría votado al rey, la república era cosa buena para los americanos. En Italia, con tantos comunistas, quién sabe cómo iban a acabar las cosas.

Ganó la república. «Perdidos estamos —dijo mi tío—, verás que hacen presidente a Togliatti. Mal acabaremos».

«Querida hermana: Sigo con la intención de ir a veros, tú dices que ya no me crees, te aseguro que lo pienso en todo momento. Primero pasó lo de la enfermedad de mi marido, que gracias a Dios está ahora mejor que antes, luego hemos ampliado el *estore,* ahora mi hija Grace espera un hijo, a principios del año que viene. Si la Virgen quiere que todo vaya bien, en 1948 iré a Italia, pero antes quiero ver cómo van las elecciones allí, aquí están todos preocupados y los periódicos dicen…».

—Todos preocupados ahora —dijo mi tío—, antes tenían que haberlo pensado, quien no acude a la gotera acude a la casa entera.

«Yo espero, querida hermana, que las elecciones no lleven a los comunistas al gobierno, ni a aquellos que como los comunistas son enemigos de la religión y el orden. Nuestros gobernantes confían en De Gasperi y en el partido de la Democracia Cristiana; sin De Gasperi, Italia perdería la ayuda de América, porque nosotros pagamos muchos impuestos y sabemos que nuestro dinero se gasta bien, y damos siempre dinero para Italia, en la iglesia y en las asociaciones, pero si ganan los comunistas, el dinero del pueblo americano no iría a Italia, ni paquetes podríamos mandaros. En América hay un gran espíritu religioso, el dinero de los americanos no debe acabar en manos de los que reniegan de Dios. De Gasperi es un hombre religioso, yo he visto fotos suyas en las que oye misa de rodillas, y su partido defiende la religión y quiere la amistad con América…».

—Oye bien —dijo mi madre—, hasta mi hermana lo dice.

—¿Acaso digo que no es verdad? —dijo mi padre—, pero si voto por los liberales la misma cosa es.

—No, no es lo mismo —dijo mi madre—, América solo confía en De Gasperi.

—Este De Gasperi me revuelve las tripas —dijo mi tío—, pero es verdad que si los votos no se concentran en un partido fuerte se les hace el juego a los comunistas; a mí me duele votar a De Gasperi, pero qué, ¿malmeto el voto?, total, un partido de orden es.

«Querida hermana: Me duele saber que tu marido quiere votar a los liberales, porque yo le he preguntado al padre La Spina, que es el hijo de nuestro paisano Michele La Spina, a quien recordarás sin duda, y es un cura de mucha doctrina, y me ha dicho que estos liberales no reciben la gracia de Dios y, a veces, se ponen de acuerdo con los comunistas. No estará de más que le recuerdes los peligros de votar mal, para el futuro de vuestro hijo y para la salvación del alma…».

—Pues dile a tu hermana que voto a De Gasperi —dijo mi padre—, esta es capaz de escribir al papa para procurar la salvación de mi alma.

—Tendrías que votarlo sin duda —dijo mi tío—, aunque solo sea por respeto a tu cuñada, que te ha llenado la casa de recado; además, peligro hay, ¿no has visto la fuerza de los comunistas?, ayer hubo un mitin que daba miedo, dos mil personas habría.

«... y doy gracias a Dios nuestro Señor que ha iluminado a tiempo a tu marido, y así ilumine las conciencias de todos los italianos. Aquí estamos todos a la espera, los que estaban dispuestos a viajar en este tiempo han pospuesto el viaje, incluso los que tenían el billete comprado. Apenas nos lleguen buenas noticias de Italia también embarcaremos nosotros, que ya tenemos los baúles listos».

—Baúles —dijo mi tío—, quién sabe cuántas cosas traen.

Un día antes de la votación llegó un telegrama de mi tía, que pedía una vez más votar a De Gasperi. Mi padre hizo dudosas reflexiones sobre la salud mental de mi tía. Cuando salí a la calle supe que habían llegado al pueblo un par de cientos de telegramas así; mi tío se frotaba las manos.

—¡Qué gran idea! —dijo mi tío—, es verdad que si tienes dineros tienes buenas ideas; estos telegramas que llegan a casa de gente que recibe telegramas solo cuando de muertes se habla, ya verás tú qué efecto tienen, como si se tratase de anunciar una muerte. Y se lo pensarán, si los parientes de América dejan de mandar cosas será como cuando al mulo se le quita la cebada, que a comer paja se queda.

VI

Solo se oían las voces de los cocheros, cuando se cruzaban saludos o insultos, el restallar del látigo y el rodar de los carruajes; el velo del alba, el alba de una ciudad perezosa en la que el olor a fritura que la rodea por el día como una aureola todavía la abraza con la brisa de la mañana. El velo del alba se posaba sobre las casas silenciosas de Palermo. Via Maqueda, corso Vittorio Emanuele; entramos en el puerto cuando había ya un gran bullicio. Mi padre volvió a revisar la hora de llegada del piróscafo, «por allí se ve», dijo uno, pero no conseguíamos ver nada. Un cuarto de hora después, el barco se perfilaba claramente, se acercaba y era como si alguien con un lapicero de colores añadiera detalles al piróscafo antes apenas esbozado en papel de un color sucio, entre azul y verdoso.

Cuando estuvo tan cerca que se podían distinguir los gestos que hacía la gente, tanta y tan apretada que casi pensé que pudieran escorar el barco como los pesos de la romana, mi madre empezó a moverse impaciente, saludaba con la mano en alto y decía «mi hermana seguro que nos ve», pero había tal gentío que era imposible que los del barco distinguieran nada. El piróscafo estaba ahora tan cerca que se veían las caras, las caras bien afeitadas de los americanos, las gafas doradas y los puros bien grandes. Desde tierra y desde el barco salían voces, Turì, Calì, Pepé, que Turì, Calì y Pepé habría un centenar a bordo, y otros tantos en tierra.

Mi madre reconoció a su hermana cuando estuvo a diez pasos de nosotros, saltó la cadena y corrió a abrazarla. Mi tía estaba gorda, llevaba un vestido con muchas flores, gafas doradas; el marido era alto, la cara lisa y juvenil, el pelo blanco; la hija era pequeña como mi tía, pero bien formada y con gracia; el chaval era feúcho, así me lo pareció, porque estaba enfadado y se moría de sueño.

Mi tía le dijo al marido que controlara las maletas, mi padre se ofreció a acompañarlo, pero mi tía dijo «se las apaña solo», lo dijo de una manera que parecía que se hubieran peleado hacía poco. Luego vi que este era el tono que utilizaba siempre mi tía con el marido. Mi madre lloraba de alegría, y no se perdonaba no haber reconocido a su hermana cuando aún estaba asomada a la cubierta del barco, mi prima miraba maravillada aquellas lágrimas, quizá un poco aburrida.

Cuando volvió el marido nos aviamos, y mi tía dijo que quería ir al mejor hotel, mi padre dijo que el nuestro era bueno, mi tía dijo «el mejor debe ser, y os venís con nosotros», y mi padre le dijo al conductor que nos llevara a Des Palmes, mi madre se angustió un poco.

En el atrio del hotel mi tía se dio aires, miró arriba y abajo y preguntó si tenía aire acondicionado, baño, ducha, enchufes para la maquinilla de afeitar y la radio, tras la respuesta de sí a todo no se conformó, dijo a mi padre «¿de verdad el mejor es?», mi padre dijo que estuvieron Wagner, el káiser y el general Patton, y mi tía se convenció.

Me pareció ver que las preguntas de mi tía hicieron que los camareros nos miraran a nosotros con ironía, a mí, a mi padre y a mi madre, ¿qué sabíamos nosotros de aire acondicionado y de maquinillas eléctricas? Los otros, en cambio, venían de América, y sabían de estas cosas, y podían estarse años y años en un hotel así. Me sentí un poco a disgusto.

Subimos para reposar un momento y cambiarnos (eso dijo mi tía); nosotros no reposamos ni teníamos ropa para cambiarnos. Cuando nos vimos luego en el atrio, ellos estaban limpios y reposados, nosotros nos sentimos aún más cansados dentro de los trajes que tenían las arrugas y el olor del viaje en tren, se necesita casi un día para ir de nuestro pueblo a Palermo. Mi tía empezó a preguntar y a preguntar, parecía que tuviera delante el mapa del pueblo, calles y casas, y que señalase a la buena de Dios una calle o una casa, y de quienes vivían quería saber vida y milagros, venturas y desventuras. Los hijos y el marido guardaban silencio. En el comedor volví a notar la mirada irónica de los camareros, y mi tía que hablaba de pobreza y de riqueza, de oscuridad y de luz, me parecía que la mirada de los camareros me empujara a la zona oscura del pobre pueblo del que venía. A un camarero que hablaba americano, mi prima le hizo el pedido tras una breve consulta con los padres y el hermano; mi padre pidió para nosotros espaguetis con tomate y pescado. Al vernos delante los espaguetis mientras los americanos tenían delante tomates cortados por la mitad y rellenos con una masa oscura, un filete de pescado blanco y unas bolitas de mantequilla alrededor, nos sentimos más mortificados aún. El marido de mi tía llamó a un camarero que llevaba en la chaqueta blanca, como un distintivo, un pedazo de tela negra sobre el que se había bordado en violeta un racimo de uva; se pusieron a hablar de corrido y con sentido; luego, el camarero trajo unas botellas, le enseñó la etiqueta y mi tío dijo *«olrrait»*. Bebía, mi tío, pero a los hijos les sirvió con mesura, un culo de vaso al hijo, media copa a la hija; mi tía siguió con la mirada la operación y nos largó un largo discurso sobre sus criterios educativos acerca del vino, el pintalabios, y el *boifrien.* Tras un discurso complicado comprendí que el *boifrien* es el compañero de clase o el vecino que se hace compañero habitual de una joven. «Si me entero de que tiene un *boifrien* la saco del colegio y la encierro en casa», y miró a su hija sospechosa y amenazante, la muchacha sonrió. Mi madre aprobó calurosamente el parecer, pero preguntó de qué colegio se trataba, y yo también tenía ganas de preguntarlo. «Siracusa —dijo mi tía—, si supieses lo que me cuesta». Mi madre entendió aún menos, mi padre le explicó que colegio es como universidad, y Siracusa el nombre de una ciudad americana con escuelas universitarias. Mi madre miró a su sobrina con nueva y orgullosa consideración. «¿Qué estudia?», preguntó. De nuevo una tirada complicada, que mi padre iluminó de repente diciendo «Medicina». El chaval, en cambio —dijo mi tía—, era un *loifa*, y ni siquiera la *jáiscul* había aprobado, pero en realidad mejor así, podía ocuparse del *estore.*

Todo lo que nos sirvieron lo dejé casi intacto en el plato; jugueteaba con el tenedor y no comía, no me comí ni siquiera el plátano, que tanto me gustaba.

Mi madre propuso que fuéramos al pueblo al día siguiente, su hermana dijo que no, que quería disfrutar de Palermo, recordaba cómo era la ciudad en el 19, cuando se embarcó hacia América, ahora le parecía diferente y más bonita, no como las ciudades de América, pero bonita; el palacio de correos la maravilló. Antes de llegar a Palermo, el piróscafo había hecho escala en Gibraltar, en Barcelona y en Génova. De Barcelona recordaba los vendedores de fruta, de Gibraltar el cambio de la guardia, y en Génova fueron al cementerio, y decían que era la cosa más hermosa que habían visto, incluso la chica decía que era bellísimo. Quisieron ver el de Palermo, pero quedaron desilusionados. El *carabiniere* que hacía guardia delante del palacio real nos entretuvo más tiempo que la capilla que hay en el palacio, el campo de aviación de Boccadifalco más que el claustro de Monreale, donde nosotros hubiéramos pasado todo el día. Desde el belvedere que hay cerca del claustro mi padre me enseñó, como perfilándolo en el aire, que sobre la ciudad y el campo esplendía una niebla ligera, el camino que recorrió Garibaldi para llegar a Palermo. Yo había leído en la escuela las *Noterelle* de Abba, era un libro que me gustaba mucho, mi tía dijo que Garibaldi era comunista, mi padre dijo que no era así, que los comunistas tomaban a Garibaldi como símbolo electoral, mi tía sentenció que lo mismo era.

Visitamos Palermo durante cinco o seis días, veo a nuestro grupo por las calles de Palermo como impreso en una foto ofuscada por exceso de sol: mi tía que cruza la calle como la proa de una lancha fueraborda, mi madre cansada y silenciosa, mi padre animado un poco por aquellas vacaciones, el marido de mi tía que camina como un sonámbulo, el chaval siempre con cara enfadada, mi prima que me cogía confianza y no dejaba de compararme lo que veía con lo que había en América. Este grupo se encontró al final en un compartimento de primera que parecía un horno, el tren se dirigía hacia el interior de Sicilia, hacia nuestro pueblo; mi tía hablaba y hablaba; yo, al lado de mi prima, con aquel olor suyo a sudor y a perfume que suscitaba en mí no sé qué deseo o ternura, me dormí.

Mi padre dijo «de aquí a una hora estaremos en casa», y había anochecido. Las luces de los pueblos, cuando me asomaba en las estaciones, parecían botones de bisutería brillante en un traje negro. Apoyados en la ventanilla, mi prima me rascaba la nuca y me entraban ganas de ronronear como los gatos, maullar todo el amor que nacía en mí. Nuestro pueblo apareció de repente en medio de la noche, espaciadas hileras de farolas entre casas bajas, no lo habría reconocido si mi padre no hubiese empezado a acarrear maletas por el pasillo. Era un pueblo pobre, pensé que a mi prima no le iba a gustar, y me avergoncé un poco.

Desde la estación, mirando la parte baja del pueblo, abierta en abanico en calles que marcaban las farolas, mi tía dijo «siempre el mismo es», y me pareció que en la constatación hubiese intolerancia, un poco de rencor; o quizá fue el tono a la defensiva que utilizó mi madre para decir que el mismo no era, que había luz eléctrica y casas y calles nuevas, lo que me causó esa impresión. En la estación nos esperaba mi tío, que hizo venir un carro para las maletas y una carroza para nosotros. Miró las maletas que el carretero había cargado y preguntó «¿dónde están los baúles?». Mi tía explicó que los baúles llegarían más adelante, pareció quedarse tranquilo.

Los baúles llegaron al día siguiente. Con los baúles abiertos, mi tía empezó con la distribución, «esto es para ti, esto es para tu marido, esto para tu hijo, esto para tu cuñado», a mí me tocaban cosas antipáticas, a mí me hubiera gustado un fusil calibre 36, como el que tenía un amigo mío a quien se lo regaló un tío de América, o una cámara de cine, un proyector, quizá una máquina fotográfica; en cambio, venga trajes y trajes. Había una radio a pilas y mi tío mostró tanto entusiasmo que mi tía decidió regalársela, era una caja blanca que parecía un botiquín. Para mi padre y para mi tío máquinas de afeitar eléctricas, de las pruebas que se pusieron a hacer enseguida acabaron como el eccehomo.

Y empezaron las visitas. Quienes tenían parientes en Nueva York venían a preguntar si mi tía los había visto, si estaban bien, y preguntaban si había algo para ellos. Mi tía llevaba una lista así de larga, buscaba el nombre en la lista y le decía al marido que pagara cinco o diez dólares, todos los paisanos de Nueva York mandaban un billete de cinco o de diez dólares a sus parientes. Era como una procesión, cientos de personas que subían las escaleras de nuestra casa; es siempre así cuando hay alguien que viene de América. Mi tía parecía divertirse, a quienes nos visitaban les daba una instantánea del pariente de América: una familia en florida salud se recortaba en un fondo en el que se representaban detalles simbólicos de la prosperidad económica que disfrutaba. Uno tenía una *shop,* el otro un buen *yob,* aquel trabajaba en una *farm,* todos tenían hijos en las *jáisculs* y en el *cólech,* y en casa un *car* y el *aisbocs* y la *guashetab.* Con estas palabras de las que pocos comprendían el significado, pero que sin duda definían cosas buenas, mi tía cantaba las alabanzas a América.

Vinieron los parientes de un tal Cardella, recibieron los dólares del familiar y regalos de mi tía, y mi tía explicó que Giò Cardella era en Nueva York un hombre poderoso. Contó que una vez se le presentaron dos tipos, le pidieron veinte dólares «y todos los viernes querremos veinte dólares», dijeron, y a ella se le ocurrió decírselo a Cardella, y el viernes siguiente Cardella vino al *estore,* se puso en un aparte y esperó a que aparecieran aquellos dos; en el momento oportuno se hizo presente y dijo «pero chavales, cómo se os ocurre, si este *estore* es como si fuese mío, aquí no debe venir nadie a hacerse el *esmart*», y aquellos dos saludaron respetuosamente y se fueron.

—Por supuesto —dijo el marido de mi tía—, si a aquellos dos los mandó Cardella.

Mi tía saltó como si le hubiera picado una avispa.

—¡*Shatap!* —dijo—, que tú cada vez que hablas metes la pata, aunque las pienses hay cosas que no se dicen; y, además, cierto es que todos los demás *estores* pagan, y que nosotros no hemos pagado nunca.

—¿No será un mafioso este Cardella? —preguntó mi tío, que había cosas que las cogía al vuelo.

—Qué va, mafioso —fulminando con una mirada al marido—, un caballero es; rico, elegante, protege a los paisanos…

—Sí —dijo el marido—, como ha protegido a La Mantia.

A mi tía se la llevaban los diablos. El marido dijo «aquí en familia estamos», y nos contó que un tal La Mantia, medio borracho, insultó a Cardella, unos amigos se entrometieron y aquella misma noche lo pacificaron. Se hicieron muchas *sheicjands,* bebieron todos juntos; pero a la mañana siguiente se encontraron a La Mantia en una acera con una bala en la cabeza.

—Tú habla —dijo mi tía—, que verás como acabas con una bala en la cabeza tú también.

Mi prima dijo «nosotros dos nos vamos de paseo fuera del pueblo, uy cuántas moscas hay en este pueblo».

Ellos se habían traído el dedeté en polvo, pero no había manera de acabar con las moscas, bastaba con abrir una ventana y entraban a oleadas, mi madre se desesperaba porque veía que los americanos no lo soportaban. Apenas tocaban la comida preocupados por las moscas que se posaban en los platos y en los vasos, en la carne y en el pan. Mi tía hablaba mal del pueblo, decía que había esperado que fuera diferente, más nuevo y más limpio; en cambio, estaba peor que antes. La desilusión de mi tía tenía dos caras: nosotros, los parientes, no éramos unos muertos de hambre como nos imaginaba desde América, pero el pueblo no había mejorado como esperaba. Ella nos imaginaba casi en taparrabos, vestidos con los trajes que nos mandaba; desnutridos y solo alimentados con las latas de conservas vitaminadas que nos mandaba. En cambio, no nos faltaba ni el pan blanco ni el aceite de oliva, la leche, la carne y los huevos; teníamos la radio, visillos en las ventanas y camas mullidas. Mi tía, desde América, se imaginaba que esta casa, en la que nació, tenía aún el suelo de arcilla batida, la cama en un rincón en una alcoba oscura, y dura por culpa de los somieres de tablas y los colchones de crin, las sillas de anea y la banca por todo mobiliario. No lo demostraba, pero para ella era una desilusión haber encontrado habitaciones luminosas y muebles decorosos. No éramos tan pobres como pensaba, ni tan ricos como para evitarle a ella y a los suyos aquellos inconvenientes que ella decía que en su casa no había, ni en las casas de los americanos, ni las moscas.

Un día que mi tía nos explicaba todos los males que traen las moscas, mi madre, ya un poco harta, le dijo «pero tú y yo hemos crecido entre moscas, más que ahora había, y gracias a Dios tenemos buena salud». Y mi tía estuvo sin hablar de las moscas todo el día.

Salí con mi prima aquella tarde y, luego, todas las tardes, de anochecida. Íbamos por un camino entre los campos en el que solo nos cruzábamos con los campesinos que volvían al pueblo, la cara quemada por el sol, los mulos cargados de zulla o de avena crujiente. Los campesinos nos miraban con malicia. Mi prima o me cogía de la mano o, como era tan alto como ella, aunque aún llevaba pantalones cortos, me pasaba el brazo por los hombros y me acercaba a ella como si me susurrara algo al oído. Si alguno de mis compañeros me veía, la mañana siguiente, si me veía solo, empezaba a reírse de mí, y hasta Filippo me tomaba el pelo, me preguntaba si con mi prima zarceaba en los trigales; yo me ruborizaba de vergüenza y de cólera, Filippo sentenciaba «tonto eres si no zarceas», y para colmar el vaso sentenciaba que Dios da pan a quien no tiene dientes.

Apenas dejado atrás el pueblo, mi prima sacaba los cigarrillos y las cerillas, y empezaba a fumar como un carretero, y me hacía fumar a mí también. En casa no podía, solo de sospecharlo mi tía hubiera montado un pandemonio, por eso con la excusa de las moscas se inventó lo de la escapada al atardecer. Si su hermano quería venir con nosotros, el paseo quedaba para otro día; al chaval le gustaba hacer de espía.

Además de fumar, mi prima bebía licores a escondidas, me daba dinero en secreto y yo hacía acrobacias para contrabandear el licor hasta casa, lo escondía en el solanar, ella subía de vez en cuando y bebía. Me decía que en América beben todas las jóvenes de los «colegios», que apuestan a quién bebe más, ella una vez bebió catorce vasos seguidos, y era de aquellos fuertes. Mi tía, a la hora de comer, sermoneaba siempre con el vino y, finalmente, señalando con el dedo a su hija, concluía sin falta: «Si te pasa algo mientras conduces el *car,* te saco del apuro, aunque cueste miles de dólares, pero si el *polís* dice que olías a *uisqui*, te mando a *Detombs* en un santiamén». La joven ponía cara de santa paciencia. Me gustaba cuando estaba delante su madre, que parecía una chavala del pueblo, callada y modosa; y cuando estábamos solos, y bebía y fumaba, me gustaba aún más, cuando notaba que exhalaba olor a tabaco y a alcohol; quizá por una imagen de pecado que me había hecho de la mujer, de su cuerpo y de su amor, me parecía que aquellas cosas prohibidas, fumar y beber, fueran el pecado más dulce y profundo. En las horas más cálidas, ella llevaba un vestido ligero y dejaba a la vista claramente los hombros. Cuando se depilaba las axilas con una maquinilla eléctrica y yo me quedaba a mirar, ella me sonreía desde el espejo, había en aquella operación algo que me turbaba, atracción mezclada con repugnancia, la sensación de un misterio pecaminoso y de una mixtificación aún más pecaminosa. Una vez sucedió que mi tío, mientras ella se depilaba, aceptó la operación en nombre de la higiene y de la estética, se estuvo un rato allí entre bromas; luego, cuando reparó en mí, me dijo «¿qué mira este puercoespín?», y mi prima le sonrió con malicia, me puse rojo de vergüenza y de odio. La presencia de mi tío bastaba para aniquilarme, meditaba yo planes de venganza, cuando estaba él delante mi prima ni me miraba, el mote de «puercoespín», que me puso él por culpa de este pelo tieso como escarpias, me atormentaba. Cuando lo oía, mi prima se reía. Mi tío parecía otro, se afeitaba todos los días, olía a agua de colonia, llenaba de atenciones a los americanos, obsequioso y divertido con sus maneras impertinentes que tanto gustaban a mi tía. Como ellos, maldecía las moscas, decía que en tiempos de Mussolini no había moscas, mi tía se lo creía. Yo decía «más moscas que ahora había», y él me acusaba enseguida, «comunista es, esos camaradas lo han echado a perder», y mi tía me miraba con implacable terror. Mi madre me defendía ardorosamente de la acusación. Mi tía empezaba a estar harta de nosotros, pero por lo mucho que la quería, mi madre no reparaba en los detalles que demostraban frialdad y resentimiento, y que a mi padre y a mí nos resultaban claros. Se alejaba de nosotros a ojos vista, contaba los días que le quedaban por pasar en casa, largos días de verano con polvo y moscas, el barreño de la colada para lavarse, las noches tan húmedas que si dejaban las ventanas abiertas las sábanas se ameraban y con las ventanas cerradas parecía que estabas en un horno. Se pasaba los días repitiendo todo esto. El hijo, que hablaba solo americano, cayó en estado de hipocondría, decía que apenas volviera a América iría a besar el inodoro, esta gran frase la tradujo mi tía para honra nuestra, y la repetía continuamente, y cuando lo hacía se abrazaba al chaval, que lo tenía siempre encima, y lo besaba; de acuerdo, en la escuela era *loifa,* pero muchas cosas las cazaba al vuelo.

Ocurrieron innumerables pequeños incidentes. Mi tía regalaba dólares, de recuerdo o para que hicieran de amuleto, decía ella. Regalaba a todos los parientes un billete de diez, pero un día que mi padre le presentó a una pariente, viuda y sin hijos, que vivía de la caridad, mi tía no soltó ni siquiera un dólar. Luego, cuando salió a la conversación aquella pobre mujer, mi tía dijo que los parientes querían desangrarla, que solo la querían por los dólares, que eran todos unos gorrones. Mi madre dijo que no era verdad, mi tía insistió de una manera que parecía que dijese que hasta nosotros éramos unos aprovechados. Por el contrario, sucedía que cuando ella le ofrecía dinero a mi padre para los gastos extra que ocasionaban, mi padre lo rechazaba, y este rechazo la ofendía un poco.

No se sabía, en suma, de qué lado cogerla. Con el tiempo se vio claramente que la única persona de la familia que le gustaba era mi tío, a disposición de mi tía se convirtió en un Saroyan de andar por casa, cantaba las excelencias de América con tono de falsete, todo lo bueno que tenían y los buenos sentimientos, se deshacía como un helado al calor de la buena y rica América. Yo, gracias a un librito que trajeron los soldados americanos para enseñarnos la vida americana, se titulaba *La comedia humana,* consideré a Saroyan como la Biblia, pero ahora empezaba a cansarme un poco, me parecía un juego, uno de esos entretenimientos flojos que tras una buena comida hacen algunos con los palillos y la miga del pan. Saroyan era el hombre finalmente atiborrado que, agradecido, loaba América jugando con los palillos y la miga del pan.

Mi prima no dejó de salir conmigo, solos los dos por los campos, y venía al solanar en el que pasaba yo muchas horas del día buscando entre viejos libros y periódicos, ni yo sabía qué buscaba. Cogía de vez en cuando un libro apolillado con la cubierta en pasta española y leía el *Marco Visconti* o *I beati Paoli.* Durante aquellos años leí cientos de libros, hasta las obras completas de Vincenzo Gioberti, pero cuando venía mi prima dejaba de buscar y de leer, ella se sentaba en un cajón y me contaba cosas de América, bebía a sorbos de la botella y hablaba. Luego se me acercaba y reía; cada día más las manos, que me parecían ahora las manos de un ciego, se volvieron conscientes y perseverantes; en mis manos, su cuerpo, bajo la suave tela del vestido, fluían como la música.

Mientras tanto, mi tía urdía un plan. Le había insinuado ya a mi madre que quería, si encontraba un buen partido, casar a su hija con uno del pueblo, un joven bueno y dispuesto a irse a América, ella le habría puesto un *estore,* un paisano quería. Luego entró en confianza con mi tío, y le dijo a mi madre que le gustaría llevárselo a América, un joven tan bien educado y simpático iba a ser un buen marido para su hija. Mi madre, contenta de librarse del cuñado, pero preocupada por el futuro de la sobrina, dijo que era ciertamente una idea maravillosa, pero había que tener en cuenta la diferencia de edad, que el cuñado no había trabajado nunca, tenía un diploma de contable que le sirvió para que lo nombraran secretario administrativo del Fascio local, en nada más había trabajado. Es más, notoriamente incapaz de robar y siempre felizmente dispuesto a dejarse robar dinero por cualquiera, un empleado del Fascio se aprovechó de su absoluta incompetencia en asuntos de cuentas y de registros para montar un buen pitote. Esto es lo que dijo mi madre, pero la hermana aseguró que una vez en América era *bisinés* suyo meterle a mi tío en el cuerpo las ganas de trabajar. Le preguntaron a mi padre, que se lo tomó a broma, dijo «¿os lo lleváis puesto u os lo mando yo después?», pero acabó convencido de que mi tía hablaba en serio, honestamente dejó claros los detalles negativos del negocio, pero mi tía dijo que asumía el riesgo. Luego se lo dijeron al interesado; se emocionó, pidió tiempo para pensar; pero aquella joven de veinte años le ponía los ojos como platos, poco había que pensar, él tenía treinta y cinco y ganas enormes de ver América, la chica era guapa y mi tía y América eran ricas. Parece que todo se acordó en apenas dos días, yo lo supe a agua pasada, me contaron luego los detalles. Se decidió que era obligatorio el paseo para dar a conocer al pueblo el acontecimiento, mi tío y mi prima delante, cogidos del brazo, veinte pasos por detrás mi madre y mi tía, mi padre y el marido de mi tía; yo y mi primo, este siempre entre gruñidos y yo con la negra mancha de la muerte que se me expandía por dentro, íbamos a nuestro aire. Llegado un momento, me puse a dar patadas a una lata vacía, acompañé el paseo con esta música, mi padre me miraba con malos ojos para hacerme abandonar el juego y mi tío, una vez que se la lancé a los pies dijo «siempre la lata tienes que dar», pero sonriendo. Era feliz, se veía, y mi prima se apretaba a él como una gata.

Tardaron unos cuantos días en preparar los papeles para mi tío, mi prima se los había traído de América, se casaron en el ayuntamiento, la boda en la iglesia decidió mi tía que la harían en América, con gran fiesta. Un día antes de la boda, mi tía le dijo a mi madre «óyeme, tú tienes un hijo y yo cuatro, la casa que disfrutas es mitad mía, antes de irme quiero arreglar esto, te vendo mi parte». Mi madre no se esperaba una cosa así, se lo dijo a mi padre, dinero no teníamos, mi padre propuso dejarlo para más adelante. «Ahora debe hacerse —dijo mi tía—, si no, se la vendo a alguien por cuatro perras y os dejo aquí y os las arregláis». Mi padre se enfadó cuando se vio entre la espada y la pared, mi tía nos echó en cara todo lo que había hecho por nosotros. Mi padre, exagerado, dijo que en el fondo nos había mandado cuatro trapos, descartes. Fue lo que colmó el vaso, mi tía gritó «entonces, ¿yo os he mandado cosas de *sícondjan*?, ¿así me agradecéis todo lo que hecho por vosotros? Todo nuevo y bueno era, comprado para vosotros, costaba dólares y dólares, mil dólares me habéis costado», y el marido asentía en silencio.

Mi tío intervino para contradecir a mi padre, mi madre lloraba. Se llegó finalmente a un acuerdo: mi padre le pagaba, en primera clase (precisó mi tío), el viaje de ida a su hermano, y mi tía renunciaba a su parte de la casa. Pero no se nos fue el enfado. La boda del día siguiente pareció un funeral.

Luego se fueron todos de viaje por Italia, y en Nápoles debían coger el piróscafo, mi tío debía quedarse a la espera de que lo llamara la esposa, cuestión de meses. De momento, hacía el viaje con ellos, de luna de miel, a Taormina, y después a Roma. Los acompañamos a la estación, mi madre lloraba y lloraba, decía entre sollozos que la separación era definitiva, que nunca más vería a su hermana, decía «nos veremos en la otra vida». Seguro que mi tía no volvía a Italia, y esta idea me emocionaba también a mí. La locomotora silbaba ya y las hermanas seguían abrazadas; luego, desde el estribo se volvió y dijo «las cosas que te mandé no eran de *sícondjan*». Lo último que vi, mientras la curva entre los árboles escondía el tren, fue el guante azul de mi prima. Sin pensarlo, como si hablara para mí, pues jamás me habría atrevido a decir una cosa semejante delante de mi padre, se me escapó «la pena que tengo es que será un cornudo toda su vida». Lo decía por mi tío. Mi madre me miró sorprendida con los ojos enrojecidos, el bofetón de mi padre me dejó sordo. Por suerte, no había nadie más en la estación.

La muerte de Stalin

El 18 de abril de 1948, en un sueño poco antes del alba, Calogero Schirò vio a Stalin. Era un sueño dentro de un sueño. Calogero soñaba con un montón enorme de papeletas electorales, habría controlado un millar la noche anterior porque el Partido lo había nombrado interventor. Veía aquellos votos y, llegado un momento, una mano salía de un tabardo militar de esos recios, a la antigua, y se apoyaba en las papeletas. Soñando se dijo «estoy soñando, este es Stalin» y levantó la cabeza para mirar a Stalin a la cara. La tenía de pocos amigos, Calogero pensó «está enfadado, hay algo que no funciona» e hizo enseguida examen de conciencia de sí mismo y de la sección del Partido de Regalpetra, encontró algunos defectos, el vice del Ayuntamiento que había robado un poco de azúcar de la UNRRA y no había sido expulsado, el secretario de los mineros que aceptaba sobornos para agilizar algunos papeleos; empezó a preocuparse. Stalin habló con fuerte acento napolitano y dijo «Calì, en estas elecciones llevamos las de perder, no hay nada que hacer, los curas llevan mejor mano».

Calogero pensó «sueño es», pero quizá Stalin le vio en la cara desilusión y tristeza, dibujó una sonrisa y dijo «¿te crees tú que no remontaremos? Perderemos, la gente no está preparada aún, pero ya verás que lo conseguiremos». Le puso una mano en el hombro y empezó a sacudirlo, y al sacudirlo su mujer le decía «Calì, las seis son, Carmelo te llama».

Calogero se despertó, y por culpa de lo que había soñado se notaba por dentro una especie de gato agarrado a las entrañas. Mientras se vestía, le pidió a la mujer que hiciera subir a Carmelo; el camarada subió alegre, vestido como si fuera de boda, saludó al grito de «hoy nos las vemos con los cornudos de los curas», pero Calogero se agachó para atarse los zapatos y no dijo nada.

La mujer trajo el café, entre sorbo y sorbo Carmelo decía «ganas tengo de ver la cara que pone el arcipreste, atemoriza a la gente diciendo que tenemos preparada la cuerda de la horca, yo le enseñaré lo que es una buena soga», y Calogero sin mirarlo le dijo «¿qué quieres que vea?, harán falta años para que dejen de tocar los…».

Sorprendido, Carmelo dijo:

—¿Qué ha pasado?, ayer apostabas que…

—Ayer era ayer —dijo Calogero—, luego llega la noche y consultas con la almohada, los curas llevan mejor mano, todavía no estamos preparados.

No quería decirle lo que había soñado, Carmelo era joven y se reía de los sueños, los jóvenes como él ni siquiera juegan a la lotería. Calogero no creía en las almas del purgatorio, ni que las almas del purgatorio dijeran los números que iban a salir, pero creía en ciertos sueños, en los que se sueñan cuando despunta el alba, ante todo; hasta Dante los creía verdaderos. A Calogero lo mandaron al confinamiento en compañía de un poeta anarquista, se sabía de memoria una decena de cantos de la *Divina Comedia,* poemas de Carducci y del amigo anarquista. Y no era la primera vez que Stalin se le aparecía en sueños, y los hechos demostraron que los sueños eran reales. Nada sobrenatural, por descontado, Stalin pensaba y Calogero recibía en sueños lo que pensaba Stalin, esta teoría la aceptan hasta los científicos.

En 1939, cuando Calogero leyó en el periódico que Stalin había pactado con Hitler, casi le da un síncope. Hacía un par de meses que le habían levantado el confinamiento, había vuelto a abrir la tienda, pero no había dios que le llevase un par de zapatos que remendar o unas medias suelas que poner, se pasaba el día leyendo los pocos libros que tenía, el mejor momento del día era cuando llegaba el *Giornale di Sicilia,* se lo leía de cabo a rabo, incluso los anuncios clasificados y las esquelas. Era hermoso leer que el Duce inauguraba, recibía, hablaba, volaba, y comentar en voz alta noticias y discursos invocando para que úlceras y sífilis galoparan en aquel cuerpo lleno de energía, y cantarle a la imagen sonriente o torva —que el periódico no se olvidaba nunca de reproducir— insultos complejísimos y profecías atroces. Nadie se paraba delante del taller a charlar con él, solo el arcipreste lo hacía para aconsejarle juicio, prudencia, y añadía a veces «Dios es grande, este perro rabioso tendrá un día lo que se merece». Y Calogero, que no creía en Dios, se sentía consolado, porque el perro rabioso era Hitler. Incluso *L'Osservatore Romano* daba a entender lo que el arcipreste decía alto y claro. Luego vino lo del pacto y el arcipreste comentó «así tenía que acabar, se han olido como se huelen los perros», y Calogero se olvidó de la prudencia y perdió la diaria consolación que el arcipreste le daba, se puso a gritar que no podía ser, o la noticia era falsa o había algo escondido, y Stalin era mejor que el papa. El arcipreste puso la cara de quien ve granizada fuerte en un cielo que poco antes estaba despejado; le dio la espalda y estuvo meses sin pasar por la tienda.

En verdad, aquella noticia a Calogero lo volvía loco. No se podía esperar que la noticia fuese falsa. Aparecieron poco después las fotos: Stalin estaba al lado de Von Ribbentrop, parecían viejos amigos. ¿Cómo era posible que Stalin, el camarada Stalin, el hombre que había hecho de Rusia la patria de la esperanza humana, le diese la mano a aquel delincuente hijo de…? Es verdad que aquel viejo cretino del paraguas no había hecho nada para ponerlo de su parte, quizá Mussolini tenía razón cuando se reía de la decrépita Inglaterra, pero Stalin no podía acercarse por eso a aquel asesino. A no ser que, fingiendo amistad, le preparase una trampa mortal.

Y fue así que Calogero soñó con Stalin y Stalin, en confianza, le dijo «Calì, hemos de aplastar a esta serpiente venenosa, cuando llegue el momento verás qué estocada le pego», y Calogero se tranquilizó, estaba claro como la luz del sol que el golpe definitivo lo iba a recibir Hitler de Stalin, en el momento justo. Un amigo le hizo llegar el discurso de Dimitrov, el que decía que entre dos bloques imperialistas la URSS se quedaba a verlas venir. Calogero consideró que aquellas palabras eran verdad solo en parte. Según él, lo que Dimitrov no decía, y no podía sino callarlo, era que Rusia esperaba el momento en que las tropas alemanas estuvieran agotadas, incluso si victoriosas, y pasaría entonces al ataque. Imaginaba los preparativos secretos, aviones y tanques que salían de las fábricas del pueblo y se alineaban a lo largo de las inmensas fronteras que Hitler creía seguras, y Stalin habría dado la orden en el momento justo, ni antes ni después, en el segundo preciso. Y el Ejército Rojo iba a expandirse por los llanos y los montes de la Europa fascista, hasta Berlín, hasta Roma. Pero, mientras tanto, Hitler se zampaba Polonia, su ejército se movía como un cascanueces, Polonia aplastada de golpe, la Polonia marchita del latifundismo, pensaba Calogero, el heroico pueblo polaco, aquellos marchitos latifundistas que mandaban cargas de caballería contra los tanques de Hitler, Polonia entera con un solo gran corazón, viva Polonia heroica y desventurada. Le entraban ganas de ponerse a gritar en la plaza «¡viva Polonia!», y lloraba al leer a los corresponsales de guerra, incluso los periodistas fascistas parecían emocionados cuando escribían sobre la Polonia que moría, uno de ellos escribió un artículo sobre la caída de Varsovia que Calogero recortó del diario y lo guardó en la cartera. Cuando Rusia se dispuso a quedarse con su parte de Polonia, reapareció el arcipreste, se apoyó en la puerta y dijo «deberías saber de memoria lo que dice el himno de Mameli», y Calogero no supo adónde quería ir a parar, se sabía el himno de Mameli, no lo recordaba todo, pero lo tenía en un libro. Y el arcipreste dijo:

—Léelo, y cuando dice «la sangre del polaco bebe con el cosaco» échate unas reflexiones, las que la conciencia te mande.

—Yo la reflexión ya la he hecho —dijo Calogero—, ¿razonamos?

—Razonemos... —respondió el arcipreste.

—El pacto, como se llama, de no agresión, es un juego, llegará el momento justo en que Stalin le dará el golpe de gracia a aquel hijo de... y lo machacará.

—¡Bum! —comentó el arcipreste.

—Como hay Dios, para usted —dijo Calogero— la cosa solo podrá ir así: el fascismo morirá a manos de Stalin, el fascismo y muchas más cosas, hasta los que bendicen las banderas del fascismo acabarán así.

—Óyeme —dijo el arcipreste—, nosotros no bendecimos las banderas del fascismo o de qué diablos te imagines, nosotros bendecimos a todos los bien nacidos que van a defender las banderas, a todos los buenos cristianos que van tras ellas.

Y, además, si quieres que te lo diga bien claro, Mussolini no es como Hitler, temor de Dios y de la Iglesia tiene.

—Dejémoslo estar —dijo Calogero—, que me meto a gritar como un loco. Déjeme razonar a mi manera, ya dirá lo que quiera después. O sea, Stalin atacará a Hitler, mientras va consolidando posiciones, se acerca a Alemania. Y luego, que es lo más importante, le quita de momento media Polonia, la salva de la opresión nazi, la renueva, que Polonia era vieja, estaba llena de injusticias, el proletario sufría bajo los ricos…

—¡Pues sí que han salido ganando los polacos —interrumpió el arcipreste—, Stalin en lugar de Hitler!, gran ganancia, la lotería les ha tocado.

—Así no hay manera de razonar —dijo Calogero.

—¡Qué razonar ni qué razonar! —dijo el arcipreste—, si llamas razonar a eso que dices, la razón bien muerta está. Stalin atacará a Hitler, Stalin avanzará posiciones, Stalin salva media Polonia…, cosas que le quitan las ganas de mamar hasta a los terneros.

—Así están las cosas —dijo Calogero dominándose a duras penas—, de aquí a unos meses, un año como mucho, veremos quién de los dos razona mejor.

—Ya puedes esperar… —dijo el arcipreste.

Esperaba, y mientras tanto Rusia atacaba Finlandia, Calogero se sorprendía defendiendo a los finlandeses, cosas que pasan, Finlandia resistía y él pensaba que aquel pequeño pueblo daba buen ejemplo, ánimo Finlandia, ánimo Mannerheim; un pequeño general fascista; bueno, fascista no; sí, fascista; solo hay fascistas alrededor de Rusia, fascista era quien resistía ante Rusia o le tenía miedo. También Finlandia debe ser liberada de fascistas —pensaba— y, si no son fascistas, es necesario llegar allí antes que los alemanes, tomar posiciones en la guerra contra los alemanes. «Los rusos sangrientamente derrotados en la línea Mannerheim», ánimo Finlandia, un pequeño país de fascistas, un general fascista, quizá con alemanes infiltrados en misión secreta, la cosa no está clara. Calogero se sometió, en modo monólogo, a un proceso de autocrítica, pero no conseguía evitar que pensamientos de simpatía por Finlandia afloraran por sorpresa, ni que dudas sobre la potencia real del ejército soviético le dieran que pensar. De estas dudas lo sacó el arcipreste, quería tomarle el pelo por las derrotas que sufrían los rusos, pero en cambio despertó todas las fuerzas racionales de Calogero, un relámpago que iluminó la oscuridad de los acontecimientos.

—Es todo un truco —dijo Calogero—, Stalin se finge débil, quiere tranquilizar a Hitler, los fascistas del mundo creen que Rusia es débil, Hitler se convence de que es el bocado que se comerá al final; en cambio, Rusia es fuerte, cuando se ponga en marcha de verdad, Hitler y su compadre no tendrán tiempo ni de decir amén.

—Si te digo la verdad —dijo el arcipreste—, la duda la tengo; es cierto que la cosa es un poco rara.

Calogero no dijo que, hasta entonces, ni siquiera había intuido un juego así, que de repente se le había revelado la verdad.

—Stalin es un gran hombre, el más grande de este mundo —dijo—, para pensar trampas de este calibre se necesita un cerebro grande como la tinaja para el aceite.

Acabó como tenía que acabar: Finlandia cedió una parte a Rusia e inmediatamente después los alemanes invadieron Noruega, dos pájaros de un tiro: tomaron buenas posiciones para atacar Inglaterra y neutralizaron la ventaja que los rusos habían conseguido en Finlandia, quizá aquel loco empezaba a sospechar algo del truco de Stalin. Calogero opinaba que, si los alemanes invadían Noruega, Stalin debería haberse puesto en marcha; en cambio, Stalin se estaba allí como si no pasara nada. Los alemanes se expandían por Bélgica y Holanda; «ha llegado el momento», pensaba Calogero; pero Stalin, quieto. Lo bueno era que en Inglaterra desaparecía aquella vieja momia con paraguas y aparecía Churchill, y a Calogero le dio buena impresión, Calogero sabía que Churchill era uno de los pocos que no se creyó la bufonada de Múnich en el 38. «Tiene cara de mastín —decía—, entre él y Stalin los alemanes acabarán por maldecir el día que nacieron». Pero le asaltó una nueva aprensión: que Mussolini no se lanzase, que quisiera ser neutral y en el último minuto se subiese al carro de los vencedores. Los alemanes invadieron Francia, Mussolini creyó ganada la guerra y libró a Calogero de todas las dudas acerca de sus planes secretos. Stalin seguía callado, pero Calogero se lo imaginaba en una gran sala del Kremlin, apoyado sobre un gran mapa de Francia, emocionado y lleno de piedad, y por los sentimientos aconsejado a acudir de inmediato en ayuda de los franceses, pero por la razón obligado a un cálculo exacto del tiempo y la forma de la intervención. Cayó París, Calogero estuvo allí del 20 al 24, en el mes de junio París era bellísima, estaba en una pensión en la rue Antoinette, por la noche en un café en Pigalle, o en el café Madrid con orquesta y el hombre con la cara seca e inteligente que cantaba a media voz y contaba ocurrencias, el bulevar de los italianos, boulevard Montmartre; y ahora estaban los alemanes en el café Madrid, los alemanes desfilaban por el Bois, por el Luxembourg, en Pigalle. ¿Y las chicas judías de Pigalle, aquella muchacha que tocaba el violín? Lleno de odio y llanto, Calogero sufrió un mes entero la llamada de auxilio de Reynaud al presidente Roosevelt. «Quietos, estos americanos cornudos dejan morir a Francia, mulos son, bastardos a los que les importa un huevo Francia y Europa...».

—Rusia también se está quieta —decía el arcipreste.

—Lo de Rusia es diferente —decía Calogero—, Rusia espera.

—¿Y a qué espera? Espera a que Hitler le deje algún hueso que repelar, eso espera —decía el arcipreste.

—De aquí a un año se verá qué espera. Hitler y el cerdo de aquí se echarán a temblar cuando Stalin se decida.

—Sí, de aquí a un año, lo mismo decías el año pasado —concluía el arcipreste.

El 1 de octubre de 1940, el periódico lucía dos grandes titulares: que Serrano Suñer, ministro español y cuñado, por lo que parecía, de Franco, venía a verse con el Duce, y que «Rusia confirma que el pacto con los Estados del Eje no cambia». Por culpa de la guerra de España, Calogero estuvo confinado un par de años, su cuñado el americano se enroló en las Brigadas Internacionales, escribió una hermosa carta sobre las razones de la guerra y su participación en ella contra los fascistas, Calogero supo lo que decía la carta en el cuartel de la policía, adonde lo llamaron para preguntarle qué pensaba de lo que decía el cuñado, le leyeron algunos párrafos y derechito al confinamiento en Lampedusa. Ahora, aquel titular se mofaba de él, de todos sus amigos confinados, de su cuñado, de todos los comunistas muertos por la República española. Además, ¿cómo era posible que el camarada Stalin, el hombre que había hecho de Rusia la patria de la esperanza humana, se declarase todavía amigo de los fascistas mientras se desangraba Europa, Francia soportaba un gobierno de ratas y España un feroz general con cara de cura? «Si lo pienso, me vuelvo loco», decía para sus adentros. Y decidió que tenía que relacionarse con la gente, hablar del asunto, verse con personas con sus mismos ideales y que, sin duda, sufrían como él. A Caltanissetta había que ir. Allí estaban el diputado Gurreri, Michele Fiandaca, gente que entendía la política mejor que él.

El diputado lo recibió tras hacerle esperar media hora. Calogero no lo reconoció, estaba calvo y tenía el gesto cansado, no hacía más que pasarse el pañuelo por la calva, lo trató con la fórmula de cortesía fascista y le dijo «¿qué deseáis?». Calogero se dio cuenta de que había hecho una tontería enorme, dijo «la verdad..., yo quería..., no sé si usted se acuerda, acabada la otra guerra, en Regalpetra... Me llamo Schirò». Sin dejar de pasarse el pañuelo por la frente, el diputado dijo «sí, me acuerdo, Schirò, claro que me acuerdo». Calogero se sintió fuerte:

—¿Recuerda qué batallas?, yo era el secretario del Partido allí, de la sección Nicola Barbato, aquel discurso que usted hizo desde el balcón de los Lo Presti...

—Oh —dijo el diputado, y pareció que al abrir la boca se hubiera encontrado en los labios un pincho de aloe vera, y cambió de cara—, eso es agua pasada —dijo enseguida—, cosas que recordarlas es solo una pérdida de tiempo... Vengamos a lo que nos ocupa, habréis venido para una consulta...

—La verdad sea dicha —dijo Calogero más preocupado que antes—, he venido a verle a usted para hablar de la situación, para que me la aclare un poco, yo no entiendo mucho: Rusia no se mueve y Alemania aplasta medio mundo...

Ahora sí que sudaba el diputado.

—Así es, querido mío: Rusia no se mueve y Alemania conquista el mundo, y merece conquistarlo. ¡Qué pueblo!, ¡qué ejército!... Pero yo, egregio amigo, soy abogado, no estoy aquí para hablar de política.

Se levantó de la poltrona, Calogero también se levantó, el diputado le puso una mano en el hombro y lo empujó suavemente hacia la puerta, la abrió y dijo:

—Por favor, y recordad que yo soy abogado, solo abogado.

Calogero se vio fuera lleno de vergüenza y de rabia. El honorable, inmóvil en el centro de la habitación, se secaba el sudor y decía «canallas, hace quince años que solo me ocupo de lo mío y aún insisten, no quieren convencerse..., mandan un espía, un espía me mandan».

Calogero recorrió corso Vittorio Emanuele, preguntó cómo se iba a via Re d'Italia, no se acordaba dónde estaba. Pasados tantos años, Caltanissetta le parecía una ciudad nueva y, en cambio, no había nada nuevo. Encontró el patio oscuro, las escaleras de caracol, y el mismo olor a col y a huevos podridos. Michele Fiandaca estaba en casa, en casa trabajaba como relojero, los hijos que montaban un jaleo infernal y él allí en calma, inclinado sobre las pequeñas maquinarias y con una lente en el ojo.

Tras la visita al honorable, el recibimiento de Michele Fiandaca tranquilizó a Calogero. La esposa de Michele era una mujer pálida y silenciosa, le preparó enseguida al amigo un café de malta, Michele sacó papel de fumar y picadura. Se preguntaron mutuamente por los amigos del confinamiento, luego Calogero entró en el meollo de la cuestión.

—He ido a ver al diputado Gurreri —dijo—, quería preguntarle qué piensa de la situación, y le ha entrado un miedo tal que...

—Ese se ha vuelto un maniaco —explicó Michele—, deberías verlo cuando va por la calle, camina que parece que lleve detrás una reata de perros de presa... No hay nada que hacer con él; ese ve la situación de una manera que si el federal lo llamase para darle el carnet de fascista, lo celebraría.

—¿Y cómo ves tú la situación? —preguntó Calogero.

—¿Qué quieres que te diga? Inquieto estoy. Pero esto no puede acabar con que una banda de asesinos domine el mundo.

—¿Y Rusia? —preguntó Calogero—, ¿qué hará Rusia?

—No pasan seis meses que Rusia se lanza contra los alemanes, eso dice Pompeo. ¿Quieres hablar con Pompeo? Nos vemos todas las tardes, si te quedas hasta esta tarde te llevo, Pompeo es serio.

—Lo sé —dijo Calogero—, sé que es serio, me gustaría conocerlo, pero mi mujer no quiere quedarse sola en casa por la noche, le he prometido que volvería esta tarde. Es suficiente oírte a ti lo que piensa Pompeo. Así pues, dice que de aquí a seis meses.

—Sí, la situación la sabe explicar bien, habla que da gusto oírlo, si no estuviese él, aquí me sentiría yo como esos perros callejeros que se enroscan y se dejan morir, él me da ánimos, siempre tan sereno… Y luego está el otro abogado, el del Partido Popular, también es serio, a veces nos vemos.

—Y este abogado qué dice de Rusia, ¿cree que se lanzará contra los fascistas?

—Piensa igual que Pompeo —dijo Michele.

—¡Bien! —dijo Calogero—, ahora voy y se lo digo al arcipreste, siempre venga a hablar de este abogado, le diré lo que piensa.

—También aquí nos las vemos con los curas —dijo Michele—, vamos todos a una que da gloria.

—Viejos zorros —dijo Calogero—, huelen de dónde sopla el viento y así izan la vela, siempre de pie quieren caer.

—Lo que nos interesa, por ahora, es engrosar las filas, reunir a todas las fuerzas antifascistas, que con los curas y los burgueses ya nos las apañaremos luego. ¿No has visto a qué juega Stalin?

—Una gran cosa es —dijo Calogero—, cuando de aquí a seis meses se les eche encima, los fascistas se quedarán pasmados.

—Y hasta las potencias capitalistas morirán, Stalin será el gran vencedor de esta guerra. ¡Nada de Napoleón! Stalin dejará en nada lo de Napoleón.

Mussolini mandó soldados descalzos a tocarles las narices a los griegos, en Grecia se encontraron con la nieve y con un pueblo que no quería que les tocaran las narices, llegó la primavera y llegaron los alemanes, los italianos entraron en Atenas con los alemanes, hasta Yugoslavia ocuparon, el luto se adueñó de los pueblos de Grecia y de Yugoslavia. Seis meses, un año y Rusia entró en guerra, o fue Alemania la que atacó, Calogero no lo tenía muy claro. La cuestión es que las tropas alemanas avanzaban rápidamente por territorio ruso; a bocados, se hacían con regiones grandes como Italia y con ejércitos rusos que se rendían, y eso no quería decir nada para Calogero. Las cuestiones eran dos: o Hitler se había adelantado unos días al ataque de los rusos y les había desbaratado los planes, o fue Stalin el que atacó, pero con poquísimas fuerzas, como si fuera una escaramuza fronteriza, y los alemanes acababan atraídos como por imán en los inmensos territorios rusos, como el ejército francés de Napoleón, para ser luego derrotados y aniquilados. Calogero, tras unos días de indecisión, se convenció de que Stalin les abría las puertas de Rusia a los alemanes.

Ahora, la zapatería de Calogero volvía a tener parroquia, un estudiante, un corredor de comercio, el almacenero del Consorcio, el sacristán de la iglesia mayor; el sacristán no abandonaba la conversación más que para ir a tocar las campanas; el arcipreste se mostraba inquieto, una tarde sorprendió al sacristán estirado sobre una banca en la sacristía, miraba la hilera de los arciprestes de la iglesia mayor, los arciprestes desde 1630 hasta hoy, y en voz baja cantaba «mueran los curas que son espías, la guardia real y las burguesías», y el arcipreste se propuso buscarse otro sacristán. Calogero estaba feliz y contento con las cuatro personas que aceptaban sin reservas la estrategia de Stalin que él había divulgado apasionadamente. Volvió a soñar con Stalin, pero de manera confusa, había nieve y más nieve, abedules que hacían silbar el viento, hombres que hormigueaban por las nieves, rotas las filas; apareció luego, al final del sueño, la cara de Stalin con expresión de mutuo e inteligente entendimiento.

Calogero había leído *Guerra y paz,* y se imaginaba que las jornadas de Stalin eran las de Kutúzov en la novela. Tras un mes de guerra, Stalin había asumido el mando del ejército, Calogero se imaginaba los consejos de guerra en las casas de los campesinos, los generales inquietos y confundidos ante la consciente serenidad de aquel hombre, el pan negro y la miel de los campesinos ante aquel hombre sonriente y paternal. Cierto es que cada vez que llegaban noticias de que los alemanes avanzaban, Stalin decía «pues dejadlos que corran, esta la carrera de los potrancos es», y se fumaba una pipa y expulsaba el humo satisfecho. En agosto, cuando Mussolini le pidió a Hitler el honor de mandar un ejército a Rusia, Calogero pensó «pobres chavales, acabarán aplastados como ratas», y eso más o menos es lo que pensaba, irónico y piadoso, Stalin.

En noviembre de 1941, los alemanes se detuvieron antes de llegar a Moscú, Leningrado y Rostov; Calogero decía «ahora viene lo bueno, ya veréis lo que viene ahora», pero hasta mayo de 1942 no pasó nada. Luego, los alemanes avanzaron de nuevo, se quedaron quietos a las puertas de Moscú y de Leningrado y empezaron a bajar hacia el Cáucaso. Calogero no se inmutó, «sigue aún la carrera del potranco», y calculó que no pasarían seis meses sin que la contraofensiva rusa fuera implacable. «El invierno —decía—, esperad a que llegue el invierno y ya veréis cómo acaba la cruzada antibolchevique, Stalin os dejará el ejército alemán aplastado como sardinas en cubo», y pedía que el invierno fuera terrible, una inmensa cuchilla heladora que limpiara de la faz de la tierra rusa aquel ejército hasta entonces victorioso.

Ya en otoño empezaron a repartir números. Delante de Stalingrado, y no podía ser de otra manera visto que era una ciudad que había adoptado el nombre de Stalin, los alemanes se detuvieron, y luego empezó la contraofensiva, eran ahora los rusos los que manejaban la gran tenaza, y apretaban y apretaban, y dentro había medio millón de hombres. Calogero lo sentía por nuestros soldados que se entregaban a la muerte sobre la nieve, imprecaba contra el cornudo que había mandado a los hijos del pueblo de las tierras soleadas a morir en las frías llanuras.

A la vez que aplastaban al ejército del mariscal Von Paulus, aplastaron al nuestro. Cuando Von Paulus se rindió, para los alemanes fue como un luto, pero pronto empezaron a llegar rumores de secretos pactos entre Von Paulus y los rusos. Calogero empezó a considerar la posibilidad de una revolución comunista en Alemania. Creía que la guerra podía continuar durante meses o años, pero Rusia la había ya ganado en Stalingrado, no había fuerza que pudiera detener el triunfo del comunismo en el mundo.

Los americanos estaban ya en Regalpetra cuando se supo que Mussolini había sido arrestado en Roma. Parecía que la noticia viniera de otro mundo, en Regalpetra hacía diez días que la gente se desfogaba con los cortafríos, el fuego o los escupitajos contra cualquier detalle o señal que recordase al fascismo. Calogero se sentía un poco triste al ver espías de las federaciones fascistas o pequeños jerarcas presos de un feroz celo antifascista, se acercaban a los americanos susurrando delaciones, y para contentar a los delatores los americanos se llevaron al secretario político, al podestá y al *maresciallo* de los *carabinieri.* Calogero juzgó a los americanos «fáciles de convencer», gente que se creía al primero que hablaba; los rusos se habrían comportado de otra manera. Para completar la indignación, el brigadier de los *carabinieri* vino a decirle que a los americanos no les gustaban las reuniones que celebraba en el taller, quizá nada sabían los americanos de aquellas reuniones, pero a algún lameculos de los americanos sí que nada le gustaban. Sin pararse a pensarlo, Calogero recortó dos retratos de Stalin, los enmarcó bien majos y uno lo colgó en la tienda y el otro en el dormitorio, al lado de la Virgen de Pompeya que la mujer tenía en su lado. La mujer comentó agria «¿es acaso tu padre?», pero no dijo nada más viendo la mala cara de Calogero. Más violento fue el arcipreste, llegaron a los insultos. El retrato colgado en la tienda se veía desde el otro lado de la plaza. El arcipreste, que hacía tiempo que no ponía un pie en el taller, se acercó curioso y luego, descifrada la foto, vibrante con desdén contenido, con fingido candor, dijo «¿y este quién es?», y Calogero respondió que era el hombre más importante del mundo, el hombre que iba a cambiar la faz de la tierra, el hombre más grande y más justo.

—Guapo sí es —dijo el arcipreste—, parece un gato con una lagartija en la boca.

—No es Rodolfo Valentino —dijo Calogero paciente—, y si parece un gato me alegra que usted lo vea así, así aprende de qué muerte morirá; si Stalin es un gato, alguno habrá que acabará como los lagartos.

—Mi gato —dijo el arcipreste— murió por la fea costumbre que tenía de comer lagartijas, que son indigestas, y sacaba babas como un epiléptico, acabó que parecía una tela de araña.

—Este gato es diferente —dijo Calogero—, este digiere hasta la bicha negra.

—La bicha negra, si lo que quieres decir es lo que sospecho —dijo el arcipreste—, aún no ha nacido el gato que se la coma, y estate bien seguro de que no nacerá. Pero dejemos en paz gatos y bichas. Tú quita el retrato, yo vengo a bendecirte la tienda y te regalo un buen cuadro de san José carpintero.

—Hagamos esto —dijo Calogero—, usted me da el san José y yo lo pongo al lado de Stalin, que es un santo trabajador y no desentona; a cambio, le regalo el cuadro de Stalin que tengo sobre el cabezal y usted lo mete en la parroquia, pero cerca de un santo bueno, que no sea san Ignacio o santo Domingo de Guzmán, esos de la Inquisición de España, ya me entiende usted.

—Alma del infierno eres —gritó el arcipreste sin dejar de santiguarse—, cuando estires la pata querré verte, cara a cara en el juicio final, y yo te negaré la señal de la cruz.

—Toco madera —dijo Calogero cogiendo rápidamente el mango de un buril— porque, cuando habláis los curas, de una sola cosa se puede estar seguro, cuando echáis mal de ojo no os equivocáis nunca.

—¡Bestia! —dijo el arcipreste mientras se alejaba desesperado.

Aparecieron los Comitati di Liberazione. En el continente, los antifascistas luchaban, morían torturados, colgados, descuartizados, los alemanes eran como perros rabiosos. En Sicilia estaban los americanos, los Comitati di Liberazione jugaban a montar ayuntamientos y a desmontarlos, y hasta de las purgas se ocupaban. Había partidos políticos, y cada partido mandaba dos representantes al Comitato. Calogero estaba convencido de que le iban a dar un puesto en el Comitato; en cambio, el Partido mandó al empleado de correos (participante en la marcha sobre Roma del 22) y a un sargento de la milicia. Se molestó, pero pensó luego que, como en todo lo que decidía el Partido, aquella elección tendría una buena razón. Como compensación, lo nombraron concejal del Ayuntamiento, encargado de las obras públicas. Calogero tenía buenas ideas, pero en las arcas del Ayuntamiento no quedaba un céntimo.

Mientras tanto, los rusos se expandían, el arcipreste estaba preocupado y seguía impaciente el avance del segundo frente, el de los ingleses y americanos. Pero como una profecía de san Juan Bosco hacía mención a los caballos rusos, que un día iban a abrevar en San Pedro, el arcipreste sabía resignarse a los designios de la Providencia, «si es voluntad de Dios, los rusos llegarán a Roma; será gloria de la Iglesia convertir a estos nuevos bárbaros a la fe», pero Calogero nutría esperanzas contrarias. Stalin ocupaba el corazón de Europa: el comunismo, la justicia; temblaban los ladrones y los usureros, las arañas que tejen las riquezas del mundo y las injusticias. Con cada ciudad que conquistaba el Ejército Rojo, Calogero imaginaba un tenebroso hormigueo de fugas, a los hombres de la injusticia y de la opresión descompuestos por un miedo bestial, a los trabajadores en las calles y plazas iluminadas que acompañaban a los soldados de Stalin. El camarada Stalin, el mariscal Stalin, *lu zi' Peppi,* el tío de todos, el protector de los pobres y los débiles, el hombre que llevaba la justicia en el corazón. Calogero, cada vez que se enfrentaba a las cosas que no funcionaban en Regalpetra o en el mundo, acababa diciendo «esto lo arregla el tío Pepín», y creía que había sido él el inventor del cariñoso apelativo que ahora utilizaban todos los camaradas de Regalpetra. No era así: en Sicilia, todos los braceros y mineros, todos los pobres que abrigaban esperanzas, decían *«lu zi' Peppi»,* y en tiempos llamaron así a Garibaldi, llamaban «tíos» a todos los hombres que traían justicia o venganza, al héroe o al capo de la mafia, la idea de la justicia siempre luce esplendorosa en la decantación de los pensamientos vindicativos. A Calogero lo mandaron al confinamiento, en el confinamiento los camaradas le enseñaron la doctrina comunista, pero solo sabía pensar en Stalin como en un «tío» que sabía organizar venganzas y fulminar con condenas *a baccagliu,* es decir, en la jerga de los «tíos» de Sicilia: a los enemigos de Calogero Schirò, o sea, al *cavaliere* Pecorilla que lo mandó al confinamiento, al azufrero Gangemi que no le pagó unas medias suelas, al doctor La Ferla que le hizo pignorar un bancal de trigo para pagarle la cura de un corte que le dio, peor que un carnicero, en la ingle. Calogero miraba las fotos de las conferencias de Teherán y de Yalta, Roosevelt, Churchill y Stalin, pero Stalin era diferente. Los otros dos eran, sin duda, grandes hombres, sabían lo que hacían, pero lo sabían pensando en el hoy. Stalin, en cambio, tenía en la mano las cartas del mañana, del siempre, las cartas de Calogero Schirò y del mundo entero. Cuando Stalin «tiraba» una carta, para Calogero Schirò era la carta buena, y también para el futuro de la humanidad. Roosevelt y Churchill pensaban en la guerra que había que ganar, en el mundo liberado de la amenaza negra, en los barcos ingleses y americanos que tejen la red del comercio mundial; Stalin, por el contrario, pensaba en los trabajadores de las salinas de Regalpetra, en los mineros de Cianciana, en los campesinos de los feudos, en todos los que sudan sangre en el trabajo, y de nada habría servido derrotar a Alemania si los hombres de Regalpetra o de Cianciana tenían que seguir viviendo como los animales.

Con el seguir el desarrollo de la guerra, Calogero se había apasionado y fantaseaba con lo que hacía el general Timoshenko, creía que era la mano derecha de Stalin; Stalin pensaba y Timoshenko actuaba, un general del pueblo. Timoshenko tenía una cabeza dura como un tocón, «se podría picar carne encima», decía afectuosamente Calogero; un campesino astuto, desconfiado, tozudo; fue de los que comen en fiambrera, durante la revolución lo eligieron oficial sus camaradas, y ahora era general y no se dejaba engañar por los alemanes, las primeras buenas noticias que vinieron de Rusia llevaban su nombre. En Rusia había más generales, el que resistía en Leningrado, y el de Stalingrado, y el del Don, pero Calogero veía que el desarrollo de la guerra giraba alrededor del perno que era Timoshenko. Pero había generales rusos que se dejaban perilla y, francamente, la gente con perilla no le gustaba a Calogero: la perilla de Di Bono, de Giuriati, de Balbo, de todos los centuriones de la milicia fascista que había conocido… Un hombre con perilla algún defecto tiene. Timoshenko, en cambio, se rapaba al cero, como un recluta apenas llegado al cuartel. Eso es, tenía la cara del recluta campesino, del hombre llamado a las armas para defender el koljós, no la cara del oficial que trabaja de general, menuda historia la de trabajar de general. Calogero hizo la mili en caballería, llegaba el general con la perilla, pasaba revista, luego se paraba a mirar si los estribos relucían incluso por debajo y, si no lucían por completo, gritaba con indignación y amargura. Le hubiera gustado verlo, a aquel general, durante la retirada de Rusia, dar la vuelta a los estribos para ver si tenían limpio el reverso. Timoshenko era un hombre que miraba la cara de los soldados, no los arreos, y con los soldados bromeaba, bromas recias de campesinos; y estos campesinos, lentos y pesados como bueyes, detenían a los alemanes y luego los aplastaban.

Calogero se sabía de memoria todas las batallas de Timoshenko, cabezas de puente y ciudades reconquistadas, y los elogios y condecoraciones que recibía Timoshenko. Pensaba «de aquí a cien años, y lejos quede el día de la muerte de Stalin, Timoshenko es quien puede coger el timón», y pensaba que Stalin había ya secretamente decidido la sucesión, y hasta testado.

En cambio, acabó la guerra y no se volvió a hablar de Timoshenko, otros generales se retrataban al lado de Stalin, pero ni rastro de Timoshenko. Una vez, Calogero pidió información a un diputado del Partido que acababa de volver de Rusia, y este hizo como si fuera la primera vez que oía el nombre. Luego, alguien le dijo a Calogero que Stalin había mandado a lugares a trasmano, como al exilio, a algunos generales, quizá entre ellos estuviera Timoshenko. Fue la primera vez que Calogero pensó que alguien le daba malos consejos a Stalin, lo habló con uno de la secretaría provincial y este lo miró mal; luego, con paciencia infinita, le explicó que una cosa así era imposible y que solo sospecharla (aunque fuera en buena fe) era un error gravísimo. Calogero se olvidó de Timoshenko.

El 18 de abril de 1948 Calogero tuvo aquel sueño; por la mañana, los resultados de las elecciones demostraron lo real que había sido, Calogero no tenía dudas, era tan real que ni siquiera quiso acercarse a la sede del Partido a oír por la radio las noticias. Los camaradas que la mañana del 18 oyeron sus últimas previsiones le dijeron primero que era un pájaro de mal agüero y convinieron luego que todo era cuestión de razonamiento. Calogero no le dijo a nadie que aquella previsión se la había anunciado Stalin en sueños.

Mirando la fotografía de Stalin, veía en aquella cabeza una radiografía llena de pensamientos, como un mapa que se iluminase continuamente en diferentes puntos, ahora Italia, ahora India, ahora América, cada uno de los pensamientos de Stalin se convertía en un hecho en el mundo; en el tablero del mundo, Stalin pensaba un movimiento y Calogero, antes de que Stalin moviese ficha, sabía el movimiento por revelación misteriosa. Por eso mientras *l'Unità* decía que Corea del Sur había atacado la del Norte, Calogero sabía que la cosa, por una vez, era como los periódicos fascistas y burgueses decían. No es que con la cosa de Corea hubiera vuelto a soñar, ni previsto que algo iba a pasar en Corea, pues ni sabía que hubiera Coreas en el mundo, sino porque no había duda de que Stalin algo tenía que hacer, al menos para ver cómo reaccionaban los americanos. Los americanos echaron a correr para defender Corea del Sur; una prueba que era necesario hacer. Ahora, Stalin sabía que, si atacaba, los americanos echaban a correr, había que hablar de paz; «la paz trabaja por nosotros», decía Calogero, se convirtió en defensor de la paz, recogió firmas en favor de la paz y contra la bomba atómica, se puso en el ojal la paloma de Picasso. La verdad es que no entendía todo ese jaleo con Picasso y la paloma, él sabía dibujar palomas que le quedaban mucho mejor, con un claroscuro que con la luz justa parecían reales. Cuando Picasso hizo el retrato de Stalin y el Partido dijo que no había salido bien, Calogero se alegró, «hay cosas que se deben decir alto y claro, Picasso será un buen comunista, pero no es pintor para nosotros, los retratos debe hacérselos a esos burgueses idiotas que se los pagan», decía. Se hizo una idea acerca de Picasso: que se dedicaba a tomarle el pelo a los ricos, a los americanos; eso, había que reconocerlo, a Picasso le salía mejor que al Padreterno.

El periódico, todos los días, traía nuevos acontecimientos sobre los que pensar y discutir, el taller parecía la sede del Partido; cuando pasaba por allí alguien crítico con el comunismo, Calogero se sentía a gusto, decía en confianza a los amigos «ahora lo pongo yo a este en su sitio, dejádmelo a mí, os lo cocino en salsa agridulce», y empezaba con buenos modos, pero siempre acababa con un brusco «no todos son capaces de razonar, con los fascistas y los clericales es como darse de cabeza contra la pared, ¡qué tozudos!». Pero, a decir verdad, los fascistas y los clericales que pasaban por el taller y entablaban conversación se mostraban prudentes en medio de tantos comunistas, era siempre Calogero el que empezaba con los insultos. Mientras no se hablara de Stalin, discutía serenamente; apenas el otro incautamente lo citaba, la conversación empezaba a torcerse. El arcipreste, que lo atacaba siempre con el nombre de Stalin, le parecía a Calogero peor que un dolor de muelas. Más ahora que mandaba el arcipreste, que el pueblo estaba a sus órdenes, lejano el miedo del 45. Miraba el retrato de Stalin casi con compasión, decía «tendrá que rendir cuentas ante Dios sin duda, pero es posible que la Providencia le haga rendir cuentas ante los hombres, es posible que esté destinado a no morir en su cama», y Calogero se encendía y lanzaba el más explícito deseo de muerte violenta a la jerarquía eclesiástica, empezando por el sacristán, que pasó de ser comunista a piedra angular de la Democracia Cristiana.

En Regalpetra, el último en enterarse de que Stalin había muerto fue Calogero. Aquel día se levantó tarde, bajó al taller que eran las nueve pasadas, trabajó un par de horas y empezó a inquietarse porque ningún camarada se había dejado ver. Pensó que, con un día así, soleado aunque un poco ventoso, los amigos se habrían ido al campo o a disfrutar de un paseo al sol. Así, le apeteció salir también a él, y mientras cerraba el taller y aumentaba el deseo de ocio y de sol, le asaltaron malos pensamientos sobre los amigos, parados no por su voluntad, aunque se estaban acostumbrando al ocio y se echaban a perder, y lo pensaba porque los amigos, aquel día, no fueron a hacerle compañía.

En la sede del Partido habían puesto una bandera con un lazo negro. Calogero pensó que habría muerto algún camarada. Dentro, los camaradas, los que venían a verle por las mañanas, estaban sentados alrededor de una mesa en silencio. Al ver aquel círculo de manos sobre la mesa, Calogero pensó que se trataba de espiritismo, estaba a punto de decir una frase ingeniosa, pero se contuvo, por la bandera con el lazo negro que había afuera. Preguntó «pero ¿quién se ha muerto?», y aquellos lo miraron maravillados.

—¿De dónde sales? —dijo uno—, Stalin ha muerto.

A Calogero le temblaron las rodillas, como un rayo le pasó por la mente el mal fario del arcipreste, y preguntó enseguida: «¿Ha muerto en su cama?, ¿cómo ha muerto?».

—Ha muerto así —dijo un camarada—, de repente.

El arcipreste le listó una vez todos los tiranos que murieron de manera violenta; según él, Stalin no iba a librarse. Stalin, en cambio, había muerto como un buen padre de familia que ha acabado el trabajo, Calogero imaginaba la serenidad de aquella muerte, una corona de pena silenciosa alrededor del gran hombre que moría. Pero le asaltó la duda de que la noticia podía ser falsa, se sabe de qué son capaces algunos periodistas, preguntó «¿la noticia es cierta?, ¿cómo os habéis enterado?».

—La radio —dijeron—, los periódicos.

Calogero no abrió la boca. Stalin, pues, estaba muerto; pero la idea estaba viva, avanzaba irresistiblemente por el mundo, no había fuerza que pudiera detenerla. Pero Stalin, que la condujo durante veinte años, estaba muerto. Era el momento del juicio de la historia. Pero Stalin era la historia. El juicio de Dios. Aceptemos que Dios exista, que tenga un libro blanco y un libro negro, que tenga en la mano la balanza de la justicia, ¿qué ha hecho Stalin sino justicia? Y a los hombres a los que no podía hacer justicia, ¿no les daba acaso esperanza? Fe, esperanza y caridad. No, caridad no: fe y esperanza. Y justicia. Había evitado males a los hombres, Stalin había caminado con el paso de la revolución, el paso de la violencia y de la sangre, pero una revolución debe ser una revolución. Jesús, que era Jesús, trajo una palabra nueva que rezumaba sangre, Calogero había leído *Quo vadis?,* aquella gente no mataba, pero se dejaba matar, la misma cosa era. «Ya estoy pensando en la religión, basta con verme un muerto delante y me pongo con la religión; pienso en mi muerte y no veo nada, Dios, el más allá, nada veo; veo el ataúd, la tumba, alguien que me recordará como un buen camarada, y seré solo un esqueleto dentro de un ataúd cuando todo el mundo sea socialista; pero la muerte de los demás me hace pensar en la religión. La muerte de mi madre, pero mi madre creía en Dios. Cuando oigo tocar las campanas a gloria porque ha muerto un niño. Cuando vi todos aquellos muertos en el choque de trenes. Pero Stalin no tiene nada que ver, para un hombre así es ridículo pensar en un alma con alitas, la inmortalidad de Stalin la llevamos nosotros, los hombres que vivimos hoy en la tierra, toda la humanidad por venir».

Estos pensamientos le rondaban por la cabeza, pero sin orden ni concierto, como cuando se tiene fiebre, la fiebre de la malaria, cuando uno se pone encima todas las mantas al alcance y aun así pasa frío y luego advierte que pensamientos y recuerdos se hacen delirio incandescente, y quisiera resistirse, aferrarse a algo real, a un objeto cualquiera, a la cama, a la ventana, a un árbol, y entonces el objeto se funde en el delirio.

Así fue como Calogero, sin decir una palabra, volvió a casa. Al verlo descompuesto, la mujer le dijo «apuesto a que te ha vuelto ese dolor en el flanco».

—Sí —dijo agrio—, has ganado la apuesta, me duele el flanco, prepara la manzanilla.

Calogero estuvo un par de días sin salir de casa, había algunas caras que prefería no ver, ni con los camaradas quería hablar de la muerte de Stalin. A Stalin lo unían recuerdos y esperanzas, como una relación personal tenaz y exclusiva, una amistad. Y creía que sus sentimientos eran un poco diferentes a los de los camaradas; en cambio, con el discurso que Togliatti hizo en la Camera comprendió que todos los comunistas sentían lo mismo, Togliatti habló por boca de todos, encontró palabras para expresar el dolor de todos los camaradas. Calogero se repetía aquellas palabras y se le hacía un nudo en la garganta y le entraban ganas de llorar.

«Esta noche ha muerto Giuseppe Stalin. Me resulta difícil hablar, señor presidente. Tengo el alma oprimida por la angustia provocada por la desaparición del hombre que más he venerado y amado, por la pérdida del maestro, del camarada, del amigo… Giuseppe Stalin es un gigante del pensamiento, un gigante en la acción... La victoria militar contra el fascismo llevará en la historia, ante todo, el nombre de Stalin...», y eran palabras que salían del corazón, Calogero notaba entrecortada por el llanto la voz de Togliatti cuando las pronunciaba. No solo un gran líder había muerto, sino también un amigo. Daban risa los que llamaban tirano a Stalin: todas las acciones de Stalin, todas sus ideas e intenciones, no había comunista que no las tuviera razonadas y asimiladas dentro de sí; cuando Stalin decidía algo, era como si todos los camaradas hubieran decidido con él, cara a cara, como conversan los viejos amigos, con la botella de vino y la picadura en la mesa, los reaccionarios del mundo entero se retorcían para adivinar las malas intenciones de Stalin, las oscuras tramas que Stalin tejía (así decían en sus periódicos); en cambio, los camaradas lo veían claramente. Stalin era como un jugador que tiene al adversario enfrente y a sus espaldas a los amigos y antes de tirar una carta se la enseña a los amigos (sin que el adversario la vea), y es siempre la carta justa.

Stalin estaba ya al lado de Lenin, en el gran mausoleo de la Plaza Roja, embalsamado, la enorme plaza retumbó durante tres días con una sinfonía de gloria. ¡Un gran hombre había muerto! También Lenin fue un gran hombre, y después de Lenin vino Stalin. La idea de quién iba a ser el sucesor inquietaba un poco a Calogero, algunos periódicos anunciaban una lucha por el poder; aunque hubiera lucha, solo podían vencer los mejores. ¿Acaso no había vencido Stalin sobre Trotsky? Verdad es que un hombre como Stalin no muere sin haber arreglado las cosas de la manera más rígida y segura. Beria o Molotov; Calogero habría apostado por Molotov.

En cambio, salió Malenkov, seguro que lo había elegido Stalin, y Calogero sabía perfectamente la razón. Haciendo que el sucesor fuera un hombre todavía joven, Stalin mataba dos pájaros de un tiro, pues al ser Malenkov joven se aseguraba una mayor continuidad en el poder, y este quedaba en las manos de uno que se había educado en la escuela de Stalin. Mirando la fotografía de Malenkov, Calogero dijo a los camaradas: «Será un buen perro, un buen cachorro de Stalin, un cachorro de raza».

Pero comenzaron a pasar cosas que Calogero no conseguía explicarse. Los médicos que complotaron para envenenar a Stalin fueron puestos en libertad; Beria, el brazo derecho de Stalin, fue arrestado y condenado por traidor; luego, Malenkov fue sustituido por Bulganin, un general, y con perilla. Calogero le confió a un amigo «me noto el corazón negro como la pez, lo de Beria no lo digiero; si Stalin ha dado de comer con la mano a un traidor, quiere decir que muchas cosas se han hecho a traición y, ahora, este general...», pero creía que se atravesaba un periodo de asentamiento, de lucha por el poder, como decían los burgueses. Kruschov le caía bien, después de los primeros bandazos iba a coger con fuerza el timón.

Calogero había conseguido una serena y confiada visión de lo que pasaba en Rusia cuando la visita de Bulganin y Kruschov a Tito lo devolvió a las preocupaciones y las desconfianzas. Llegó el Vigésimo Congreso, leyó y oyó hablar de equivocaciones y del «culto a la personalidad», y estaba de acuerdo con que el «culto a la personalidad» era algo malo, pero no se hacía a la idea de que se refiriese a Stalin. Luego lo oyó decir bien a las claras, que Stalin había cometido errores, que el poder se le había subido a la cabeza, que había ordenado cosas atroces. Se acercaba la campaña de las elecciones locales, Calogero fue invitado a entrar en las listas, y rechazó la invitación; se lo ordenaron por el bien del Partido y él, irónicamente, se refugió en el «estar por encima del culto a la personalidad», de la personalidad de quien le obligaba a ser candidato. A estas alturas, no le apetecía acudir a la sede del Partido, le parecía haberlo perdido todo, «como si a alguien que tiene un fajo de billetes ganados con sangre y sudor le dijeran que aquella no es moneda corriente, que no tienen ningún valor», y se devanaba los sesos y estudiaba los hechos del pasado, venga a buscar dónde estaban los «errores». ¿Qué errores? Un país enorme como Rusia, tantas regiones y tantas razas, un país sin industria, lleno de analfabetos, se había convertido en una potencia industrial, lleno de fábricas y de escuelas, un pueblo unido, un pueblo grande y heroico. Los soldados rusos habían conquistado Berlín, habían asestado al fascismo el tiro de gracia. Polonia, Rumanía, Hungría, Bulgaria, Albania, mitad de Alemania, China, la idea se había abierto camino. ¿Dónde estaban los errores? Quizá fue un error lo de Yugoslavia, expulsarla del Kominform, «pero Tito no me gusta, tiene cara de dictador, de dictador como Mussolini y como Perón», y el tiempo todavía podía darle la razón a Stalin.

Vino un diputado a dar un mitin. Sabida la actitud de Calogero, quiso hablar con él. Fue a buscarlo al taller. En otros tiempos, Calogero hubiera agradecido el detalle, ahora se sentía embarazado y molesto. El diputado dijo a los camaradas que quería hablar con Calogero a solas. Calogero, apenas vio que los camaradas se alejaban, se sintió aún más intranquilo.

—Mira —le dijo el camarada diputado—, me han dicho que las últimas cosas te han turbado, efectivamente son cosas graves, a todos nos han desconcertado, yo he pasado momentos... Pero hay que entender, hay que razonar...

—Pues razonemos —dijo Calogero, algo más tranquilo; una invitación a razonar lo ponía siempre en buena disposición.

—Mira —dijo el diputado—, es como cuando uno cree estar sano, dice que tiene una salud de hierro, trabaja, va a cazar, a divertirse y, de repente, se topa con un médico, ya sabes cómo son los médicos, que lo mira fijamente y como sin querer le dice «¿has ido al médico?» y el otro dice «no», y el médico vuelve a mirarlo con aire de preocupación y dice «pásate mañana por la consulta, que quiero auscultarte», y el otro empieza a inquietarse y dice «si yo estoy bien, ¿qué pasa?» y el médico dice «nada pasa, pero ven mañana». Y a la mañana siguiente va, el médico lo mira por rayos, lo examina, lo ausculta, análisis de sangre y orina, luego le dice que tiene un tumor que se debe extirpar o en seis meses muerto y enterrado. El otro resiste, insiste en que se encuentra bien, que tiene buena salud, pero lo meten en una camilla, lo anestesian y lo rajan. «Ahora sí que estás bien», dice el médico, «tenías un tumor como un melón y no lo sabías».

—La cosa del tumor es una buena parábola —dijo Calogero—, pero yo al médico no voy si el melón no me lo veo yo antes, y cuando me lo saque no quiero que me anestesien, yo quiero morir con los ojos abiertos.

—Esto va bien con los tumores del cuerpo de uno —dijo el diputado—, pero aquí la cosa es diferente.

—No es diferente —dijo Calogero—, porque ¿quién me asegura que, anestesiado como estaba, me han quitado de verdad el tumor? Yo sé que me encontraba bien, y basta.

—Óyeme, el tumor lo teníamos de verdad, y nos daremos cuenta poco a poco. Piensa en algunos juicios, en lo que ha pasado con el camarada Tito, la historia de los médicos…

—Si había un tumor —dijo Calogero—, yo sé que los tumores se reproducen. No he visto el primero que me han quitado, pero sé que ahora me pueden aparecer dentro más tumores, estoy atento y con miedo; ya sabes lo que pasa con los enfermos de eso, yo no he visto que jamás se cure nadie que tenga un tumor.

—¡Por Jesús crucificado! —dijo el diputado—, al final vamos a hablar solo de tumores, lo del tumor era una comparación, por decir…

—A mí me ha gustado —dijo Calogero—, y quiero darle vueltas.

—No —dijo el diputado—, deja en paz los tumores. Si te digo que he sufrido tanto como tú, que pensaba que iba a volverme loco, debes creerme. He pasado por momentos… No hablemos de eso. Una cosa quiero decirte: Stalin ha muerto, ha cometido errores, pero el comunismo está vivo y no puede morir. Y, además, no es que digamos que Stalin únicamente haya cometido errores, al contrario: también ha hecho cosas buenas.

—Pienso en Stalingrado —dijo Calogero—, y luego en la avanzada hasta Berlín, lloraba de alegría cuando veía llegar a los rusos a Berlín.

—Son páginas gloriosas, ¿hay alguien que pueda borrarlas? —dijo el diputado—, pero hay que tener en cuenta también los errores.

—Me lo pensaré —dijo Calogero, y recordó—: Quiero morir con los ojos abiertos.

—Y me parece justo —reconoció el otro—, pero mientras tanto no te olvides del Partido, acude a la sección, ya sabes qué especulan nuestros enemigos.

—Lo sé —dijo Calogero—, especulan como enterradores, pero esta vez los motivos se los hemos servido en bandeja de plata, y los disfrutan.

—No se podía evitar —dijo el camarada.

—Es posible, pero yo una cosa la sé —dijo Calogero—: cuando uno se muere, ladrón o asesino que haya sido, le colocan una lápida que habla de sus grandes virtudes y de su benéfica vida. Me gustaría enseñarte el cementerio, te contaría la historia de todos, uno por uno. Y nosotros estamos haciendo lo contrario.

—No es lo mismo —dijo el diputado—, nosotros debemos decir la verdad, y hasta soportarla con pena; cuanto mejor consigamos ver los desvíos y los errores del pasado mejor prepararemos el porvenir; la historia es la verdad, y nosotros somos el Partido de la historia.

—Estas son palabras sabias —dijo Calogero.

El arcipreste, desde que murió Stalin, no volvió a mencionar la historia de los tiranos, un muerto es siempre un muerto, y cuando hablaba con Calogero trataba de otros temas. Pero después de las elecciones municipales que, no obstante la historia de Stalin, había perdido, le llevó un día a Calogero unas páginas de periódico. Primero se las enseñó, como a un niño un saquete de caramelos, dijo:

—¿Sabes qué pone? Es el informe de Kruschov, el que habla de Stalin, cosas secretas. Si quieres, puedo prestártelo.

Calogero hizo una mueca:

—Serán las fantasías de siempre, me dan risa los secretos que acaban en los periódicos, apuesto a que es el periódico de la parroquia.

—No —dijo el arcipreste—, es *L'Espresso,* uno de esos periódicos que algún favor, a los comunistas, os ha hecho.

—Algo he oído —dijo Calogero—, es cosa de radicales.

—Pues léelo —dijo el arcipreste—, no pierdes nada por leerlo, y luego me dices qué te parece.

Calogero se puso a leer el informe. Llegado a un punto empezó a decir «hay que ver de lo que son capaces estos hijos de puta americanos, se lo han inventado todo», y mientras tanto leía ávidamente, imprecaba y leía; de ser verdad era como para sentir escalofríos, pero como era todo inventado… Acabó de leer cuando la mujer lo llamó a la mesa, pero no tenía hambre. Salió a comprar *l'Unità* en busca de un desmentido al informe. Nada. Volvió a casa, mal comió cuatro cucharadas de pasta, le dijo a la mujer que salía y que volvería con el último tren.

En la estación compró el *Giornale di Sicilia,* y los ojos se le fueron enseguida a la noticia de que Stalin había matado a la mujer. «Sí que estamos bien, acabarán diciendo que se comía a los niños, ¿dónde iremos a parar?», y en aquel momento no estaba enfadado con *L'Espresso* o con el *Giornale di Sicilia,* sino con los que habían abierto el grifo del tonel.

Llegó a su destino como si saliera de un sueño, fue a ver al diputado que antes de las elecciones vino a convencerlo, lo encontró en un café bromeando con los amigos. Calogero pensó «es todo falso, este no estaría aquí de cháchara si de verdad tuviera un muerto en casa». El diputado lo reconoció, lo invitó a sentarse a su lado, empezó a preguntarle cosas del pueblo. Calogero llevó la conversación a *L'Espresso,* que había publicado el informe, dijo lo que pensaba de aquellos delincuentes que se lo habían inventado. El diputado se puso serio:

—Quizá se lo han inventado —dijo—, pero personalmente estoy convencido de que es cierto.

Y Calogero sintió que se mareaba.

—¿Qué quiere decir «cierto»? —balbuceó—, Stalin era pues, ni más ni menos, como Hitler…

—Es un bocado amargo —dijo el diputado—, fue así durante los últimos años, pero no hemos de creer que Stalin llegara a cambiar la verdadera naturaleza del Estado socialista…

—Sí —dijo Calogero—, eso también lo dice Kruschov, pero ya no entiendo nada.

El diputado se lanzó a dar explicaciones, hablaba con gran claridad, Calogero se convencía, pero la espina seguía clavada: Stalin fue un tirano, como decía el arcipreste, un tirano loco y violento, más que Mussolini, como Hitler.

¿Y si, en lugar de los americanos, hubiera sido Kruschov el que se lo había inventado todo? Kruschov y el general con la perilla, y los de su entorno. No, no es posible. Entonces, era todo verdad.

Calogero le enseñó al diputado el *Giornale di Sicilia.*

—¿Y esta noticia? —preguntó.

—Camarada —dijo el diputado mientras le apoyaba una mano en el brazo—, no te sorprendas de nada; es posible que saquen todos los trapos sucios, pero es posible que también digan la verdad.

Estaba en una sala circular llena de música victoriosa, sentía la música en las entrañas, le parecía que estaba dentro de la caja de resonancia de un violín inmenso, y notaba también el frío que hace en las iglesias vacías, una luz subterránea y lejana. Stalin estaba en un ataúd de cristal. Calogero le veía las manos, que parecían de madera, secas y duras. Acercó la cara al cristal para ver mejor el hilo negro que rodeaba las muñecas de Stalin, se incorporó pensando «hay que ver cómo son las mujeres, mi esposa, sin que me diera cuenta, le ha puesto un rosario», porque no lo sabía con precisión, pero tenía la impresión de que Stalin se le murió en casa. Luego, en la tapa de cristal del ataúd vio que se posaba una mano grande, era la mano de Stalin, estaba vivo y decía «peor no me podían haber matado; dos veces…», pero la voz se había convertido en un murmullo porque Calogero, caminando como los cangrejos, huía hacia la puerta, el codo chocó con la puerta y del dolor se despertó, jadeante y sudado. Lo asaltó nítidamente una idea, «lo han matado, mañana presento la dimisión», pero volvió a dormirse.

Tuvo un mal despertar, le dolía la cabeza, quería recordar lo que había soñado con las primeras luces del día, pero no era capaz. Metió la cabeza en la palangana de agua fría y se sintió mejor, tomó un analgésico y dos cafés. La conversación con el camarada diputado le volvió a las mientes. Así estaban las cosas. Stalin ha muerto pero el comunismo está vivo. Y Stalin, hasta que acabó la guerra victoriosa, fue un gran hombre.

Llevaba cinco minutos en el taller cuando se presentó el arcipreste. Calogero lo miró con odio.

—¿Lo has leído? —preguntó el arcipreste—, haz examen de conciencia y dime qué te parece.

—Lo he leído —dijo Calogero—, pero no me apetece hablar, lo he leído y basta.

—¿Te lo tomas así? —dijo el arcipreste—, si tienes lo que hay que tener debes decirme qué piensas.

—Pues —dijo Calogero— yo pienso de una manera... Quiero decir, admitamos que sea todo verdad, digo, cosas de la edad, empezaba a hacer cosas raras, se daba a malos caprichos. Yo recuerdo que el padre Pepé Milisenda, que ya tendría ochenta años, una vez salió desnudo a la calle. Y el notario Caruso, sin duda usted se acordará del notario, le cortó las trenzas a la criada que no quería acostarse con él, y hasta con los hijos la emprendía, y quería matarlos. Y usted sabe qué buen hombre que fue el notario Caruso. Cosas que pasan. Y piense usted, Stalin, que se le había acartonado el cerebro de tanto pensar en el bien de la humanidad, en un momento dado perdió el juicio.

—¿Así lo justificas? —dijo irónicamente el arcipreste.

—Exactamente así lo justifico —dijo Calogero—, y digo más: un poco de compasión, al fin y al cabo, del prójimo se trata.

El arcipreste se revolvió como si estuviera por venirle la tos convulsa, se pasó un dedo por dentro del alzacuellos, para dejar pasar la sangre que se le subía a la cabeza.

—¡El prójimo! —gritó—, ¿ahora me vienes con la historia del prójimo?, ¿cuándo te ha preocupado a ti el prójimo?

Se fue haciendo de las manos alas, como si quisiera ahuyentar el recuerdo de la terrible cosa que acababa de oír.

El cuarentayocho

QUARANTOTTU, s. m. disordine, confusione.

1. Dagli avvenimenti del 1848 in Sicilia.

2. *Fari lu quarantottu, finiri a quarantottu, apprufittari di lu quarantottu,* fig. vale: fare confusione, finire in confusione, profittare della confusione.

GAETANO PERUZZO,
Dizionario siculo-italiano,
Tip. Amato, Castro, 1881

Mi padre era el encargado de cuidar el jardín del barón Garziano, un buen trozo de tierra que se abría en abanico alrededor del claro en el que se erigía el palacio, tierra que bastaba con un golpe de azada para que manara agua, tierra negra y llena de árboles. Parecía que fuera noche profunda, dentro de aquella oscuridad de árboles y tierra, aunque el sol luciera como para arrancarte la piel. Hacía fresco como en las grutas, había un rumor de agua que daba sueño y a veces miedo, pájaros que se llamaban cantarines y repentinos silencios cortados por el grito de un arrendajo. El barón lo llamaba jardín porque había también magnolios y árboles de India con troncos que parecían amasijos de cuerdas y ramas como lianas que caían hasta enterrarse. Y había también, en semicírculos alrededor de la casa, una hilera de rosales que en mayo se iluminaba con grandes rosas que florecían enseguida. Y el barón llamaba palacio a la casa, grande y fea como una masía campestre por el lado del jardín, e igualmente fea por el lado que daba a la calle, pero con dos estatuas de mujeres desnudas esculpidas en arenisca y colocadas a los lados del portón, y cabezas de felinos que sostenían las balconadas.

Mi padre era el mejor podador del pueblo, venían de los pueblos de al lado a darle trabajo en las viñas y en los olivares, pero el barón le daba tres monedas de plata al día durante todo el año, mi padre no podía ir a trabajar para otros sin el permiso del barón. Además de las tres monedas, le daba la casa en la que vivíamos, pegada al palacio, y hasta un trozo de tierra que podía cultivar a su antojo, y mi padre ponía tomates y mi madre hacía tanta conserva que podía vender a los que venían, a finales del verano, de Palermo. Era un buen sitio, no podíamos quejarnos, mi padre se quejaba solo por la historia de la carroza, los domingos debía hacer de cochero, así estaba establecido y pactado: cuidar el jardín, tener en orden los almacenes y los domingos estar disponible con la carroza. A mi padre la carroza le gustaba, le apasionaban los caballos, pero tener que vestirse con la librea abotonada hasta el cuello y el sombrero con forma de medio queso lo enfadaba. El barón salía de casa en carroza los domingos: a mediodía para ir a misa, por la tarde para ir de visita y a pasear a orillas del mar. Los domingos, mi padre parecía un caballo cuando lo asedian las moscas, de una astilla hacía un cuairón, se enfadaba por nada y sacaba a bailar santos y vírgenes del paraíso, los que le resultaban más familiares, como san Rocco, de quien éramos parroquianos, y santa Venera, patrona del pueblo. Se enfadaba hasta con el barón, decía «este cornudo» o «aquel cornudo», según si la rabia lo pillaba cerca o lejos. Pero cuando el barón salía de casa, él ya estaba con la portezuela abierta y el medio queso en la mano; el sombrero era negro, pero se estaba poniendo verde y era feo de verdad. Tras el barón aparecía doña Concettina, crujiente de almidón, con el libro negro con decoración dorada y el rosario con cuentas de madreperla en la mano; tras ella, Vincenzino, seco y medio lelo, con el traje que el barón le había mandado hacer al sastre rogándole que tuviera en cuenta que el crío estaba en edad de crecer, y Vincenzino, en cambio, no es que creciera mucho. Cuando estaban los tres en la carroza, la portezuela abierta y mi padre allí, doña Concettina se asomaba y gritaba «¡Cristina!», y otra vez «¡Cristina!», y aparecía Cristina a toda prisa con el misal blanco y el rosario con cuentas verdes, siempre con algo mal puesto o que había olvidado, y doña Concettina perdía los nervios y perentoriamente preguntaba a Dios nuestro Señor por qué, a ella que era tan ordenada, le había dado una hija que no tenía la cabeza en su sitio. Mi padre, con malos modos, cerraba la portezuela, saltaba al pescante, y la carroza (cuando pisaba la grava del patio se oía el eco de los crujidos en el atrio del palacio) salía a la calle al trote. Apenas pasaba el portón, yo subía de un salto sobre el eje de las ruedas traseras, sin que mi padre se diera cuenta, y así me llevaban hasta la iglesia; yo saltaba de la carroza un segundo antes de que se detuviera.

Me gustaba el domingo, por el paseo en carroza que disfrutaba escondido en la parte trasera hasta la iglesia; por el paseo al lado del mar, o cuando la carroza llevaba al barón de visita. Solo Cristina sabía que yo me subía por detrás a la carroza, mi padre quizá sospechaba. Si alguien, al pasar la carroza, le gritaba «¡*mastro* Carmè, dadle un latigazo a la parte de atrás!», mi padre no lo daba porque pensaba que quizá yo me había enganchado. Los cocheros, por regla general, daban algunos latigazos hacia atrás por eso mismo, por los chavales que se montaban. Cristina lo sabía, pero no decía nada, jugábamos juntos en el jardín, y el domingo seguíamos el juego con aquella complicidad, yo agarrado como un cangrejo a la carroza, ella sabiendo que lo estaba y buscándome con los ojos cuando desmontaba.

Doña Concettina creía que mi compañía era perjudicial para Cristina, subía a casa tras los juegos en el jardín siempre sudada, y su madre temía que pillase una pulmonía, que de eso se le murió un hijo mayor que Vincenzino, y volvía embarrada, con pegotes de fango en las trenzas, con el vestido roto y rasguños en las manos. Y volvía de los juegos cada vez más maledúcada, mucho más maleducada, por cómo respondía o por los silencios gruñones que imponía. Doña Concettina decía «cada vez que te mezclas con ese me vuelves hecha un diablo, pero yo te saco del rebuzno, te alejo del asno, a las hermanas del Collegio te llevo», pero no se decidía a llevarla a las monjas, y a los ocho años Cristina no sabía ni las vocales, a pesar de ir a misa con el libro blanco. Yo, en cambio, letras de palo sabía leerlas, mi padre me las enseñaba por la noche. Mi padre sabía leer y escribir mejor que el barón, ya mayor hizo que un cura le enseñara.

Una vez, Cristina llevó a casa una lagartija viva que se revolvía dentro del hato de hierba en donde la había cogido, doña Concettina suspiró y se desmayó, la llevaron a la cama y le pusieron los pies en alto y le refrotaron vinagre en las sienes. A doña Concettina se le salían, de miedo, los ojos de las cuencas cuando veía una lagartija o una salamanquesa en las tapias, imagínate verse delante una lagartija que se le retuerce. Se decidió que Cristina debía ir interna a las monjas sin remisión. La llevaron con la carroza, yo, como siempre, detrás. La dejaron que era tarde avanzada y, antes de que anocheciera, el barón fue a buscarla. Doña Concettina, apenas de vuelta a casa, había empezado con las angustias, qué vacía parecía la casa sin Cristina, quién sabe si las monjas le habrían dado el huevo pasado por agua como le gustaba a la niña. El barón, trayendo a colación a vírgenes y santos, mandó enganchar la carroza y fue a buscarla; se le quejaba a mi padre «¿y con qué cara me presento yo ante las monjas?, puedo decir que mi mujer está loca, eso puedo decir», y cierto es que doña

Concettina un poco lo estaba, en las cosas de casa y en las de misa. Quizá creía más en el diablo que en Dios, pues creía ver al diablo por doquier y bajo las formas más variadas; ella no lo llamaba diablo, sino «tentación», y tentación era cualquier animal feo y furtivo que hubiese en la tierra, cualquier hierba que provocase picor o rasguños, todas las partes del cuerpo, excepto las manos y la cara, que quedasen desnudas. En presencia de la tentación, doña Concettina se santiguaba sin parar y recitaba jaculatorias a repetición, para aplastarla o debilitarla. Y lo mismo hacía cuando la tentación, en forma de blasfemia o de obscenidad, salía de la boca del barón; remedio que, a decir verdad, conseguía el efecto contrario, y juramentos y obscenidades se multiplicaban y se enriquecían.

Por culpa de la tentación que frecuentemente anidaba y se reproducía en el barón, doña Concettina se veía obligada a aumentar rezos y limosnas. Las limosnas se las daba al patrimonio episcopal, jamás directamente a los pobres, que sucios y harapientos como eran alimentaban el fuego de las tentaciones. Los rezos los rezaba a cualquier hora del día, y de la noche, según los desahogos del barón. Todas las tardes, a la hora del avemaría, reunía en una sala grande y desadornada a todas las mujeres de la casa, incluida mi madre, para rezar el rosario; era algo que se hacía entonces en las casas de los señores, pero doña Concettina ponía un interés especial: ella en una silla con cojín y respaldo alto, las mujeres en sillas de anea colocadas en herradura, empezaba el rosario y las mujeres en coro murmurante respondían. En invierno íbamos también los críos, y por el temor que nos provocaba la señora nos estábamos callados en un rincón. Poco a poco, el frío y el sueño me adormecían, un velo de sueño adornado con el murmullo de las mujeres, y me despertaba de golpe con «gloria al Padre, al Hijo y al Espíritu Santo por los siglos de los siglos» porque las voces eran más límpidas; con el gloria acababa una estación del rosario, y entonces eran quince estaciones en total, las mujeres parecía que se alegraran cada vez que pasaban una. Algunas tardes venía don Vico, el cura de San Rocco, a conducir el rezo, las sillas con respaldo alto eran entonces dos. Don Vico manoseaba el rosario con voz pastosa, al final de cada una de las estaciones hacía un ruido con la garganta como hacen los boques y esnifaba tabaco. Por culpa del ruido que hacía, en nuestro rincón estallaban risas sofocadas, doña Concettina nos fulminaba con la mirada y decía «la tentación os persigue, rezad las avemarías o hago que os den con el nervio», y nosotros nos dábamos a unos murmullos que a la dueña le parecían rezos.

A la hora del rosario, el barón salía de casa para ir al casino. Mi padre lo acompañaba hasta el portón del casino y luego iba a buscarlo, con la linterna encendida, tras el toque de las dos de la madrugada. Este servicio no entraba en los pactos, pero mi padre lo hacía quizá porque le gustaba sentirse protector, pues el barón, a aquellas horas, se volvía un conejo y sombras y ruidos le provocaban sobresaltos. Mi padre, a cada susto que se daba, le decía «¿qué sucede, señor barón?» con voz segura, y el barón se calmaba y decía «nada, *mastro* Carmè, me ha parecido que alguien se movía por ahí», mi padre levantaba la linterna y salía de lo oscuro un perro o un gato, o una persona que pasaba por allí. «La verdad —se justificaba el barón— es que la noche es mala cosa, todos los males se hacen de noche».

Mi padre, cuando le contaba a mi madre los miedos que tenía el barón por las noches, decía «tiene razón cuando dice que las cosas malas se hacen de noche, las cartas que le manda al intendente, el barón las escribe por las noches», porque nadie le quitaba a mi padre de la cabeza que algunos arrestos de los que llevaba a cabo la policía los inspiraban las cartas que el barón, por medio de un hombre de confianza, hacía llegar al intendente de Trapani.

Era el año de 1847 (más atrás no llegan mis recuerdos; quizá a través de sensaciones, un perfume, un sabor, un cantar, consigo reunir recuerdos más lejanos, pero soy incapaz de aferrarlos); era el año de 1847 cuando encerraron por pocas horas a Cristina en el Collegio di Maria, y muchas más cosas sucedieron cuando acababa el año, y las recuerdo. Un día del veranillo de San Martín, límpido y dorado, corrió el rumor de que en el puerto había un piróscafo lleno de esbirros y soldados, fui allí a toda prisa y vi que los soldados desembarcaban, había tantos que el piróscafo parecía un hormiguero, en el paseo marítimo había mujeres del pueblo que miraban en silencio, algunas lloraban. En tierra, los soldados dejaban mochilas y fusiles y bromeaban entre ellos, les hacían gestos a las mujeres y reían, a los chavales les decían *«guagliò»*.

Aquellos soldados no me gustaban, volví a casa a contarle a mi madre lo que había visto, a mi madre no le impresionó, dijo que hacía mucho que no venían. Pregunté por qué venían.

—Vienen a arrestar a los malhechores y a llevárselos —dijo mi madre.

—¿Quiénes son los malhechores?

—Los que roban y matan —dijo mi madre—, y los enemigos del rey, que son aún peores.

—¿Hay en este pueblo enemigos del rey? —pregunté, porque gente que robaba y mataba sabía que sí.

—También en este pueblo los hay —dijo mi madre.

—¿Y quiénes son? ¿Cómo pueden ser enemigos del rey si el rey está en Nápoles?

—¿Sabes qué te digo? —me explicó mi madre—, que vayas a hacerle perder el tiempo a tu padre, que quizá le apetezca, yo tengo tal jaleo que no estoy para el juego del «por qué».

Mi padre injertaba cerca de la charca, el barón lo miraba apoyado en el bastón de bambú con puño de oro. Me acerqué, pues el barón no me intimidaba como su mujer, y dije «han llegado los soldados, están desembarcando».

—Ay ay ay —dijo mi padre incorporándose.

—Qué ay ay ay —dijo el barón—, dejad que sea quien sabe de estas cosas quien lo diga. Recordad: la espina que no te pincha es suave como la seda.

—Yo lo decía por los riñones, que me duelen —dijo mi padre—, me he levantado y he dicho «ay».

—Ah, bueno —dijo el barón—, pensaba que lo decíais por los soldados.

—Los soldados —dijo mi padre— son los brazos del rey, los brazos del rey saben qué cizaña cortar.

—Así es —dijo el barón—, así es; esta noche, en Castro, no quedará ni sombra de cizaña, ya veréis... Yo, de momento, voy al pueblo a ver al oficial al mando, es posible que sea un amigo mío.

Cuando el barón desapareció entre los árboles tras el último resplandor del puño dorado, mi padre volvió a decir «ay» y me sonrió. Luego dijo «este cornudo».

No hice preguntas.

A eso de mediodía, volvió el barón acompañado por el oficial al mando, era un hombre alto y rubio y vestía muy colorido. Al poco empezó el jaleo, en el gallinero y en la cocina, llamaron hasta a mi madre para que echara una mano. El barón mandó llevar los veladores con el plano de mármol bajo el latonero, las sillas también. Pepé, el mayordomo, con la chaquetilla a rayas que vestía cuando venían invitados, llevó la perola y las tazas para el café. El café humeaba en las tazas, hacía buen día, y el barón bailoteaba feliz en la silla, parecía que le hicieran cosquillas. Desde la copa de un olivo, Cristina y yo mirábamos la escena.

—¿Quién es ese? —le pregunté bisbiseando.

—Es un amigo del rey —dijo Cristina.

La respuesta me pareció acertada, que si venía a arrestar a los enemigos del rey debía ser por fuerza un amigo del rey. Pero yo no conseguía entender por qué el rey tenía amigos y enemigos, el rey era solo un palacio lleno de oro y pinturas, tenía al lado a la reina y al príncipe, y pensaba que el rey no tuviera necesidad, como nosotros, de comer, porque si comía tenía que ir a cagar como nosotros, y que un rey fuera al retrete era lo último que me podía imaginar. Me ruboricé y se lo dije a Cristina, ella rio, pero dijo que no, estaba segura de que no iba al retrete, el rey no está hecho como nosotros.

El barón decía, mientras tanto, y levantaba el bastón para señalar una ventana, «en esa habitación dormiréis esta noche, ahora mando que la preparen. ¿Sabéis quién ha dormido en esa habitación? Intentad adivinarlo... El ministro Del Carreto..., en el treinta y ocho, cuando vino en el séquito de su majestad... Sí, lo hospedé yo».

—¡Oh! —exclamó el oficial.

—Sí, huésped mío..., e incluso el ministro Santangelo. Han pasado personas ilustres por esa habitación.

Apareció doña Concettina y el oficial se puso en pie, le tomó la mano como si le retorciera la muñeca, pero con delicadeza, y se la besó. Me quedé encantado con el gesto, le dije a Cristina «ve tú también, así te besa la mano, me gustaría ver la cara que pones si te besa la mano», pero Cristina dijo que no podía, que Vincenzino y ella tenían que pasar todo el día sin tocar las narices, ni siquiera a la hora de comer los quería ver el barón cuando tenía huéspedes. Sentados a la mesa, ambos jugaban a mirarse a los ojos y ver quién aguantaba más sin reír, pero Vincenzino era gracioso con las caras que ponía de tanto esfuerzo por no reír y Cristina perdía siempre. Era un juego que ponía nervioso al barón; si, además, había huéspedes, la cosa era aún peor. Una vez, el obispo se sintió a disgusto y el barón dijo que casi se le cae la cara de vergüenza.

El oficial hablaba de un teatro de Nápoles cuando se acercó Pepé para decir que la mesa estaba lista. Se levantaron, el oficial puso un brazo en jarras, doña Concettina pasó una mano que de la manga larga del vestido salía como el hocico de un ratón; así, y con detrás el barón que no dejaba de hablar, se aviaron.

Cuando anochecía, los soldados, tras el rancho a las puertas del convento de San Michele, se dispersaron por el pueblo, con cierto orden, en grupos de cinco o seis y guiados por un gendarme o por un compañero de armas. En todas las calles, en todos los callejones había esbirros y soldados apostados, otros que llamaban a las puertas. Tomé el camino de casa y tras de mí venía una patrulla, aceleré el paso, pero el pesado ruido del caminar de los soldados me perseguía, empecé a tener miedo, entré por el portón esforzándome para no volverme, atravesé el zaguán y me volví: allí estaban, en el umbral del portón, me seguían con pasos fuertes y seguros. Grité «mamá, mamá, que se me llevan…, los soldados… se me llevan», y mi madre salió al patio con las manos blancas de harina, alarmada. Me le eché encima entre lloros cuando los soldados estaban ya a las puertas de casa y uno de ellos le decía a mi madre en napolitano «¿por qué nos teme este *guaglione*?». Mi madre no respondió, el soldado, con otro tono de voz, dijo «Guastella Giuseppe hijo del que fue Bartolomeo, a este caballero buscamos».

—¿Y quién es ese? —dijo mi madre, pero al poco habló—: Sí, entendido, buscáis a Pepé, no recordaba que se llamaba Guastella, nosotros lo llamamos Pepé *spazzacannate,* es un apodo. —Y dijo en voz alta—: Pepé, eh, Pepé…, te buscan.

Se me pasó el miedo, apareció Pepé con la chaquetilla a rayas y un trapo de cocina en la mano, mi madre preguntaba «¿y qué se os ofrece de Pepé?», pero el soldado no le hizo caso, miró el papel que llevaba en la mano, miró a la cara a Pepé y preguntó:

—¿Guastella Giuseppe hijo del que fue Bartolomeo?

Pepé dijo sí.

—Bien —dijo el soldado—, andando.

Pepé puso caras largas, y empalideció, los ojos vítreos, como de muerto; el soldado volvió a decir «andando».

—¿Andar a dónde? —balbuceó Pepé.

Los soldados lo rodearon, uno le apuntaba con el fusil.

—¿Que dónde vamos? —dijo el soldado—, y qué sé yo, a Favignana quizá, a un buen sitio, sin duda. —Y rio.

—¿A Favignana yo? —dijo Pepé desconcertado—, ¿qué mal he hecho para acabar en Favignana? Yo sirvo al barón Garziano, trabajo, ni me asomo a la puerta, todos los días que manda Dios trabajo como un mulo.

—Entonces hay un error, se han equivocado claramente —dijo el soldado con cara que demostraba que no se creía lo del error.

—Claro que hay un error —dijo Pepé—, y voy con vos para aclararlo. —Y le dijo a mi madre—: Oídme, hacedme el favor de decirle a mi mujer que me traiga la chaqueta y la gorra.

Mi madre se dio prisa, volvió con la mujer de Pepé, que agitaba manos y brazos y gritaba «¡la maldición en casa! Gran desgracia tenía que tocarnos, lo sabía yo, que esta noche he soñado con dulces y más dulces, tantos dulces que me daban ganas de vomitar... Ya lo sabía yo, los dulces desgracias traen», pero Pepé hizo un gesto brusco y dijo:

—Cállate, dame la chaqueta, voy y vuelvo, de un error se trata, y si tardo más de media hora díselo al barón.

Pasó la media hora, nos cayó encima la húmeda noche; volvió mi padre, la mujer de Pepé le contó entre llantos lo que había pasado y le imploró que fuera a buscar al barón, que no estaba en casa ni en el casino, «si encontramos al barón, Pepé se libra de la cárcel». Se veía que mi padre se había ya dado cuenta de la historia, no creía que Pepé se librara; yo sabía leer la cara de mi padre, pero fue a buscar al barón. Volvió con el barón pasado un buen rato, el barón agitaba el bastón y decía «cosas de otro mundo son, un hombre honrado como Pepé; sin olvidar la afrenta que me hacen; una afrenta, sí señores, como si dijeran que tengo a mi servicio a un ladrón, a un asesino o qué se yo; ahora mismo voy y me oirán, ya lo creo que me oirán». Y le dijo a la mujer de Pepé:

—Estate tranquila, como hay Dios que ahora mismo vuelvo con Pepé.

Se fue sin dejar de blandir el bastón, y con mi padre detrás.

Volvieron al cabo de una hora, el barón ya no blandía el bastón, se plantó delante de la mujer de Pepé y dijo:

—Hija mía, las cosas no son tan sencillas como parecían... Sí, una cosa complicada, ese bendito de tu marido..., dejémoslo... Uno, digo uno como yo, se llama a engaño... Qué bueno es Pepé, qué trabajador es Pepé: puntilloso, preciso... Y luego se entera de que Pepé, por la noche, mientras los demás duermen… Basta, no quiero hablar… Ahora se lo llevan a Trapani, lo que haya de aclararse se aclarará, yo me ocupo, no lo han raptado los turcos; volver vuelve, esto es seguro… Pero una cosa tengo que decirte, hija mía, y piénsala esta noche: no es oro todo lo que reluce… Pepé no es lo que parecía: malas compañías, malos vicios…

—¿Cómo puede ser —dijo mi madre—, si no salía de casa?

—Cállate —dijo mi padre—, el señor barón sabe cosas que no puede decirnos, las ha sabido ahora.

—Eso es —dijo el barón—, exactamente así: he sabido cosas que no puedo deciros a vosotros, por supuesto. Basta. Buenas noches.

La mujer de Pepé empezó a gemir.

Entramos en casa después de haber convencido a la mujer de Pepé para que se acostase. El miedo por lo sucedido me tenía en vela, tenía escalofríos. Mi madre decía «oh, pobre Rosalia, ¡menuda desgracia!» y mi padre, con dureza, «oh, la pobre cretina eres tú, ¡menuda desgracia!».

—¿Acaso somos perros? —se rebeló mi madre—, yo siento pena por las desventuras ajenas, no soy como tú; esta noche no conseguiré probar bocado ni pegar ojo, así soy.

—Yo sufro una gran pena por Pepé —dijo mi padre—, a Rosalia yo sé qué le haría: darle latigazos hasta sangrar y, luego, sal como a los arenques.

—¿Y qué te ha hecho esa pobre hija de Dios?

—Óyeme —dijo mi padre—, yo sé tener los ojos abiertos, y veo cosas que me tengo para mis adentros, de todas clases las veo. Hace un rato, cuando le decías al barón que Pepé era un buen hombre, te he dicho que te callaras, y una razón tengo. No tengo ganas de acabar en Favignana, yo; si he de acabar en galeras no quiero ir como Pepé, antes mato al cornudo del barón y luego que me pillen, si acaso. Pepé, yo lo sabía y ahora lo sabes también tú, debía acabar así porque el barón quiere continuar la fiesta que se lleva con Rosalia. Ahora ya lo sabes, pero si hablas te corto el cuello, no quiero acabar como Pepé.

Dijeron más cosas, pero el sueño me asaltaba, y soñé con los pasos de los soldados, con la cara de Pepé. Me despertaron los golpes en el portón y el ladrar de los perros. Mi padre fue a abrir, era el oficial que venía a dormir; Pepé le había preparado la habitación antes de que se lo llevaran. Acompañaban al oficial faroleros y esbirros, el barón bajó con el candil a recibirlo, festivo.

A la mañana siguiente se supieron los nombres de todas las personas que habían sido apresadas por los soldados, treinta y cuatro en total; no habían detenido a Vito Lacruna porque se había echado al monte y bajaba solo de vez en cuando al pueblo para quitarle cuartos a quien los tenía y para matar algún buen cristiano. Arrestaron, en cambio, a dos enemigos del rey (y del barón, dijo mi padre): al boticario Napoli y al médico Alagna, y en sus casas encontraron cosas que venían de Malta, impresos y cartas. Una vez que se me enganchó la pierna en una lanza de la verja, el médico Alagna me dio unos puntos; mientras me cosía dijo «este es un chaval como debe ser, no llora, tiene coraje», y yo no lloré de verdad; era un hombre simpático. Conocía también al boticario, cuando iba con las recetas para doña Concettina siempre me daba una pastilla dulce.

Fui al puerto para ver zarpar el piróscafo, había mujeres en el muelle que llevaban pañuelos de hato con ropa y cosas de comer para los arrestados, también Rosalia llevaba uno. Los arrestados estaban en cubierta, encadenados unos a otros, los soldados miraban y, de vez en cuando, con el cañón del fusil tocaban a alguno que se quejaba más que los otros. Otros soldados, desde el muelle, cogían los hatos de manos de las mujeres, preguntaban el nombre, lo gritaban a los compañeros que estaban en el barco y el hato, de mano en mano, llegaba al destinatario; apenas el arrestado lo recibía, lo levantaba con las manos encadenadas para que el familiar viera que lo había recibido. Llegado el momento, gritaron «Guastella» los de abajo y el hato de Rosalia hizo su breve viaje, los soldados se lo pasaban repitiendo «Guastella» y así pude ver a Pepé, que estaba detrás de los otros. Con el hato en la mano, Pepé se asomó, Rosalia gritó «te he puesto una muda, la ropa nueva te he puesto, y llevas también los cigarros que te manda el barón, el pan de salvado que te gusta», pero Pepé alzó el hato, abrió las manos y lo dejó caer al agua. Todos dieron gritos de maravilla, y luego se hizo el silencio. Y Pepé gritó «mejor era si me traías veneno, que si no muero vuelvo y te como el corazón, y también a ese hijo de...», y un soldado le dio un golpe con la culata en un flanco. Pepé calló y se quedó apoyado contra el parapeto con los ojos perdidos y llenos de lágrimas.

Así lo recuerdo aún, después de tantos años.

(Estos recuerdos escribo mientras estoy solo, refugiado en una caseta de campo en la zona de Campobello. Amigos fiables me han librado del arresto, en Castro me buscaban *carabinieri* y soldados; como entonces arrestaban los soldados y los gendarmes del Borbón, *carabinieri* y soldados del Reino de Italia arrestan en Castro, y en todos los pueblos de Sicilia, a los hombres que luchan por el futuro de la humanidad. Me remuerde la conciencia haberme librado del arresto, pero la cárcel me da miedo, soy viejo y estoy cansado. Escribir me parece una manera de encontrar consuelo y reposo; una manera de reencontrarme, más allá de las contradicciones de la vida, finalmente con un destino de verdad).

Rosalia se estuvo dos o tres días encerrada en casa, recibía visitas como si estuviera de luto, bajó también el barón a consolarla, le habló mucho de Dios, y de que la tentación había anidado en el corazón de Pepé, por eso cayó sobre él la mano de la justicia. Rosalia asentía, admitía que el marido parecía otro desde hacía un par de meses, y que cuanto le gritó desde el piróscafo también demostró que había perdido la cordura. La baronesa le dijo «mantente honesta y encuentra paz para tu corazón, si Dios quiere perdonarlo y protegerlo, volverá; si sus pecados son en verdad graves, tendrá la suerte que le espera», y así, confiando a Pepé al criterio de Dios, aconsejó a Rosalia beberse, al menos, un par de huevos, que hasta rechazar la comida es origen de tentaciones.

Rosalia no necesitaba las exhortaciones de doña Concettina para ponerse a comer. Cuando salió de casa y volvió a llevar la vida de siempre (el gallinero, el horno, el lavadero, por la tarde el rosario y la conversación con las otras mujeres de la casa) estaba rosada como una fresquilla y se movía como una cardelina, vibrante y espléndida. Tenía los ojos azules y el pelo negro, un cuerpo cumplido, reía continuamente con risa alta y cantarina; doña Concettina debiera haber visto en aquella risa la llamada triunfal de la tentación, que el barón se perdía en aquellas risas. Cauto y furtivo, en las horas en que la baronesa pensaba que estaba encerrado en su estudio con números o letras, el barón bajaba a casa de Rosalia y se quedaba hasta la hora del rosario. Primero salía Rosalia e iba a lo de la baronesa; luego, como un gato que ha conseguido botín en la cocina, salía el barón, desaparecía entre los árboles del jardín, reaparecía por el lado opuesto y llamaba a mi padre para hacerse acompañar al casino. Era cosa de a diario, pero no podía durar sin causar problemas. Rosalia empezaba a vestir mejor, demasiado bien a ojos de la baronesa; a veces acarreaba más oro del que adorna a la Madonna dell'Itria, y un vestido tenía de color tórtola que la hacía guapísima. Doña Concettina empezó a sospechar, no de su marido, pobrecilla; solo tenía el pecado de pensamiento (así lo llamaba ella) de que Rosalia hiciese cosas feas para conseguir oro y vestidos. Por eso empezó a presionar al marido para que desahuciase a Rosalia: Pepé no estaba y la casa había sido ofrecida a cambio de servicio, pero el barón se resistía, decía que el buen corazón no le permitía dejar a aquella pobre mujer en la calle, apelaba a la caridad cristiana de doña Concettina. Y fue la caridad cristiana, en dieciocho años de matrimonio jamás profesada por el barón, lo que dio a doña Concettina un hilo del que tirar. Un día, Cristina vio desde lo alto de un nogal en el que estábamos (yo, por las amenazas de mi padre, jamás le había dicho a ella lo que veía hacer al barón) que su padre entraba en casa de Rosalia, tan silencioso y al aguaite con cara asustada que le pareció que estuviera jugando, y con maravilla y alegría se lo dijo luego a su madre. Doña Concettina, se puede adivinar, sacó rápidamente una conclusión: no se desfogó de inmediato, pero al día siguiente estuvo al quite y pocos minutos después de que el barón se hubiera acercado al jardín, bajó y llamó a la puerta de Rosalia. Silencio, como para dar a entender que Rosalia no estaba, pero la baronesa sabía que no era así; volvió a golpear la puerta con furia; luego, cogió una piedra y empezó a aporrear la puerta que parecían truenos. Mi madre se asomó a la puerta, mi padre se acercó desde el jardín, aparecieron el caballerizo, la sirvienta, Vincenzino, el cura que a aquellas horas daba clase a Vincenzino y todos los chavales, cinco o seis, incluida Cristina. A mi padre y al caballerizo les ordenó «derribad esta puerta, inmediatamente» y ellos, que sabían quién estaba al otro lado de la puerta, no se movieron. El caballerizo dijo a la ligera «Rosalia no está, ha salido, y también el señor barón ha salido», y doña Concettina se puso a gritar «¡¿sí?, los dos han salido, entiendo lo que sois, rufianes, sois todos unos rufianes!», tanto había perdido la cabeza que pronunció palabras que en boca ajena le hubieran obligado a santiguarse. Y siguió con los golpes de piedra, entre lágrimas. Se echó a llorar también Cristina, y luego Vincenzino. El cura tomó el mando, le quitó la piedra a doña Concettina, recordó que no había que contaminar la inocencia de Cristina y de Vincenzino, pero había tocado la tecla equivocada, pues en la mujer aumentó el rencor y la piedad por ella además de por los hijos, piedad llena de furia. Entonces, el cura se procuró otra: «Son cosas estas que dignidad requiere que se resuelvan de otra manera, ¿estamos acaso en una taberna?, son cosas para las que se requiere juicio, una mente santa que aconseje y ayude: vayamos a ver al obispo, yo os acompaño, solo el obispo puede decir cómo debéis comportaros».

Estas palabras tranquilizaron a doña Concettina, pero al barón, dentro, le provocaron lo que provoca el hurón en la madriguera: el conejo escapa, pero para acabar en la red o bajo los escopetazos del cazador. Salió el barón poniéndose la chaqueta, rojo de vergüenza y de cólera, se dirigió hacia el cura al grito de «¡buen consejo le habéis dado, el consejo que da el cura cerdo que sois, yo os muelo a palos e iréis a ver al obispo en parihuela; y os despido, sí, os despido, id a enseñar latín a Mariantonia, y a las hijas de Pietro el hortelano, y a todas las lagartas que tenéis en la parroquia, cerdo…!».

—¡Sí —gritó doña Concettina, que sorprendida por la aparición del marido se había quedado de piedra—, sí que voy a ver al obispo, inmediatamente, cerdo, excomulgado, adúltero; adúltero eres, adúltero!

Repitió la palabra quizá porque en ella encontraba el equilibrio entre la invectiva que había soltado y la dignidad que debía mantener.

—Si das un paso para ir a ver al obispo, te mato —dijo el barón.

—Mátame, así te casas con esa... Dios, dadme fuerzas para no hablar... Basta, mátame.

El barón fue hacia ella con la mano levantada, se le acercaron todos para retenerlo, doña Concettina, así como iba, escapó para ir a ver al obispo, el barón se dio cuenta e intentó violentamente librarse de las manos que lo sujetaban, y más fuerte lo sujetaron; se calmó y lo dejaron ir, pero ya era tarde para alcanzar a la baronesa, el palacio episcopal estaba allí al lado. El barón dijo:

—Buen servicio me habéis prestado, pero yo os despido, a todos os despido —dijo, y mirando al caballerizo—: Y tú, carroña estúpida..., el barón ha salido, Rosalia ha salido... Por no hablar de que alguno de vosotros ha hecho de espía, si llego a saber quién ha sido lo mato con estas manos, lo mato.

Rosalia había cerrado silenciosamente la puerta y nada se oía dentro.

Doña Concettina volvió de la entrevista con el obispo tiesa como un avemaría empalada: caminaba con la mirada altiva y daba a entender que el silencio y Dios le daban fuerzas para llevar a cuestas esta cruz. Nadie debía acercársele y, mucho menos, el barón, que seguía con las recriminaciones, pero más resignado, y de la manera con que se dirigía a mi padre y al caballerizo se comprendía que el despido había sido revocado. La aparición de la mujer dejó de piedra al barón, doña Concettina pasó sin dignarlo de una mirada, desapareció por un camino del jardín con el cura, que le trotaba a sus espaldas. El barón le ordenó al caballerizo «tráeme a don ese… ¿cómo diablos se llama?…, a ese cerdo del cura, y si no quiere venir dile que voy yo a buscarlo y lo degüello como a un cabrito», y el caballerizo corrió, y volvió con el cura, que temblaba de arriba abajo.

—¡Bravo! —saludó el barón—, ¿debo haceros el *prósit* para agradecer los consejos que dais? Acabáis de darle uno a mi mujer que vale vuestro peso en oro. Un gran consejo por mis…, habéis elegido el mejor de la cesta. Pero ahora os pido otro: ¿debo mataros a vos o suicidarme?

—Señor barón —farfulló el cura—, yo no sabía… Me ha parecido un consejo que venía al caso…, quería apartar a la señora baronesa de aquella puerta, vos estabais en una trampa, quería liberaros…

—Sí, me habéis liberado —dijo el barón—, exactamente eso, liberado, con la punta de la p…, ahora no solo debo vérmelas con mi mujer, sino también con el obispo, quién sabe cómo se lo ha tomado el obispo.

—Si es por esto, el obispo se lo ha tomado a risa, ha querido que le contásemos la escena, llegado el momento en que vos habéis salido y se ha mencionado al obispo, él reía, os juro que se le saltaban las lágrimas de la risa.

—Ah, ¿sí? —dijo el barón con furia en la cara—, así pues, ¿reía?

—Os lo juro —volvió a decir el cura.

—Y a vos —dijo el barón acercando la cara a la del cura hasta que casi se tocaron las narices—, ¿os parece cosa de risa esta historia?

—¿A mí? No osaría jamás… Más que de risa me parece de llanto.

—¿De llanto? ¿Por qué no lloráis pues? ¿Qué os impide llorar? —dijo el barón sacudiendo con una mano al pobre cura—, llorad, dadme al menos esta satisfacción para pagar el daño que me habéis hecho.

—¿Qué daño? El daño os lo habéis causado vos —recuperó el ánimo el cura—, vos que habéis caído en brazos de la tentación.

—¡Dios santo! —exclamó el barón, desconcertado por la reacción del cura—, ¡habláis como mi mujer! La tentación… Dieciocho años que me habla de la tentación y al final he caído en ella… ¡La tentación!

—Ahora habláis como buen cristiano —dijo el cura—, habéis caído en el pozo de la tentación y ahora debéis salir de él; el obispo os ayudará, podéis estar seguro.

—He aquí el mal, que me ayudará, y yo sé cómo me ayudará.

—¿Y qué queréis? —dijo a estas alturas el cura lleno de franqueza—, ¿que el obispo os haga de alcahuete?

—Dejémoslo estar —dijo el barón—, decidme exactamente qué ha dicho el obispo.

—Ha dicho que se encargaba él de la situación y que la iba arreglar lo mejor posible. No os preocupéis.

—¿Bromeáis? ¿Preocuparme? Mejor no podía irme, un banquete organizo de lo contento que estoy. El obispo se ríe de mis penas, ha prometido arreglarlas…, ¡apañado estoy!

El obispo mandó llamar aquella tarde al barón, y le pegó una buena bronca; el barón volvió que escupía más negro que una sepia, se desfogó de nuevo con los de casa. Las consecuencias de la conversación con el obispo se vieron pasados unos días: el barón se retiró en el convento de San Michele para rezar y hacer ejercicios espirituales, diez días, Vincenzino ingresó en el seminario y Cristina, interna en el Collegio di Maria. Rosalia seguía allí, y se mostraba aún más atrevida y cantarina. Antes de retirarse al convento, el barón llamó a mi padre, le largó un discurso florido del tipo «somos hombres, vos me entendéis, me fío solo de vos», y le rogó que cuidara de Rosalia «porque —dijo— esta criatura, sola como está, podría caer en la desesperación».

Entre el barón Garziano y el obispo de la diócesis de Castro, monseñor Antonio Calabrò, las relaciones eran estrechísimas y continuadas. El obispo, el barón, el juez real y el subintendente formaban un cuarteto tan bien avenido, tan unánime en las secretas decisiones que luego la policía traducía en hechos dolorosísimos, que a un castrés (o castrense, como opina el historiador local Gaetano Peruzzo), apenas se metía en problemas, le salía como algo natural desear a uno de los cuatro, o a los cuatro a la vez, la muerte repentina, un cáncer y la hética. El obispo, a través del monasterio de San Michele y de la Mensa o patrimonio episcopal, controlaba más de un tercio de las tierras de Castro, idéntica parte tenía el barón, el territorio restante se lo repartían pequeños propietarios o eran tierras comunales. Y las tierras comunales el barón, lenta pero implacablemente, las usurpaba, sin que se opusiera el Decurionato Civico, que tenía la misión de evitar que la usurpación privada se hiciera con esas tierras. El Decurionato Civico tenía el poder que hoy tienen los ayuntamientos, pero quien nombraba a los decuriones era el subintendente, que tenía las funciones que hoy tiene el subprefecto (y el que ahora hay en Castro hace que echemos de menos al del tiempo de los Borbones); el juez real hacía lo que hoy hace el magistrado; el obispo, en cambio, hacía algo que los obispos de hoy no pueden hacer. Quiero añadir, por lo que hace a la administración de justicia, que el ciudadano sobre el que se abalanzaba el brazo policial tenía muy pocas posibilidades de poder demostrar que era inocente; y si lo conseguía delante de juez, si el juez (a quien el imputado le había sido entregado para ser juzgado más por la conciencia que por la ley) lo absolvía, debía pasar cuentas entonces con la policía, que a su discreción podía retenerlo en la cárcel incluso durante años; por eso ser arrestado daba más miedo que la muerte, como canta el pueblo en estrofas llenas de lamentos.

El subintendente y el juez real hacían en Castro lo que decía el obispo, que consultaba a menudo con el barón Garziano o, por decirlo crudamente, el barón espiaba y refería solícito al obispo algunas conversaciones que se hacían en el casino y en las tertulias de la farmacia, a veces conversaciones inocentísimas, sobre el alza de los precios, el mal tiempo o la fiesta de Santa Venera, pero aparecían también juicios o medias frases o miradas de complicidad que el barón adivinaba y catalogaba enseguida; y cuando nada tenía que referir, echaba mano de la maligna fantasía.

Pero cuando el obispo y el barón tenían que echar mucha carne en el asador, complicarle la vida a gente que no carecía de agarraderos, iban más allá del subintendente y del juez real y comunicaban con el intendente de Trapani, o con las más importantes autoridades de Palermo o de Nápoles. Tengo entre mis papeles cartas del barón y del obispo dirigidas al lugarteniente general, a las que tuve acceso casualmente en junio de 1860, en Palermo. Las del barón (son cinco o seis) empiezan y acaban igual: «Excelencia: Es un escándalo público dejar mandar a los enemigos del rey y que pisoteen a los monárquicos... Dígnese ocuparse de deshacer tal alianza»; por el contrario, las del obispo tienen más clase, son sutiles e insinuantes, a veces rezuman sincera benevolencia para con las víctimas delatadas: «Con gran aflicción y compasión, con la intención de preservar y proteger las almas ante perniciosas ideas perturbadoras…, al providente Gobierno, como es habitual, informamos… y por razón semejante nos dirigimos a los superiores eclesiásticos y seculares».

Lo que más temía en este mundo el barón era perder la gracia del obispo, y por eso fue a hacer ejercicios espirituales, que los hacía por costumbre todos los años. Pero esta vez, por decirlo de otra manera, fuera de temporada y a su exclusivo provecho, pues todos los años los ejercicios los hacían en cuaresma todos los prohombres del pueblo. Fue al convento, y a diario mi padre le llevaba relación de las cosas de casa y del campo, pero lo que más le interesaba al barón salía al final de la conversación, en una pregunta que hacía distraídamente «hum…, esperad…, una cosa quería preguntaros y se me había olvidado… Ah, eso, ¿qué hace aquella criatura?, ¿está intranquila?, ¿la deja mi mujer en paz…?».

Doña Concettina la dejaba en paz, tanto que Rosalia se había vuelto atrevida y hasta cantaba

> Inútilmente te peinas y arreglas,
> los santos de mármol no sudan

y quería decir que el barón era suyo y que doña Concettina perdía inútilmente el tiempo en peinados y tirabuzones; el barón, como la estatua de un santo, iba a mantener una indiferencia marmórea ante los afeites de la esposa. Y es verdad que algo se trenzaba y arreglaba el pelo, pero no hasta hacer sudar de amor al barón; lo hacía por costumbre, desde hacía años, tantos que había conseguido no ver en el hierro caliente de los tirabuzones la presencia de la tentación.

El barón dejó el convento poco antes de Navidad, el jardín era un amasijo de ramas desnudas, solo las hojas de los olivos soportaban en las ramas las acometidas del viento. El pueblo parecía desierto, vibraba el afanoso sonido de las olas del mar como en la caja de una guitarra; este ruido me despertaba por las noches y me traía pensamientos pavorosos.

Doña Concettina pactó claramente con el barón: Rosalia debía irse, «o ella o yo», y el barón le puso a Rosalia una pequeña casa, nueva, no muy lejos del palacio; iba a verla todos los días, pero sin escándalo. La esposa había dejado de preocuparse, había borrado al barón de su existencia, no le dirigía la palabra y ni siquiera lo miraba. Lo que raramente tuviera que decirle se lo decía primero a don Vico, a mi padre o a las personas del servicio. Al volver del convento, el barón encontró a su esposa en el salón, sentada en el sofá, don Vico y mi padre de pie; en el portón, el caballerizo le dijo que debía ir directamente al salón, el barón entró agitando el bastón, alegre como si no hubiese pasado nada; el silencio del cuadro que vio delante lo dejó helado. Sin mirarlo a la cara, doña Concettina le dijo a don Vico «decid al señor barón que esa mujer debe salir de esta casa, o se va ella o me voy yo», y don Vico cumplió la embajada. Con gesto divertido, como si aceptara la broma, el barón: «¿aún le das vueltas a eso?… Agua pasada, Concettì, olvídate, culpa de la tentación, tú sabes cómo es eso de la tentación, se te mete dentro como las termitas, uno que es débil cede…, luego viene el arrepentimiento, así es…, olvidémonos…», pero Concettina, sin dejar de mirar a don Vico, dijo:

—O ella o yo, decídselo al barón, y que no vuelva a dirigirme la palabra.

—Óyeme —dijo el barón con la cara cambiada y dando un paso hacia adelante—, óyeme: yo soy bueno, y lo demuestra que hace dieciocho años que te soporto, pero la mosca detrás de la oreja no debes ponérmela, que si pierdo la gracia de Dios me convierto en una bestia, en eso me convierto.

Impasible, doña Concettina le preguntó a don Vico:

—¿Qué ha dicho?

—El señor barón dice que su bondad no deber ser sometida a duras pruebas —tradujo el cura.

—Vos queréis endulzar la situación —dijo la baronesa a don Vico con leve disgusto, y se dirigió a mi padre—: *Mastro* Carmè, decidle claramente al barón que yo no me convierto en animal como él, pero al obispo sí que vuelvo, y escribo inmediatamente a mi hermano, que haga en Nápoles lo que tenga que hacer y hable con quien tenga que hablar para poner en orden mis asuntos. Esa mujer debe irse de aquí y él, los años de vida que me dé el Señor, no debe dirigirme la palabra. Lo que tenga que decirme os lo dirá a vos, a don Vico o a quien quiera, pero conmigo no debe volver a hablar.

—¡Cuánto teatro! —gritó el barón, y salió del salón a todo trapo, pero hizo que Rosalia saliera de allí de inmediato y nunca más se dirigió a la esposa. La conocía demasiado bien como para hacerse la ilusión de que pudiera cambiar de idea. «Pertenece —decía— a una familia de tozudos de la que Dios nos libre, cabezas que para hacer el caldo habría que cocerlas más de tres días», pero una de estas cabezas duras, que estaba muy cerca del rey Fernando y podía susurrarle a este buenas o malas palabras, el barón la temía y la respetaba.

El barón salió el 16 de enero de 1848, como era costumbre, para ir al casino; volvió al poco pálido y excitado, llamó a mi padre y le mandó cerrar el portón y protegerlo con barras y traviesas y que no se abriese a nadie, «quien esté dentro, dentro está», y hasta disparar si aparecía cierta gente.

—¿Qué gente? —dijo mi padre, que no acababa de entender.

—Gente de esa…, ya me entendéis…, gente que mal me quiere, la gente que va a la tertulia de la farmacia, que quiere revolucionar el mundo…, vos me entendéis.

—¿Qué sucede?

—Sucede, querido *mastro* Carmelo, que el mundo se revoluciona, ya no entiendo nada, estamos perdidos.

—¿Por qué?

—¿Cómo que por qué? La revolución, ¿entendéis?, la revolución en Palermo, en Sicilia toda, en Castro, en la plaza ya hay movimiento, hay gentes que soplan como fuelles para que todo arda, personas que hace tiempo que deberíamos haber mandado a galeras… Pero las borrascas no son eternas, el rey está al caso… Ya veréis… Venid conmigo, mientras, vamos a avisar a la baronesa.

Al ver al marido tan descompuesto, doña Concettina le preguntó a mi padre «¿qué sucede?» y el barón a mi padre dijo:

—Informad a la baronesa que el 12 de este mes ha estallado la revolución en Palermo, y luego en Sicilia toda, y ahora la noticia ha llegado a Castro y la mala gente se amotina.

—¡La revolución! —gritó doña Concettina, como siempre dirigiéndose a mi padre—, ¿una revolución y venís a darme la noticia alegremente, como si se tratase de un bautizo? ¿Y mis hijos, que están fuera de casa? ¿No os preocupan? Volvéis a casa como si nada y me decís que hay una revolución, ¡oh, pobres hijos míos!

—Señora baronesa —dijo confundido mi padre—, yo nada tengo que ver, a decir verdad, el barón ha entrado con cajas destempladas, me ha pedido que cerrara el portón por la revolución que hay, luego me ha pedido que subiera con él… y aquí estoy…

—¿Acaso os reniego a vos? —dijo la baronesa—; vos, lo que os digo, tenéis que repetírselo al barón, palabra por palabra.

—¿Lo habéis olvidado? —intervino irónicamente el barón—; en esta casa, con revolución o sin revolución, debemos interpretar siempre esta farsa, querido *mastro* Carmelo. Adelante, repetid lo que la baronesa ha dicho; luego, yo os doy la respuesta y se la pasáis a ella. La farsa, la misma farsa de siempre…

Y en ese momento aporrearon el portón, con fuerza; de golpe, la cara del barón pasó del color de la congestión que da la rabia al color de la piel del tambor; doña Concettina farfulló por culpa del miedo y se desmayó, ni el barón ni mi padre hicieron caso. Los golpes en el portón tronaban siniestros en el silencio de la casa. El barón salió y volvió con dos pistolas, le dio una a mi padre y dijo:

—Id a ver quién es, pero no abráis, aunque sea mi madre que vuelve de la sepultura, no debéis abrir el portón, si se trata de esa gente, enviadles un disparo sin más ceremonia…, es más, dos disparos… —Y le dio la otra pistola.

—Si el señor barón me lo permite —dijo mi padre—, lo de disparar me parece una tontería de las grandes, es como ir a remover con una rama en un avispero, yo no disparo si ellos no disparan.

—Haced lo que queráis —dijo el barón echándose en un sillón—, haced lo que queráis, pero id a ver quién es.

Mi padre volvió diciendo que era el subintendente. El barón se incorporó de un salto y gritó:

—¿Y qué quiere?, ¿se le ocurre en un momento así venir a mi casa? Si esos brigantes lo buscan, si lo han seguido hasta aquí, con un tiro matan a dos… Dios nos libre, que lo cogen a él y me cogen a mí y hacen una escabechina, eso hacen. Pero yo lo dejo fuera de casa, que cada cual se rasque su roña.

Los golpes en el portón seguían. Mi padre dijo:

—Yo, si me permitís, diría que dejarlo fuera es peor, pasa alguien, ve al subintendente, avisa a los otros... Mejor dejarlo entrar.

—Sí —dijo el barón—, razón tenéis, mejor dejarlo entrar.

Apenas mi padre abrió un palmo la puerta, el subintendente se metió como el ratón que siente cerca el aliento del gato.

—Tiempo os habéis tomado para abrir —dijo—, el mejor momento para tomároslo con calma es.

Subió a la carrera secándose el sudor, y era una noche heladora.

El barón lo esperaba en la parte alta de la escalinata.

—Me buscan —le anunció el subintendente casi sin aliento.

—¡Ah, os buscan! —dijo el barón—, me dais una noticia realmente tranquilizadora, ¡os buscan!... Os buscan y venís a mi casa; así, y como el que busca encuentra, me encuentran a mí y a vos a la vez.

—Pero yo he venido —dijo el subintendente, que no se esperaba un recibimiento así— porque sois mi amigo, me habéis declarado siempre amistad, que vuestra casa era mi casa y todas esas hermosas palabras...

—¿Quién ha dicho que no? —dijo el barón algo más amable—. Mi casa es como si fuese vuestra... La cuestión es que vos estáis solo, no tenéis familia... Yo, por el contrario, tengo en casa una mujer que, si ve aparecer por aquí a alguno de esos, Dios no lo quiera, se va al otro mundo... Y tengo hijos, me comprenderéis...

—Comprendo —dijo el subintendente.

—Así pues —continuó el barón—, podéis ir a ver al obispo, os refugiáis en lugar seguro, nadie os buscará en el obispado y yo, aquí, me las arreglo como puedo.

—Bien decís —aprobó el otro—, habláis como un ángel, pero la cosa es que ya he ido a ver al obispo, y me ha recibido peor que vos. ¿Y sabéis cómo me ha despedido? Con estas palabras, textuales: «Id, hijo mío, estaos tranquilo en casa, que la huida demuestra culpa; nadie os hará mal porque mal no habéis hecho: no hacer el mal no trae miedos», y aquí estoy.

Y el subintendente puso la cara que ponen los niños a punto de llorar.

—¡Qué santo varón! —dijo agrio el barón—. Así pues, nos deja para alimento de las fieras, no me lo esperaba, a decir verdad.

—Y otra cosa. Al salir, el padre Giammusso, que me ha acompañado hasta la puerta, me ha susurrado que el obispo estaba impaciente por echarme de allí porque debía recibir al comité... Al comité revolucionario, ¿comprendéis?

—¿Se ha dado a la revolución el obispo? —dijo el barón—. Por Dios nuestro Señor, me sale humo de la cabeza... Ya no entiendo nada..., ya no podemos creer ni en Dios ni en los santos...

Doña Concettina, que se había recuperado, le dijo a mi padre:

—Decidle al barón que hable como un buen cristiano, y que en lugar de estarse allí venga a lamentarse y a blasfemar se preocupe un poco de sus hijos, que están fuera de casa, pobres criaturas mías...

Y se echó a llorar.

Y el barón perdió el oremus y gritó:

—Decidle a esta vieja momia que sus hijos, con un obispo revolucionario, están seguros donde están; y yo hablo como me da la gana, y quiero jurar de hoy a mañana contra todos los santos del calendario, uno a uno..., y lo hago para despecho de ella..., voto a Dios que lo hago, sí, lo hago...

Cogió un almanaque de encima de la mesa y empezó a leer los nombres de los santos, y a cada uno de ellos le otorgaba blasfemo atributo.

El subintendente le arrancó el calendario de entre las manos; doña Concettina volvió a desmayarse.

Algo más tarde, recuperada un poco la calma, el barón y el subintendente pensaron que sería bueno saber qué sucedía en la plaza, y encargaron al caballerizo que fuera a espiar. El caballerizo volvió al cabo de dos horas, cuando el barón empezaba ya a preocuparse por si lo habían matado por el solo hecho de servir en casa Garziano; en cambio, regresó contento, olía a vino, dijo que el pueblo estaba de fiesta y que unos amigos suyos lo habían invitado a beber una copa. Refirió confusamente que en la plaza había un retrato del papa, con tanta iluminaria alrededor que parecía mediodía, y que todos gritaban «viva la libertad, viva Pío nono», y el escudo del rey lo habían destrozado a martillazos, había señoritos con la carabina al hombro y muchos pueblerinos borrachos, pero todos celebraban; los gendarmes y la compañía de armas habían desaparecido.

El barón se calmó un poco, se volvió solícito con el subintendente, ordenó la cena.

—Mañana —dijo—, con las primeras del alba, voy a ver al obispo, quiero tener claro lo que pasa, si revolución hay que hacer, la hacemos todos, ¿no os parece?

—Yo represento al rey —dijo el subintendente— y revoluciones no hago, mañana intentaré llegar a Palermo, mis superiores me dirán lo que debo hacer…

—Por supuesto —dijo el barón—, ese es vuestro deber, tampoco yo estoy dispuesto a ceder un palmo por lo que respecta al rey. De acuerdo, seamos revolucionarios, pero el rey es el rey. Abatamos el escudo con el lirio si la chusma lo quiere, pero yo llevaré siempre en el corazón el escudo del rey… En Palermo, espero que no os olvidéis de recordarle a vuestros superiores mis sentimientos de fidelidad al rey y a sus oficiales… Y la hospitalidad que os ofrezco en este momento os la ofrezco con todo mi corazón, creedme…

El subintendente dijo, gélido:

—Os lo agradezco.

Pero estaba escrito que nadie en casa Garziano debía dormir aquella noche. Mi padre estaba a punto de acostarse cuando, mientras hablaba de los acontecimientos del día, el portón retumbó de nuevo.

—Ay, ay —dijo mi padre—, esta vez la borrasca es de las buenas y me toca mojarme de lleno, ¡maldita sea mi suerte!

Se volvió a vestir y abrió la puerta para salir, delante de la puerta se encontró como dos fantasmas al barón y al subintendente, esperaban en silencio a que saliera mi padre, no se atrevían a llamar por miedo a que los oyeran los de fuera.

—Bravo, *mastro* Carmelo —susurró el barón—, habéis comprendido que os necesito, bravo… Tenéis que ir a ver quién llama, pero sin abrir el portón… Y si son los que sabéis, decid que el barón no está, se ha ido esta tarde, fingid camaradería, que me traicionáis, y decid que he ido a Fondachello, que me ha llamado el mediero… En suma, que no os falta saber, decid lo que creáis que haga más al caso…, pero no abráis el portón, por caridad…

Mi padre volvió y dijo que en la puerta estaban el padre Giammusso y otro a quien no veía; el padre Giammusso decía que lo mandaba el obispo.

—Abrid enseguida —ordenó el barón, algo más tranquilo, pero una terrible sospecha lo asaltó—: No, esperad un momento. ¿Quién nos dice que no hay gato encerrado? El obispo y los revolucionarios son familia ahora. Hagamos así: id a abrir con la pistola en la mano, aseguraos de que son solo dos personas y luego abrid; nosotros estaremos allí de manera que, si entran con malas intenciones, los aplastamos como piojos... Sí, ahora podéis ir.

Pero el padre Giammusso y don Cecé Melisenda un mensaje consolador traían; del Comitato Civico que se he había constituido y del que el obispo era presidente, el barón Garziano había sido requerido para formar parte. Cierto es que hubo fierísima oposición cuando se habló del barón, pero el obispo apeló a la gentileza de espíritu, a la nobleza de los ancestros y al indudable sentimiento patriótico de los opositores, y ganó la partida.

—¡Qué gran hombre es nuestro obispo! —dijo el barón, y al subintendente—: ¿Qué os había dicho yo? La benevolencia del obispo no podía dejarme de lado, y lo que él hace, tenedlo en cuenta, está siempre bien hecho.

—La verdad... —empezó el subintendente.

—Sé lo que queréis decir, os entiendo y apruebo —dijo el barón—, pero veréis, no se puede dejar la suerte de la ciudad en manos de cuatro desarrapados, hay que intervenir..., participar..., defender al caballero de los bribones, de los abusos... Y, además, digamos la verdad, las cosas empezaban a ir de mal en peor; al rey, pobre, empezaban a traicionarlo todos, se lo rifaban, cada cual llevaba el agua a su molino...

—Me voy —dijo el subintendente.

—¿Y dónde queréis ir? —preguntó sorprendido el barón.

—Voy a entregarme al comité revolucionario, que me manden a la cárcel o que me cuelguen en la farola de la plaza. Sí, me voy.

—Si eso es lo que deseáis —dijo el barón—, ¿qué queréis que os diga? Contento vos, contentos todos.

El subintendente miró al barón a los ojos un minuto largo; luego, dijo bruscamente:

—Se os saluda.

A la mañana siguiente aún paseaban por el pueblo el retrato del papa. Desde el palacio episcopal se montó una procesión, en primera fila el obispo bendecidor, que sonriente levantaba la vista hacia los balcones, tan llenos de gente que parecía que estuvieran a punto de caerse; a la derecha, el obispo se acompañaba del barón, vestido de negro y con dos o tres condecoraciones pontificias; a la izquierda, el *cavalier* Melisenda, hombre queridísimo por las obras de caridad a las que se dedicaba con gran sacrificio patrimonial, y con tal garbo a la hora de quedar bien con todos que los liberales lo tenían por liberal y los borbónicos por borbónico. Detrás, los demás miembros del Comitato, una veintena de personas; al final, las asociaciones y corporaciones con sus estandartes. La procesión se detuvo en la plaza, el obispo se asomó al balcón del ayuntamiento para seguir con las bendiciones y las sonrisas; luego, el médico Amato dio un discurso contra el Borbón y la policía, recordó a los ciudadanos de Castro que habían sido encarcelados y les deseó un pronto regreso, libres. Habló de la libertad con versos de los grandes poetas, y acabó declarando amor al pueblo de Castro y a Sicilia toda. Tras él, tomó la palabra el canónigo Liotta y dijo que el pueblo de Castro merecía alabanzas por la moderación, el sentido común y la concordia de los que daba muestra y ejemplo, augurio seguro de un futuro mejor «capaz quizá de convertirse en guía de Sicilia toda», y concluyó diciendo que solo el temor de Dios y el respeto al prójimo podían dar justa felicidad a los sicilianos.

En las tabernas se hormigueó hasta bien entrada la noche, en el casino hubo fiesta con música.

Pocos días después, la noticia de que el farmacéutico Napoli y el médico Alagna estaban de vuelta emocionó al pueblo; hubo una procesión de visitas a las casas de los dos libertados, flacos y con los ojos brillantes como de fiebre. Ambos tuvieron que besar y abrazar, uno a uno, a casi todos los castreses, a cada uno contar lo sufrido, las cárceles, los carceleros, los papeleos judiciales, la comida y el insomnio. Se presentó también el barón, pero fue recibido, según se dice, con evidente frialdad. Y el barón empezó a mostrarse intranquilo, se alejó unos días del pueblo para esperar a ver cómo se arreglaban las cosas tras la inclusión de aquellos dos en el Comitato. Volvió y no había novedad en el pueblo. Tranquilizado, participó en las sesiones del Comitato, pero durante una discusión sobre los miembros del ejército, si era justo aceptarlos en el cuerpo de la nueva policía ciudadana, y el barón era de este parecer, el doctor Alagna dijo irónicamente:

—¿Por qué no, si ya tenemos a los espías borbónicos en el Comitato?

Y don Cecé Melisenda, cándidamente, como hombre que malicia y engaño no concebía y tímido como era, tuvo una salida violenta: que era necesario, por el honor de todos y cada uno de los presentes, decir quiénes eran y así aclarar si en el Comitato había espías o falsos. El obispo, ante el temor de que salieran a relucir nombres, se levantó y abrió los brazos como crucificado, invocó en latín la paz, en el nombre de Dios declaró que aceptaba la carga de todos los pecados de los miembros del Comitato y de todos los ciudadanos de Castro. Luego, se encaró con don Cecé, evitando afrontar lo dicho por el doctor Alagna, y dijo: «No me esperaba que el *cavalier* Melisenda, dilecto entre los dilectos hijos de esta diócesis, viniese a este augusto consenso a sembrar cizaña, pues debemos esforzarnos, en cambio, por desbrozar las hierbas de la discordia y por que crezca bien la mies para nutrición del amado pueblo de Castro y como premio a nuestras fatigas», y a don Cecé se le saltaron las lágrimas, se sintió desorientado en la culpa, se apresuró a besar la mano al obispo e implorar perdón. El doctor Alagna sonreía divertido.

El Comitato decidió instaurar la guardia nacional, un cuerpo de jóvenes gentileshombres con hermosos uniformes de terciopelo negro y carabinas adamascadas y con arabescos dorados en la culata. Era hermosísimo verlos en las procesiones y en las ceremonias. Por lo que hace a asegurar el orden público, la guardia nacional dejaba bien a gusto que se encargase y llevase la gloria el viejo cuerpo de soldados que, por su cuenta y formado como estaba por ladrones y asesinos a quienes convenía estar del lado de la ley, se aliaban de maravilla con los brigantes que infestaban las contradas. Los gendarmes habían dejado de existir, se evaporaron al primer aviso que llamaba a revolución, y con ellos desapareció el juez real. Por eso los prófugos de la justicia, desde los campos en los que vivían fugitivos y organizados en bandas, se atrevieron poco a poco a volver al pueblo. Volvió incluso Vito Lacruna, de quien se contaba que llevaba un cinturón de cuero al que aplicaba, cada vez que mataba a un hijo del Señor, un botón de cobre, y el cinturón pesaba casi media arroba. No es que se dejase ver mucho por el pueblo, y quien se lo cruzaba, como iba encapuchado y desconfiado como si fuera la noche, no lo reconocía más que por el moverse ansioso y feroz del blanco de los ojos. Pero su presencia se sentía en todo el pueblo y en cada casa, sus venganzas y robos se contaban en el pueblo las noches que el aullido del viento y del mar traían, con el chirrido de una puerta, el golpeteo de una persiana y el crujir de una rama, todo el mal del mundo, y el miedo.

Una noche, los perros ladraron con furia, gruñeron a la amenaza. Mi padre conocía bien aquel gruñido, sabía que cuando los perros gruñían así había alguien en el jardín a quien veían y controlaban, dispuestos a echársele encima al primer movimiento. Abrió la puerta silenciosamente, tras haber apagado el candil, el fusil listo. Una voz dijo «llama a los perros o como hay Dios que los lleno de plomo, Vito soy», y mi padre calmó a los perros y abrió la puerta. Conocía bien a Vito Lacruna; es más, Vito siempre lo respetó, por eso le bromeó:

—Los perros hacen de perros, pero tú, como buen cristiano, deberías entrar por el portón.

Y siguiendo con la broma, Vito respondió:

—¿Y desde cuándo yo voy por el buen camino? Podría haber entrado por el portón, que el barón me ha invitado; además, en el pueblo no hay ya un perro gendarme o espía que se meta en mis asuntos, pero me gusta aparecer por donde no me esperan.

—Me alegro de verte —dijo mi padre, pues algo había que decir—, y más me alegraría si te viese venir por donde se debe; como hermano te hablo, que si la ley se ha olvidado de ti, olvídate tú de la vida que has llevado, ve por el buen camino, vuelve a trabajar como antes…

—Carmè —dijo Vito—, ¿crees que no lo pienso a veces? Días enteros paso pensando en esta vida de perdido, y me entran tantas ganas de casa que me gustaría ser gato al lado del fuego. Pero algunas cosas que te pasan en la vida son como el rosario, uno reza la primera estación, y si no pasa todas las cuentas la oración no vale. Yo he empezado a desgranar el rosario y quiero llegar a la última estación: el destino cornudo así lo ha querido.

Le temblaba la voz, y con alegría forzada dijo:

—Vayamos a ver al barón, que si quiere lo que me imagino me lo quiero exprimir como un limón.

—¿Y qué imaginas? —preguntó mi padre.

—Con el oficio que tengo —dijo Vito—, me he convertido, querido mío, en un confesor; confieso y absuelvo y me lo guardo todo en los adentros, que por las cosas asquerosas que guardan se me están pudriendo.

Otra noche, hubo un tiroteo infernal entre soldados y bandidos en el centro del pueblo, parecían los fuegos artificiales que se hacen en honor a santa Venera, hasta el alba silbaron las balas, todas al aire, contra ventanas y balcones; ni los soldados ni los bandidos sufrieron un rasguño, según se supo; solo un soldado se desmayó y se quedó tieso como un palo durante veinticuatro horas; en el Comitato, alguien propuso darle un premio.

Todas las noches se oían disparos aislados, irreales, como salidos de la maligna esencia de la noche, y eran disparos que acostumbraban a dar en el blanco. La policía nocturna, esto es, los dos de la ronda y el farolero que por lo general, en lugar de dar vueltas por el pueblo, se estaban en la garita de Porta Trapani haciendo compañía al guarda, cuatro para poder jugar a las cartas, cuando oían los disparos se aviaban a ver qué había pasado, y caminaban con el farol encendido, hablando en voz alta, quizá para darse ánimos o para avisar a quien había disparado de que debía esfumarse convenientemente. En un momento dado, el farol se apoyaba sobre el muerto, y los de la ronda se agachaban con curiosidad para identificarlo; se apiadaban de él o aprobaban sin reservas, como ante una ejecución por orden judicial. Y velaban al muerto hasta el alba.

La noche del 2 de febrero, habían dado las dos de la madrugada hacía tiempo, mataron así al médico Alagna. Volvía del casino, confiado, acompañado del garzón que llevaba la linterna. De la esquina de una calleja salió un disparo que le atravesó el corazón; el chaval mantuvo la linterna alta, que así la llevaba para alumbrar más, pero un segundo disparo se la quitó de las manos; contaba que no había notado nada. Entre gritos, escapó para llamar a los caballeros que seguían en el casino; los caballeros, con dolor unánime, constataron la muerte de don Nicolò Alagna. Al día siguiente se hicieron funerales de gala; en la habilidad demostrada por el delincuente, un tiro al corazón y otro a la linterna, todos en el pueblo reconocieron la mano de Vito Lacruna, pero sobre las razones que pudiera tener Vito para acabar con un hombre como el médico Alagna se hicieron diferentes conjeturas; la de mi padre fue, sin duda, la más justa, y quizá a tenerlo claro llegaron también el farmacéutico Napoli, el obispo y pocos más; pero bien se guardaron de decirlo.

Vito era el amo del pueblo, y llegó el momento en que pidió al Comitato que le pagaran, uno encima del otro, quinientos ducados, que si no le pegaba fuego al pueblo. En la reunión del Comitato celebrada para decidir en lo relativo a la proposición, los que estaban en contra no hablaron, pues hablar significaba demostrar ganas de un funeral de gala. Habló don Cecé Melisenda aduciendo razones de dignidad y de moralidad, que en aquel momento valían un comino, y, por su parte, don Cecé Melisenda valía tan poco que Vito Lacruna, aunque se lo supiera enemigo, por él no habría malgastado ni un cartucho. El discurso que hizo el barón, favorable a pagar, produjo viva impresión en la mayoría. El obispo dijo que el sentido común hablaba por boca del barón y que, aunque estuviera de acuerdo con los principios argüidos por el *cavalier* Melisenda, no podía sino, con toda la paterna ansiedad y preocupación de la que era capaz, aconsejar que se pagara: loable cosa es tener fe en los principios de la moral y de la dignidad, pero, a veces, méritos celestiales se adquieren sacrificando tales principios por el bien común, por el amor al prójimo. Y Vito consiguió los quinientos ducados; estuvo un mes lejos del pueblo, pero no dejó de dar alegrías en los pueblos de al lado. Después volvió para pedir, más modestamente, doscientos ducados, que el Comitato acordó satisfacer; luego lo mataron, quizá uno de los suyos, y encontraron el cadáver en un pajar, con media cara fuera de sitio que le dejó un escopetazo. Pero el pueblo vivió bajo la amenaza de los bandidos hasta abril de 1849, cuando quien tenía culpas graves que purgar se refugió en el campo, y los que manejaban secretamente los hilos siguieron en el pueblo y mantuvieron tareas representativas y mediadoras, sin dejar de recibir el respeto debido a los «hombres de honor».

Yo iba a la escuela con el cura que ya había enseñado a leer y a escribir a mi padre, era viejísimo, pero se mantenía garrido a la hora de dar con la vara, que era de olivo, delgada y silbante, y que dejaba marca. Los varazos me los daba en la cabeza o en las manos cada vez que me equivocaba y, a los pocos meses de ir a clase, volvía que parecía un eccehomo. Mi madre, por las noches, me untaba con aceite caliente; luego, ya no fue suficiente con el aceite para sanar las manos llenas de llagas y me vendó la cabeza y las manos, y parecía un superviviente de la guerra contra el turco, los compañeros me pusieron un mote y se burlaban de mí. Para compensar, don Paolo Vitale, que así se llamaba el cura, se contentó con hacer silbar la vara cerca de las orejas y alguna vez, quizá involuntariamente, acertó, con consecuencias tan dolorosas que me entran ganas de quejarme solo de pensarlo. Pero, no obstante, de don Paolo guardo un buen recuerdo: lo poco que me enseñó resultó un buen fundamento para todo lo que he aprendido y he hecho, porque no solo me enseñó a leer en un abecedario y a escribir una carta y a que no me liaran con las cuentas, me enseñó también a sacar provecho y tener fe en la naturaleza de los libros y de mis pensamientos.

Vivía él en dos habitaciones desnudas, pequeñas como celdas de convento, al lado de la parroquia, la más pobre y a trasmano que había en el pueblo, y se la dieron precisamente a él como castigo por su falta de prejuicios y para que purgara la libertad que mostraba, hostil a los superiores y a los colegas, con fama de liberal por las relaciones que mantenía con los exiliados y con los ingleses de Marsala, de quienes recibía gacetas que contaban las cosas del mundo, y las nuestras, y él traducía a los amigos de Castro. Pero no era un liberal, el amor a la libertad le venía del sufrimiento del pueblo, la libertad del pueblo era tener pan; luchar para poder leer libros y fundar escuelas le parecía algo absurdo, a quienes se reunían en las farmacias les decía «queréis que el pueblo coma papel impreso y el pueblo quiere, en cambio, pan», y los liberales lo escuchaban con compasión. Por su parte, podía prescindir de las noticias que le traían las gacetas inglesas, se conformaba con Virgilio y con el abad Meli, y con el recuerdo de las máximas de Guicciardini, de Lottini y de Sansovino, que a menudo de un libro viejo me leía e ilustraba. Pero sobre todo, decía, le bastaba con el Evangelio de nuestro Señor, y si con Guicciardini aprendía a conocer a los hombres, con el Evangelio aprendía a amarlos, «y es ejercicio difícil —decía— amarlos después de haberlos conocido».

Era delgadísimo, rostro afilado y blanco, el mirar siempre duro y agudo bajo el peso de los párpados. Me apreciaba, no obstante los varazos que me daba; él creía en la vara como instrumento necesario en la educación, y quizá no estuviera muy equivocado. Acabada la clase, me trataba como a un adulto, hablaba conmigo en el jardín, no más de una veintena de varas cuadradas de terreno, y me explicaba las flores y las hierbas, me hablaba de las estaciones y de las horas, de la cizaña que se aferra a las plantas tanto como al cuerpo y a los sentimientos de los hombres. Y me hablaba también de la verdadera revolución, pues la que estaba en curso le parecía cambiar de organista sin cambiar ni de instrumento ni de partitura y, así, quienes tenían que seguir soplando en el órgano eran los pobres. Como raramente salía de casa, y en absoluto después de la revuelta de enero, me preguntaba irónicamente «¿qué hacen los revolucionarios?, ¿han empezado a repartir libros?», pero no esperaba que yo pudiera, en verdad, informarlo, y las preguntas le servían para desfogarse contra los hechos y contra las personas. «Si hubiera de verdad una revolución, la revolución que yo digo, los del Comitato irían a esconderse en las buhardillas: el obispo, el barón, y hasta el farmacéutico Napoli. Quien te parezca el mejor de estos tres gentileshombres, tiene en casa dos clases de pan: blanco para la familia, de salvado para los siervos. Tratan a los perros como a hijos de Dios, pero a los cristianos que trabajan los tratan peor que a los perros. Y tienen la desvergüenza de decir lo que dicen: la tiranía que debemos derrocar, la libertad…».

En el Comitato, cinco o seis miembros trabajaban con fervor por la renovación; los otros, con escepticismo y casi con conmiseración, observaban los intentos de los novatores por reorganizar el orden y las cuentas públicas e, implacablemente decían «no», no había propuesta para la que no encontraran la cuerda que iba a hacerla caer, por lo que los ingresos acabaron por ser irrisorios, el sistema de impuestos dejó de funcionar, el pueblo y los campos acabaron infestados de delincuentes.

Sanación solícita y unánime recibió, por parte del Comitato, el servicio de público entretenimiento: se formó finalmente una banda municipal, con sueldo al director y compra de instrumentos y uniformes, y se hicieron venir pintores y estucadores (con un gasto de ciento cincuenta onzas) para decorar el teatro municipal, construido un par de decenios antes a imitación del de Trapani, y que hasta ese momento había estado inactivo.

Entre enero y junio, el Comitato se reunió un centenar de veces y, en total, no consiguió llevar a cabo más de diez medidas de segura ejecución: la creación de la guardia nacional y de la banda municipal, los trabajos de adecentamiento del teatro y de arbolado para el paseo marítimo, la contratación de cuatro trabajadores más, el traslado de un gran mortero de madera de una villa de las afueras al ayuntamiento, con desfile solemne por las calles del pueblo y con discursos llenos de sangre, patria, sacrificio y fuego. Fiesta se celebró también cuando el obispo se acercó de manera oficial a visitar y bendecir a la guardia nacional. Y luego llegó, como todos los años, el día de la fiesta de Santa Venera, en el mes de junio, que extendía un rutilante manto de fuego sobre el pueblo y el mar, sobre el pueblo que hervía en fiestas, parecían hijas del mismo sol las barracas blancas de los vendedores de dulces y sorbetes, la pulpa roja de las sandías ofrecidas en forma de media luna en los tenderetes, el reverbero de las cerámicas esmaltadas, el ruido de los tambores, el griterío, las explosiones de los petardos.

Por razón de la fiesta, las monjas le anticiparon las vacaciones de verano a Cristina. Volvió más delgada y triste, parecía que se hubiera convertido en toda ojos: en su mirada me parecía ver, por momentos, que como el batir de alas de un pájaro cazado con liga aparecía la locura de doña Concettina. Ahora sabía muchas cosas de religión y hablaba del infierno, yo no creía en el infierno; mi madre, cuando me portaba mal, me decía «irás al infierno con los zapatos puestos», y yo me preocupaba, sobre todo por la cosa de los zapatos, que quién sabe qué sufrimientos me imaginaba yo que pudieran suponer. Una vez se lo pregunté a don Paolo, me respondió con una sonrisa «ni porque sí ni porque no, o te pones a hacer las cosas bien o te resignas a caminar descalzo», y me hice a la idea de que la historia del infierno, y de los zapatos, nadie en el mundo la sabía a ciencia cierta, por lo que mejor era no darle más vueltas. Cristina, en cambio, quería que no me olvidara y discutir conmigo si, en el caso de que acabara en el infierno, hubiera sido preferible la parte que arde o la parte que hiela; y como el sol me despellejaba, yo prefería la nieve; hacía falta buen dinero para comprar una barra de hielo, y a mí me habría gustado tener tanta nieve como para poder revolcarme en ella. Pero se tratase de fuego o de hielo, no me gustaba hablar del infierno, por eso ya no estaba tan a gusto con Cristina como antes, solo me gustaba jugar con ella a la gallinita ciega, el juego que le habían enseñado en el internado.

Pasada la fiesta de Santa Venera, el Comitato trabajó afanosamente en la preparación de las elecciones municipales. Se permitió el voto a todos los ciudadanos que, sabiendo leer y escribir, lo pidieran; mi padre no quería pedirlo, el barón dijo que no ir a votar significaba despecharlo a él, personalmente, y mi padre aceptó. En total, la lista de votantes la formaban trescientos ciudadanos, y debían elegirse sesenta consejeros.

La votación se celebró a principios de julio, con total normalidad. Los elegidos fueron quince curas, una veintena de personas vinculadas con el obispo o de evidente fidelidad a los Borbones, una decena de maestros artesanos notoriamente devotos o económicamente dependientes de aquellas personas vinculadas al obispo; no más de quince concejales eran conocidos por vagos o por sus probados sentimientos liberales. Si se hacen cuentas más concretas y efectivas, la composición del Consiglio era, más o menos, la siguiente: treinta gentileshombres o burgueses, cinco nobles, quince curas, diez del pueblo. En la primera reunión, la del reparto de los cargos, el barón Garziano fue elegido presidente con cuarenta y nueve votos a favor y once abstenciones, otros cargos recibieron el canónigo Mantia con treinta y siete votos, el farmacéutico Napoli con treinta y seis, el barbero Vitanza con cuarenta y cuatro; y cincuenta y nueve votos obtuvo don Cecé Melisenda. Son resultados que, si se les intenta dar un significado político o basado en intereses, se corre el riesgo de no entender nada. Conociendo el pueblo, yo juraría que al barón no lo votaron los nobles, que el canónigo no tuvo los votos de los curas y que al barbero no lo votaron los del pueblo, y todo así. La unanimidad que consiguió don Cecé se explica, por decirlo claramente, porque don Cecé era considerado un nadie, todo bondad y misas cantadas.

La primera tarea del Consiglio fue deliberar el nombramiento de un rector provisional para la iglesia de Gesù —«para que no falte el culto divino y todo lo demás que llevaba a cabo la disuelta Compañía de Jesús»—; a continuación, se decidió celebrar triduo solemne para acabar con la sequía, y conceder una hipoteca de mil doscientas onzas sin intereses al patrimonio episcopal reunido en la Mensa —«dado que por razón de estos tiempos infelices, dicha Mensa no puede recaudar rentas ni disponer de sus arcas, declaradas intocables por el Gobierno»—.

Las tres propuestas partieron del grupo liberal, y el Consiglio las votó unánimemente. El barón, don Cecé Melisenda y el barbero Vitanza llevaron jubilosos al obispo la buena nueva de las decisiones del Consiglio, pero el obispo dijo fríamente que sí, que agradecía el gesto del Consiglio «pero con la sinceridad habitual os digo, ¿sabéis qué quiere decir esto? Significa, perdonadme, echarle cuatro habas al cerdo».

—¿Qué habas? —preguntó confuso don Cecé—, y, con el debido respeto, ¿qué cerdo? Yo, con el perdón de vuestra excelencia, no veo ni habas ni cerdo.

—Vos, querido don Cecé —dijo el obispo—, veis el mundo llano y liso como una balaustrada de mármol, no veis la malicia, estáis siempre fresco como una rosa.

Y habló en latín de gusanos y serpientes que en las cosas que parecen buenas se esconden y rastrean.

—Si no he olvidado el poco latín que aprendí en el seminario —dijo don Cecé—, vuestra excelencia habla ahora de serpientes y gusanos; yo preferiría liquidar primero la cosa de las habas y el cerdo.

—¿Qué hacemos con este don Cecé? —dijo el obispo dirigiéndose al barón y a Vitanza con un tono que era de broma y de lástima a la vez—, ¿qué hacemos con este bendito? Digámosle claro y alto lo que pensamos, así sabrá cómo comportarse en el futuro. Así pues, el tocino sería yo.

—¡Excelencia! —protestó don Cecé.

—… El tocino sería yo, dejadme hablar, y el Consiglio, con las decisiones de hoy, no hace sino echarme medio puñado de habas: si el cerdo come las habas que le damos, es lo que piensan vuestros amigos del Consiglio, el cerdo ya es nuestro. Yo, por el contrario, os digo: el cerdo se come vuestras habas, pero no dejará que le echéis el guante. Aquí tenéis, querido don Cecé, el proverbio bien y claramente expuesto para nuestro caso.

—Excelencia —dijo don Cecé—, yo, cuando comprendo las cosas, las comprendo; si esto es lo que pensáis, yo, como hijo obediente de la Iglesia, leo lo que está escrito y digo: dejo el Consiglio, dimito, no quiero contribuir, perdonad, a hacerle el juego a quienes minan el suelo a nuestro paso.

—Habláis de ángel —dijo el obispo—, pero la cuestión es que, si vos dejáis el Consiglio, y lo deja el barón, y lo deja nuestro Vitanza, y lo dejan todos los buenos cristianos, decidme en manos de quién quedan los asuntos del pueblo, decidme...

—Esta es la cuestión —dijo el barón.

—Pero yo —dijo don Cecé—, por cómo me han educado, quiero ver claras las cosas; vuestra excelencia ha querido que yo participase en el Consiglio, por lo que tengo la certeza de que en el procurar por el bien de nuestra ciudad y de Sicilia no haya nada contrario a nuestra religión ni a los intereses de la Iglesia, pero si ahora vuestra excelencia dice que algo contrario hay, cuatro y cuatro suman ocho, yo dimito.

—«Sed prudentes como las serpientes» —citó el obispo—, ¿entendido? Prudentes. Es Jesús el que habla, querido don Cecé. Vos, en cambio, arremetéis como... como...

—... un buey —dijo don Cecé ruborizándose.

—No me hubiera atrevido a decirlo —sentenció el obispo.

—¿Por qué no? —se maravilló don Cecé—; el buey, es cierto, tiene cuernos, pero en este aspecto estoy tranquilo como una monja de clausura; además, con cuernos o sin cuernos, es un animal bueno, pero la serpiente, con Evangelio o sin él, es un animal, y me perdonará vuestra excelencia, que da asco.

—Estamos hablando de todos los animales del arca sin ser capaces de atrapar una araña... Ya tenemos otro animal, pero por favor, no empecéis a filosofar con las arañas. Concretemos, pues. Vos, como católico, y hasta el momento no me habéis dado motivo para dudar de vuestra devoción, estáis en el Consiglio para defender los buenos derechos que tiene la Iglesia contrarios (eso es, contrarios) a los intereses, digamos, del Estado... Y os pongo un ejemplo: si el Gobierno, como parece, ordena la confiscación del oro y de la plata que hay en las iglesias y en los monasterios, si el Gobierno promulga una ley tan inicua, vos, como devotísimo hijo de la Iglesia, ¿qué haréis?

—Algo he oído —dijo don Cecé—, y me ha turbado, pero luego he hilado este razonamiento; puedo haberme equivocado, pero me parece justo: el pueblo todo, pobres y ricos, por fe y en agradecimiento, ha dado el oro y la plata que resplandece en los altares; la Iglesia, que es maternal, por amor y caritativamente devuelve los dones recibidos, y lo hace para salvar la vida y la libertad de sus hijos.

—¡Bravo! —dijo el obispo—, ¡hiláis que da gusto! Hiláis las reflexiones hilando al revés, como el maestro cordelero, y no veis las bocas del infierno que se abren a vuestras espaldas, desde que vivimos en revolución —y con cara de guasa pronunció la palabra como si tuviera cuatro ces en lugar de una— os oigo decir algunas cosas que si no os conociera como os conozco, algunas cosas...

—Puedo haberme equivocado —dijo don Cecé, pero sin humildad.

El barón y Vitanza sonrieron por compasión; el obispo, que tras tantos años de amistad creía conocer a don Cecé y saber cuán fácil fuese llevarlo hasta el arrepentimiento y las lágrimas, no dejaba de punzarle con ironía y desdén, con paternal persuasión y dulzura. Pero se equivocaron gruesamente los tres, pues aquel día don Cecé, como todos los tímidos y los dóciles, tenía también sus momentos de susceptibilidad y furor. El obispo decía:

—Este, querido *cavalier* Melisenda, es pecado por el que deberéis confesaros, el haber pensado que la Iglesia se iba a poner a hacer la revolución, y contra los principios más dignos y legítimos. Y creer luego que todo lo que es ornamento y decoración de la casa de Dios pueda ser malgastado así en beneficio de una causa que, aparte la ilegitimidad de la que nace, es cosa bien mísera, como todas las cuestiones humanas, en comparación con la gloria de Dios… Los gobiernos pasan, querido amigo, pero la Iglesia permanece…

—Vuestra excelencia —interrumpió brusco don Cecé— me ilumina, ha puesto el dedo en la llaga, es este el problema, que la Iglesia permanece.

Hizo media reverencia y se fue, y tres caras como máscaras de estupor se quedaron mirando la puerta dorada que don Cecé cerró a sus espaldas.

Gracias al barbero Vitanza, que tenía una gran clientela a domicilio, al día siguiente todo Castro sabía, palabra por palabra, lo que había pasado. Los amigos más curiosos que fueron en busca de don Cecé supieron que se había ido a Marsala.

Se promulgó la orden de confiscar los tesoros de las iglesias, el obispo entregó unos pocos cálices y candelabros, hizo que se calculara el valor y los desempeñó al instante. Don Cecé no aparecía por el Consiglio y tampoco se dejaba ver por el casino; todos, hasta los liberales, lo consideraron loco; de la salud mental de don Cecé el obispo premurosamente pedía información a todos, expresaba la lástima que suponía que a un hombre así le hubiera tocado la terrible suerte de perder la cordura; aunque los más opinaban que don Cecé, por muy piadoso que fuera, cordura no había tenido nunca.

Pero el incidente entre el obispo y don Cecé, por más que muchos lo juzgaran entre los límites de la congénita o repentina locura del viejo caballero, abrió en el Consiglio grietas en un principio inadvertidas, luego más profundas e irreparables. El barón decía por activa y por pasiva que él seguía en su puesto, con gran sacrificio de su persona, solo para impedir que la gente alocada que había en el Consiglio hiciera y deshiciera a su antojo. Las reuniones se hicieron más vivaces, pero no se llegaba a ninguna conclusión; de los escaños de los liberales partían pullas dirigidas a los escaños de los canónigos y de los «ratas» que provocaban murmullos de placer en el público presente en la sala. Todo se limitaba a los nombramientos de los supervisores: servicio público, iluminación viaria, dacio, anona, alquileres y censo. La vida del ciudadano devenía una complicación llena de controles, hasta el punto de que los concursos para adjudicar los contratos para gestionar el dacio o la iluminación quedaban desiertos, nadie quería meterse en los problemas que esperaban agazapados entre los capítulos del contrato, minuciosos y larguísimos. Y en el aire reinaba un aire de provisionalidad, de que una situación tan confusa no podía durar.

La usurpación particular de tierras comunes o públicas llegó a cotas altísimas por parte de campesinos y pastores, pero sobre todo por parte de los gentileshombres que pertenecían al Consiglio, y se nombró una comisión de comprobación, pero la comisión, comprobada la enormidad de lo usurpado, no vio mejor solución que proponer legalizarlo con contratos de arriendo con un alquiler simbólico; los señores estipularon enseguida los contratos, los campesinos y los pastores creyeron que era mejor disponer de aquellas tierras sin contrato.

Los precios de los alimentos crecían vertiginosamente, no había seguridad para los bienes ni para las personas, ni en el pueblo ni en los campos; la enseñanza pública, no obstante el Consiglio declarase que era su gran preocupación, siguió siendo la que era. Una cosa buena era que los liberales empezaban a tener conciencia de los problemas y estudiaban las soluciones posibles, la oposición se endurecía: el ideal político, antes vago e incierto, alcanzaba ahora tanta fuerza en ellos que conseguía alejarlos de los intereses solo personales. Y se puede decir que la idea de la revolución maduraba, en la minoría del Consiglio, cuando los acontecimientos se hacían de pronto más reaccionarios.

Tras un triste invierno de hambre y asesinatos llegó la grácil primavera. El campo, dejado en abandono en tiempos de siembra, anunciaba mala cosecha. El Consiglio había dejado de reunirse. El obispo había mandado fortificar el palacio, en las ventanas se veían colchones o maderas a modo de protección, los liberales criticaban abiertamente al obispo, publicaban caricaturas y viñetas con versos de escarnio y maldecir; el pueblo, empero, empezaba a odiar a los liberales, los domingos llenaba las iglesias para oír los sermones contra quienes, ausente de ellos el temor de Dios, eran los artífices de los sufrimientos del pueblo y del desorden, y casi todos en Castro deseaban la reincorporación del viejo orden.

Finalmente, el 25 de abril de 1849, llegó la noticia que de volvía el viejo orden. El primero que la recibió fue el obispo, de manos de un correo; el obispo llamó al barón y le dio la noticia y lo instruyó acerca de lo que debía hacer en el

Consiglio, el barón llamó a reunión a los amigos consejeros, del casino salió en dirección al ayuntamiento un séquito de hombres visiblemente felices o, cuando menos, con menos preocupaciones: curas, nobles y gentileshombres. Los liberales, en cambio, dejaron el casino y se retiraron a sus casas: tres de ellos, lívidos por culpa del miedo, siguieron al barón.

Desde lo alto del escaño de la presidencia, el barón comunicó brevemente las novedades al Consiglio, y concluyó: «Si Dios quiere, se ha acabado la payasada». Aplaudieron todos. Y en ese momento entró en la sala don Cecé Melisenda, se sentó en una esquina en los escaños vacíos de los liberales. El barón le dictó al secretario: «Reunido hoy espontáneamente este Civico Consiglio sin que el presidente hubiera cursado invitación alguna, en esta sala del palacio senatorial, por haber sabido de los rumores que la capital ha mandado una legación al príncipe Satriano para someterse a él, queriendo corresponder a tal decisión, el Consiglio declara querer unirse al voto y al deseo de la capital y someterse de igual modo al loado príncipe Satriano»; de una tirada, como si recitase de memoria. La asamblea le tributó un largo aplauso, el barón se levantó agradeciendo los aplausos con reverencia. Volvió a decir «se ha acabado la payasada» y don Cecé, sentado, dijo con calma «si lo que está por acabarse es una payasada, todos los que os aplauden son unos payasos, y vos sois el primer payaso del reino».

—¿Cómo... cómo...? —dijo el barón, y murmuraron todos contra don Cecé. Pero el viejo, en pie y seguro, blandiendo el bastón hacia adelante, se acercó al escaño del secretario y dijo:

—En este Consiglio tengo algunos derechos, y quiero hacer uso, aunque me sirva solo para ganarme la cárcel, por lo que escribid lo que digo, que quiero firmar enseguida y marcharme. —Miró en círculo a todos y dijo con voz firme—: «El *cavaliere* Cesare Melisenda di Villamena declara no asociarse a la decisión, tomada por mayoría de este Consiglio, de presentar al príncipe Satriano los términos de la sumisión del Consiglio y de la ciudad de Castro, y declara, además, que confía en los principios de la libertad que el Consiglio, unánime, exaltó en la primera reunión». —Firmó en el margen del registro al lado de su declaración y se alejó.

—¡Jodido viejo! —gritó el barón.

Como por arte de magia, el juez real, el subintendente, los gendarmes y los soldados reaparecieron por Castro, como si nada hubiese pasado, y quizá con órdenes precisas de fingir olvidado lo ocurrido, los acontecimientos y las personas involucradas. Hasta el otoño no hubo el menor signo de represalia; es más, parecía que los esbirros se hubieran vuelto más amables, el subintendente sonreía a todos, en el casino jugaba a las cartas incluso con el farmacéutico Napoli. Luego vino un batallón y se decretó el desarme de la guardia nacional, una cosa simbólica, solo la masiva presencia de tropa daba miedo. Los guardias nacionales entregaron las carabinas, un instante después las recuperaron en calidad de guardias urbanos. Del frontón del teatro sacaron a golpes de maceta y cincel el símbolo de Trinacria y colocaron el lirio de los Borbones, y más lirios florecieron en las puertas de los edificios públicos. El obispo llevó al Ayuntamiento a los tribunales, negando «el derecho de usufructuar a los individuos de este pueblo los terrenos propiedad del patrimonio episcopal». El Consiglio Comunale se convirtió, casi al completo, en Decurionato Civico, faltaba solo don Cecé Melisenda, cuya locura lamentaban también el subintendente y el juez real, y los dos liberales que huyeron a Malta.

A fin de cuentas, no podía ir mejor. La tropa se fue casi de puntillas, llevándose con ella una decena de malvivientes apresados por los campos; el pueblo suspiró aliviado.

Los asuntos públicos navegaban, según el barón, con el viento a favor; pero inclementes soplaban siempre, en sus asuntos familiares, los vientos: doña Concettina no le dirigía la palabra, Rosalia le costaba un patrimonio y quizá le ponía los cuernos, Cristina no quería volver al internado y Vincenzino, en cambio, quería quedarse en el seminario y hacerse cura. La baronesa apoyaba la resistencia de Cristina y estaba contenta de la vocación que demostraba Vincenzino; a despecho del marido, iba a ver al obispo para rogarle que animara y alimentara la vocación del hijo. El barón, siempre a través de un intérprete, le decía «con esta historia de la vocación de vuestro hijo haréis que acabe loco, como don Cecé, un día de estos voy a ver al obispo y le canto las cuarenta, pues esta farsa de la vocación os la habéis inventado vos y él, este pobre hijo mío, es un alma en pena en vuestras manos», y doña Concettina respondía, hasta hacerle perder la paciencia y siempre a través del intérprete, «decidle al barón que vaya a cantarle las cuarenta al obispo, eso, que vaya, lo estoy deseando».

—Me rondan por la cabeza tantos problemas —decía el barón— que por las noches, cuando duermo, noto que me saltan por dentro, como grillos; apenas cojo el sueño, zas, un problema que salta, y me veo con los ojos abiertos.

—Son los grillos de las tentaciones —murmuraba doña Concettina.

Con los diálogos a tres (padre, madre e intérprete) sobre el asunto de la vocación de Vincenzino, Cristina se divertía como si estuviera en el teatro. Apreciaba a su madre, y disfrutaba de ver que su padre se llevaba la peor parte; más aún por saber que el barón estaba destinado a sufrir el fuego eterno por culpa de la mantenida y de los obstáculos que ponía a la vocación del hijo. Una vez le pregunté a don Paolo Vitale si el barón estaba de verdad condenado a acabar en el infierno. El cura meneó la cabeza y dijo: «No irá al infierno, en el último momento encontrará la manera de recibir la bendición de Diosanto», y cierto es que el barón murió en olor de santidad, con todos los sacramentos cumplidos y con un testamento que legaba bienes a parroquias y obras pías; en los últimos años instituyó la limosna de los viernes y a todos los pobres que se presentaban ante el portón se les daban dos sueldos de limosna, a veces entregaba hasta cinco liras en un solo viernes.

Pero, en 1849, el barón gozaba de una salud de hierro, tenía una complexión robusta, gran comedor y bebedor de los que no se retraen, practicaba el ejercicio de la caza con pasión y recorría a caballo las tierras, especialmente en tiempo de cosecha; y casi a diario encontraba un momento para acudir a ver a Rosalia. No le preocupaba el infierno; es más, hablando claro, decía que quizá llegara a admitir lo del purgatorio, pero que el infierno le parecía una fábula para gente inculta, un cuento para tener sometida a la gentuza, y pensaba que fue Dante Alighieri quien se inventó el cuento: «a aquel se le hincharon las… y, enfadado porque lo habían echado del pueblo, se puso a meterle miedo a la gente con lo del infierno». Pero doña Concettina, sin haberlo leído, sostenía que el libro de Dante era una revelación divina.

Vincenzino insistía, apoyado fervorosamente por la madre; no quería dejar el seminario ni por vacaciones, pues temía que el barón lo encerrase con llave hasta que se le pasara la vocación. Era alto y blanco como un cirio, la cabeza ondulaba sobre el largo cuello como si esperase el momento de la decapitación. «Muerto está —decía el barón—, lo reducen a fuerza de penitencias y rezos, le meten en la cabeza que debe llegar a santo, y ayuna para llegar cuanto antes. Y llegará, ya lo creo que llegará...». Doña Concettina, por el contrario, creía que Vincenzino estuviese en edad de crecer, todos los de su familia eran así cuando daban el estirón, Vincenzino no se parecía a los Garziano, que en la adolescencia adquirían una estructura maciza, sino que era calcado a los hermanos, al padre y al abuelo de doña Concettina, gente de físico delicado y de delicados sentimientos, vieja nobleza española que había dado al reino hombres de pluma y de devoción.

—Me descojono yo —decía el barón— de las delicadezas de vuestra raza, no quiero que mi hijo sea ni santo ni filósofo. Buen provecho sacó aquel tío vuestro jesuita que fue a que lo crucificaran los chinos o los indios o quien diablos lo hiciera, y no me habléis de aquel otro pariente vuestro que escribió todos esos libros en latín que de solo verlos me entran mareos, loco estaba como hay Dios, ¿acaso no dice en un libro que hay que ponerlo todo en común, casas, tierras, animales y mujeres...? ¡Más loco imposible! Olvidémonos: mi hijo quiero que sea como yo, que vaya a cazar, que se ocupe de las tierras, que coma lo que Dios le dé a entender y que le gusten las mujeres... A propósito: loco como estaba, aquel pariente vuestro la buena idea de compartir las mujeres la tuvo... Lo único bueno que ha hecho alguien de vuestra familia.

Esto era, para doña Concettina, el tiro de gracia, se ovillaba con la ropa, como si quisiera espantar ratones que le corrieran por los pies, y desaparecía. El barón gozaba de un momento de satisfacción, y luego se ponía huraño quizá al pensar que había hablado demasiado y que, exasperada, doña Concettina acabase por referirle al hermano, hombre de gran prestigio en la corte, los insultos que le lanzaba el marido.

Porque, fuera de casa, de aquel cuñado que tenía en la corte el barón se vanagloriaba y alardeaba: «Mi cuñado me escribe que el rey… Escribiré cuatro líneas a mi cuñado… Si mi cuñado la toma a su cargo, es cosa hecha».

Libró al barón de los problemas familiares, en enero de 1850, un detalle. Bordeando la costa, una jornada de azul gélido, pasó por delante de Castro una gran escuadra de la Marina inglesa: nítida la arboladura, nítidos los colores y el movimiento de los hombres en cubierta. A los liberales de Castro les pareció una decisiva ostentación de fuerza del gobierno británico, que en los últimos meses había demostrado hostilidad decidida contra el gobierno de Nápoles, y en las gacetas inglesas se leían opiniones sobre los Borbón y acusaciones evidentemente inspiradas en las borrascosas relaciones que mantenían los dos gobiernos. Incautamente, los liberales se dijeron contentos por semejante demostración; en Castro, los ingleses estaban bien vistos gracias a lo que en la vecina Marsala habían hecho en la industria del vino, se los tenía por hombres rectos y libres, de pocas palabras y hechos cumplidos. Ver pasar la escuadra inglesa y empezar a fantasear con una operación intimidatoria, no de guerra, contra el gobierno borbónico fue todo la misma cosa. Y tanto se equivoca uno cuando hace cuentas con los números de otro que los ingleses obtuvieron beneficio de aquel crucero de advertimiento por la isla, pero los liberales acabaron en galeras.

A los pocos meses, llegó a Castro un regimiento de soldados, y medio centenar de gendarmes mandados por un hombre famoso en Sicilia por su odio a los liberales y por cómo los torturaba. Después del de Maniscalco, el nombre del teniente Desimone significaba prisión y muerte, pues de Salvatore Maniscalco era la mano derecha, el brutal ejecutor.

Yo lo recuerdo tal como lo vi aquel día que debía de ser de inminente primavera, creo recordar el olor de la amarga floración de los almendros en el jardín del barón Garziano: la nariz venosa, la mirada que saliendo de unos ojos porcinos parecía que se arrastrase viscosa por los objetos, las piernas cortas e inciertas bajo el vientre de odre; y era alegre, explotaba en risotadas y al reír sacudía con palmadas afectuosas las espaldas del barón, en un gesto armonioso con el índice que se movía como si le hiciera cosquillas en la panza. Y el barón también se reía, bebía vino y reían; el teniente Desimone solo bebía vino, cuando el barón le ofreció café se echó a reír, «¿habéis dicho café?, ¿café me ofrecéis?, ¿sabéis cómo llamo yo al café?», al oído le dijo cómo llamaba al café y el barón se retorció de la risa. «Dadme vino, como Dios manda, que el vino es la bebida de los ángeles», y el barón mandó al camarero que le trajera un par de botellas, y que fueran del tonel de 1837.

En compañía del vino crecía la amistad entre el barón y el teniente. Hablaron de los enemigos del orden que había en Castro y, luego, de mujeres, de las de Palermo y de las de Trapani; el barón prefería estas, Desimone juraba que las panormitanas, sin duda ávidas de dinero y caprichosas, eran las más fogosas de entre las que había conocido. Estuvieron de acuerdo cuando hablaron de las siracusanas: una «conoció» el barón y una el teniente, «pero era una gran señora, querido barón, una cosa de chuparse los dedos…, una deidad griega», y el barón estuvo de acuerdo, «bien habéis dicho, las siracusanas tienen algo griego… Aquella que yo…, ya me entendéis…, era una estatua, una estatua perfecta, y hacía unas cosas por mí, unas cosas…».

Por la noche, rodeados por una hilera de soldados y gendarmes que tenía forma de herradura, y apoyados contra la tapia del monasterio de San Michele, vi once liberales arrestados: maniatados y con cadenas amarrados los pies de los unos a los de los otros, la luz amarillenta de las linternas, móviles y vacilantes, hacía que de las sombras apareciera ahora el rostro del farmacéutico Napoli, luego el de don Giuseppe Nicastro y de otros a los que conocía bien, caras que parecían acusar una gran fiebre o estar petrificadas por el miedo. Más allá del círculo que formaban los soldados, fuera, estaba la gente del pueblo; se había corrido la voz de que iban a fusilar a los prisioneros, y la gente acudía, silenciosa, y se apostaba delante del convento. Pero el teniente Desimone lo único que pretendía era bromear; al cabo de un par de horas, hizo que llevaran a los prisioneros al cuartelillo de los gendarmes. Contento y feliz, se encaminó al palacio Garziano a contarle al barón la diversión, y a cenar abundantemente.

El señor Gaetano Peruzzo, en su *Istoria della città di Castro,* en la página 187, afirma «claros indicios demuestran que los arrestos de 1850 se siguieron por instigación de monseñor Calabrò, que, como si de una conjura se tratase, se acordó con el juez real y con una notable personalidad del pueblo, cuya identidad es digno callar, además de por caridad patriótica porque se prodigó en los hechos de 1860, para compensar su triste pasado, en ayuda de la empresa garibaldina». Y, por claros indicios, todos los ciudadanos de Castro saben que el noble del que Peruzzo calla el nombre era el barón Garziano. Añade Peruzzo que el obispo «fue obligado a la conjura por el comportamiento de nosotros, los jóvenes, burlones y despreciadores de las cosas de religión, alejados de pastorales ceremonias y convocaciones; y la contenida manifestación de júbilo demostrada al paso de la escuadra de la Marina Real británica fue utilizada, con apariencia de justa causa, para justificar nuestro arresto». Estas declaraciones las confirman que las familias de los arrestados se dirigieron, para implorar clemencia, antes al obispo que a las autoridades del rey, y que el obispo, aunque se declaró extraño a los hechos, dio a entender que habría agradecido cartas de contrición por parte de los arrestados y que estas podrían llevarlo a interceder por ellos. Y algunos, animados por los familiares, se dejaron convencer y le escribieron al obispo: consiguieron una especie de proceso farsa que les otorgó una suerte bastante más llevadera que a quienes se negaron a escribirle. En cualquier caso, los once arrestos acarrearon la ruina a once familias de Castro, y las sumieron en la angustia: patrimonios enteros acabaron en manos de jueces, abogados, esbirros, carceleros y capos de la mafia (los capos de la mafia garantizaban, entre las paredes de la cárcel, protección a los presos políticos); jóvenes bellísimas y con buena dote acabaron sacrificadas en matrimonios con jueces y funcionarios viejos, y la memoria de los habitantes de Castro guarda el matrimonio de la hermana de don Vito Bonsignore, uno de los arrestados en 1850, con un vejestorio del tribunal de Trapani, una joven de quince o dieciséis años que a mí me parecía una flor de magnolio, delicada e intocable. Todo eso lo puede el amor familiar, más allá de lo justo y de lo lícito, en nuestra tierra.

Pasaron los años: para los liberales de Castro, en las cárceles de Favignana, famosas por sus horrores; el paso de las estaciones lo midió el dolor de huesos, un esqueleto de dolor en la carne consumida, un esqueleto que se rompía al empuje de la fría muerte; para otros, más dispuestos a pedir clemencia, fueron medida de los largos días campanas no familiares, campanas de Castelvetrano o de Girgenti que contaban, con voz de melancolía y desesperación, las horas algo más agradables del confinamiento; y aun otros medían el tiempo del exilio en Malta al ritmo de las imprentas de las que salían panfletos y opúsculos destinados a cruzar el brazo de mar que de Sicilia, tan cercana que en los días claros parecía que pudiera tocarse con la mano, implacablemente los separaba.

Más clemente pasaba el tiempo para el barón Garziano, y quizá los problemas familiares servían para darle a su existencia el toque de dramática transfiguración que era necesaria para sazonarla un poco. Entre otras cosas, Rosalia tuvo un hijo, lo que agrió más la vida de doña Concettina, pero dio al barón juvenil bravuconería y un cierto descuido en las cuestiones de la vocación religiosa, siempre viva, de Vincenzino; quizá le anidase la idea de reconocer y legitimar a este segundo hijo que, según decía, se le parecía como si fuera una estampa hecha con un grabado dibujado con sus trazos.

Cristina, mientras tanto, se alejaba a la misma velocidad que aumentaba su belleza, cada vez más alejada de mí, ya no jugábamos y ni siquiera bajaba al jardín; florecía ella y en ella veía nacer doña Concettina el olor de la tentación, y por eso la tenía siempre a su vera. Casi siempre la veía yo en la ventana de la que doña Concettina llamaba «la estancia de las labores», agachada sobre el mundillo que bajo sus manos daba flores de colores vívidos, el perfil delicado recargado y como tensado por los rubios mechones. Sentía por ella un vago sentimiento amoroso: delgado y vacío, me parecía como una espiga que creciera sin granar. Cotidianamente presente, ella vivía en mí como en la esencia del recuerdo, memoria y melancolía, la espiga leve y grácil que no da pan. Se decía que se hubiera ya prometido con uno de Castelvetrano, un buen mozo que le doblaba la edad y era riquísimo; yo me sentía aliviado al pensar que, una vez casada, iba a marcharse del pueblo y que jamás volvería a verla, que la recordaría como la veía en la ventana, un perfil de muchacha, leve y etéreo como la luna nueva.

Leí muchos libros en aquel entonces. En los rincones más remotos del jardín me refugiaba y leía, y por la pasión que me hacía leer libros y repensarlos devine distraído y desorientado. Mi padre empezó a pensar que las lecturas me intoxicaban, me lanzaba homilías llenas de sentencias y proverbios, «mejor un asno vivo que un sabio muerto; el asno cojo goza la vida, la sabia juventud la Vicaria». Este último proverbio, de reciente invención, aludía a los sentimientos que nacían en mí contra el Borbón, pues la sabia y mejor juventud siciliana vivía con los mismos sentimientos, y las panormitanas cárceles de la Vicaria buena parte de aquella juventud aniquilaba.

Para alejarme del veneno de las lecturas, mi padre me encontró un trabajo, quizá con la ayuda del barón, en las dependencias de los Wodehouse, que en Marsala tenían una bodega y en nuestro pueblo almacenes y oficinas. Pero el trabajo no me alejó de las lecturas; es más, hizo que me relacionara con hombres de ideas liberales, tanto en el pueblo como en los ambientes liberales de Marsala y de Castelvetrano, por lo que desde entonces estuve más cerca de la cárcel de cuanto mi padre pudiese imaginar.

Los tiempos cambiaban imperceptiblemente. No me di cuenta entonces, pues veía el tiempo delante como si fuese una roca y me habría gustado derribarla con pico y pala y precipitarme tras ella. Pero ahora, al mirar atrás, veo cómo el tiempo, en los diez años que fueron del 50 al 60, se dedicó a cambiar los sentimientos de los hombres, la apariencia de las cosas. Después de los arrestos del 50, vino a Castro un subintendente que se ocupaba solo de la familia, numerosa como era, y de la administración de la cosa pública; no hacía caso a los espías ni a las cartas anónimas, se relacionaba con ciudadanos que tenían fama de liberales, los protegía y les avisaba de cosas que pudieran acarrearles problemas. Y luego vino un juez real de sentimientos parecidos, con lo que la policía se vio envuelta en un vacío, era un engranaje que no engranaba con otro engranaje. Y era muestra de que las cosas habían cambiado el que todos los intentos del obispo y del barón por echar de Castro al juez y al subintendente fueron infructuosos. En el 54, destinaron al obispo a una diócesis de Calabria, entre montañas, y tanto se dolió que, según se dice, allí murió, en una diócesis infestada de brigantes de ferocidad sin igual. El nuevo obispo no se mezcló tanto en asuntos policiales, se entregó (sobre todo) a renovar el seminario y a ordenar las finanzas que, inexplicablemente, monseñor Calabrò había dejado en desorden.

Castro, que hasta entonces había sido un pueblo de mar sin pescadores, y había importado el pescado de Trapani o de Marsala, comenzaba a mirar hacia el mar. Salían ahora por las noches las barcas a pescar, no más de una decena, pero suficiente para proveer al pueblo de buen pescado y a buen precio. Y había algún carguero que, armado por comerciantes del pueblo, se aventuraba a llevar higos secos y vino hasta Malta. En la agricultura, a petición de los ingleses, el viñedo empezaba a hacer más humana la campaña, y a poblarla. Hubo malos años por culpa de la filoxera, pero, en conjunto, el pueblo se renovaba y mejoraba.

Al barón le parecía que las cosas fueran de mal en peor, con un juez y un subintendente que estaban de acuerdo con los enemigos del orden y del rey, con un obispo que se ocupaba de las cosas de iglesia y de seminario. Entre la visita del teniente Desimone y la llegada de Garibaldi, no tuvo más satisfacción que la derrota de la expedición Pisacane, «buen fin han tenido, a golpes de forca de los campesinos, ¡así hay que tratarlos a estos enemigos de Dios, con la forca! Y quien los mandaba, con ese nombre, Pisacane, como un can ha muerto».

El año de la expedición Pisacane, en primavera, Cristina casó con don Saverio Valenti, de Castelvetrano, a quien el barón Garziano consideraba lleno de sentimientos de fidelidad hacia el Borbón: la familia Valenti había dado al rey Fernando un ministro todavía en el cargo y un lugarteniente general fallecido pocos años atrás. Pero el yerno se demostró más tarde proclive a las ideas subversivas y posteriormente, en las revueltas del 4 de abril de 1860, que en Castelvetrano fueron más movidas que en Castro, se involucró hasta el punto de ser arrestado y llevado, con muchos otros, a las cárceles de Trapani.

El 4 de abril del 60, excepto algún insulto a los esbirros y algún lirio roto a martillazos, no sucedió nada en Castro. El subintendente y el juez, como de costumbre, hicieron como si no oyeran los airados discursos que se lanzaron en el casino y en las calles. Cuando se supo que la revolución, en Palermo y en otras capitales, había fracasado, quien se vio comprometido por las palabras y los actos de desprecio contra el gobierno se alejó unos días del pueblo, nada más. Me alejé yo también, con la excusa de que me habían llamado a Marsala por motivos de trabajo; cuando supe que nadie en Castro nos buscaba, volví solícitamente. El barón, que ya sabía cómo pensaba yo, cuando me vio de vuelta de Marsala me dijo «¿pretendíais montar otro cuarentayocho? Unos jodidos locos sois, tú y todos los demás, y hasta el desgraciado de mi yerno». Yo no dije nada, para no causarle problemas a mi padre, ni causármelos a mí.

Pasados dos o tres días desde que me crucé con el barón, estaba en el punto más alto del pueblo, en el taller del herrero, y en una pausa del martillero (cuando parece que el silencio se expanda como el agua) oí un ruido seco y lejano, con cadencia y continuidad, y pensé en uno de los habituales ejercicios de tiro de las naves inglesas. Luego, como me pareció que los altercados de abril no hubieran quedado del todo aplacados en algunas ciudades, empecé a sentir cierta preocupación e inquietud: bajé al pueblo y me informé con los amigos, nos acercamos juntos a la colina para oír mejor los disparos. Luego, decidimos que uno de nosotros, a caballo, fuera hasta Marsala. Fue Vito Costa, un joven de mi edad que más tarde cayó en la batalla de Milazzo, pero no le fue necesario alcanzar Marsala, pues a medio camino se encontró con Giuseppe Calà, que de parte de los amigos de Marsala nos traía noticias a los de Castro del desembarco de Garibaldi. Era de noche cuando nos llegó la noticia, gritamos en la plaza «¡viva Garibaldi, viva la libertad!», reunimos gente y dimos discursos. Creía amar al mundo entero, la felicidad me invadía hasta hacerme llorar.

Cuando bien entrada la noche volví a casa, mientras llamaba con cuidado a la puerta, me llegó la voz del barón desde una ventana de las de arriba, alcé la vista y le vi la cara como una mancha blanca en la oscuridad, «ha desembarcado, ¿eh?... Todos contentos estáis, pero ya veréis mañana, cuando el ejército del rey haga papilla con él y con todos los delincuentes que lo acompañan... Acabará peor que aquel..., ¿cómo se llamaba?, aquel que tenía nombre de perro... Ya hablaremos mañana, mañana», y cerró la puerta con estrépito.

Pero, a la mañana siguiente, el barón renegaba contrariado y decía «cornudos, todos unos cornudos, almirantes y generales…, cornudos traidores, ¿cómo se les ocurre dejar que pongan pie a tierra un puñado de brigantes? Cuatro cañonazos bien dados habrían bastado para mandarlos a pique. En cambio, los dejan avanzar, ya verás que acabarán llegando a Castro».

Hasta el 15, Garibaldi se estuvo en Salemi, y al barón le llegó noticia de que el ejército del rey se preparaba para enfrentarse a esos bandidos en batalla campal. Muchos jóvenes de Castro se habían puesto en marcha para unirse a Garibaldi. La mañana del 16 partí yo también, pero no participé en la batalla de Calatafimi. Vi desde un cerro el asalto afanoso de los garibaldinos, como olas contra un muro bien asentado; luego, el muro empezó a agrietarse, subía desde el valle la oleada, como apoyada por el ruido lacerante de las trompetas, en un barullo de chaquetas azules y camisas rojas desapareció una bandera tricolor, hubo un instante de desconcierto en los hombres que se aventuraban por la ladera, pero por el arreón que dieron parecía que hubieran cogido aire. Pero los napolitanos, más allá de la línea de fuego que mantenían los fusileros que disparaban quietos y con precisión (aunque se vieran rodar los garibaldinos acribillados), se retiraban, el muro se agrietaba aún más; luego, de repente, pareció ceder, también los fusileros se retiraron, corrían, y los garibaldinos tomaron la posición, me pareció que cayeron sobre ella como cae alguien agotado.

No consigo calcular cuánto duró la batalla, de tan confuso como sigue el recuerdo en mi cabeza: un batiburrillo de colores y disparos, aquella bandera que desaparecía, la agonía de los trompetazos. Y los muertos, se veían incluso a lo lejos los muertos garibaldinos y los napolitanos, el clamor de la batalla dio paso a un silencio que pertenecía a los muertos dejados al sol, un silencio que parecía levitar de putrefacción.

Pero habíamos ganado, era lo importante; durante la batalla lloré, y quise ver la figura de Garibaldi en el asalto, pero no conseguí distinguirlo, aunque todos los que estaban a mi lado decían «mira a Garibaldi, es él, al lado de la bandera, más a la izquierda, aquel con el sable en alto» porque no sabía exactamente cómo era Garibaldi y creía que las batallas se luchaban así, como cuando los soldados desfilaban por las calles, con el comandante a la cabeza. En cambio, una batalla no era más que confusa muerte, hombres en desorden lanzados contra hombres que en idéntico desorden resisten y luego ceden.

La noche cayó gélida, llena de estrellas, sobre los muertos de Calatafimi.

Días después marchábamos hacia Castro. El coronel Türr recorrió la formación en dirección inversa a la de marcha y gritó que buscaba a uno del pueblo, pero que supiera contar; lo seguí, a pesar de que no podía imaginarme por qué buscaba a uno del pueblo que se manejara con las cuentas. Me dijo que debíamos encontrar corderos, si era posible encontrarlos, y luego deberíamos saber cuántos necesitábamos. Pensé de inmediato en el corral de Fontana Grande, y que iba a ser divertido alimentar a los garibaldinos con las reses del barón Garziano. Le pregunté al coronel cuántos corderos íbamos a necesitar, y le dije que sabía dónde encontrarlos. El coronel dijo «por eso necesito a uno que sepa calcular: yo te digo que hay que preparar mil quinientas raciones, y de cuatrocientos gramos cada una; ahora, apáñatelas tú con las arrobas y las medias arrobas, pásamelas a kilos y luego a corderos». Hice las cuentas con mucho miedo a equivocarme, dije «treinta y siete corderos». Y Türr me dio un golpe en la espalda y me dedicó una sonrisa, «bravo, no te alejes mucho, y luego me dirás dónde ir a buscarlos», con lo que me vi más cerca de Garibaldi de lo que jamás hubiera podido imaginar. Mientras tanto, no se me iba la sonrisa de la cara de pensar lo que iba a decir el barón cuando supiese que había perdido treinta y siete corderos.

Caminábamos al sol, el polvo se mezclaba con el sudor, teníamos las cejas blancas de polvo, pero de las filas se elevaban canciones, canciones de amor de los venecianos y de los ligures, y los sicilianos cantaban una de escarnio contra Franceschiello y la reina:

La palummeda bianca
ci muzzica lu pedi,
la p… di to' mugliere
a Palermo 'un ci veni cchiù…

Era una canción de 1848 dedicada a Fernando y ahora adaptada para Francisco. Cuando cesaban los cantos, se oía el batir del viento sofocante contra las mieses, y entraban ganas de meterse en los sembrados hasta hundirse en el sueño entre las espigas crecidas.

Luego se nos apareció Castro, blanco que parecía incandescente bajo el fuego del sol; un pueblo nunca visto me pareció, aunque veía entre las casas el verde del jardín que me vio crecer, el palacio Garziano, el monasterio de San Michele y el palacio episcopal, y la puerta ojival por la que entraba la avanzada de nuestra columna sabía yo que era Porta Trapani. Y antes de llegar a la puerta, en las márgenes del camino, había grupos de personas y de carrozas y carros. Yo iba, a pie, detrás de Garibaldi, Türr, Sirtori y otros cuatro o cinco oficiales a los que aún no conocía; venía detrás, renqueante y con el paso tardo de dos caballos que tiraban de él, el carro de intendencia, y cerraba la marcha la compañía del coronel Carini. Los oficiales detuvieron los caballos delante de las personas que nos esperaban, desmontaron, y entonces vi al barón Garziano, vestido de negro y con una escarapela tricolor, grande como una torta de azúcar, enganchada en la pechera, la cara dispuesta a demostrar alegría incontenible. Tenía a su lado al yerno y a don Cecé Melisenda, y a todos los del casino; estaban allí también mis amigos, los pocos verdaderamente liberales de Castro. Como el barón estaba en primera fila, Garibaldi le ofreció la mano y el barón se la estrechó entre las suyas con devoción, y daba la impresión de que la alegría y la gratitud estuvieran a punto de convertirse en llanto.

Yo miraba la cosa como alucinado; en verdad, el sol, la fatiga y el sueño que me rondaba el cuerpo daban la imagen de un sueño al ver al barón Garziano bandera al pecho y conmovido con la mano de Garibaldi entre las suyas. No reparé en mi padre sino cuando, con el mango del látigo, me tocó en el hombro; iba en el pescante, con el mismo sombrero verdoso con forma de medio queso: me pareció más viejo. Me dijo «monta a mi lado, que estás que te caes», pero yo no quería alejarme del coronel Türr, y me encaramé hasta donde estaba mi padre solo cuando vi que Garibaldi, con Türr y el barón, subían en nuestra carroza. Türr, cuando me vio, me dijo, «bravo, no te me pierdas que tú tienes que encontrarme los corderos», y el barón dijo «¿corderos buscáis?, en Fontana Grande, en aquellos mis corrales..., todos los que queráis», y yo me sentí aún más cansado y desilusionado.

Mi padre me contó después lo que había pasado en casa del barón desde que yo la dejé. Llegó, de noche, el yerno, liberado de las cárceles de Trapani, se había unido a Garibaldi en Calatafimi; sabida la victoria, corrió a Castro para avisar al suegro, para convertirlo a la causa de los nuevos acontecimientos. El barón, en un principio, reaccionó con violencia, lo llamó traidor y delincuente, luego lanzó el odio contra los generales del rey, luego contra el rey, que como un imbécil se dejaba tomar el pelo y traicionar. Por último, declaró que, de estar así el asunto, había llegado el momento de que cada uno se preocupase de sus cosas, y si el rey no era capaz de defender las suyas, «horca que te ahorca en el plano de la Marina»; es decir: acabe como acabe, «que se joda con la suerte que le toque, que yo sé cuidar de mi suerte», y empezó a revolucionar la casa, a quitar de las paredes retratos y grabados del rey y de la familia real, una *suite* completa de grabados que representaba momentos de la visita de Fernando a Sicilia, y un retrato de Pío IX; y aun otro, estirado y lleno de condecoraciones, del hermano de doña Concettina que tenía en Nápoles altísimo cargo. Despierta por culpa del mucho jaleo, doña Concettina bajó en camisón y gorro de noche y pidió razón de tanto movimiento. El barón le dijo que el general Garibaldi estaba al llegar a Castro, y que era necesario preparar la casa para recibirlo dignamente.

Doña Concettina, que debido al sueño recién abandonado comprendía aún menos de lo habitual, dijo «¿el general Garibaldi?, ¿y quién es ese?».

Al barón se lo llevaban los demonios, «¿cómo, no sabéis quién es el general Garibaldi? Ese que está poniendo el mundo patas arriba, hace una semana que hablamos solo de él y vos venís a preguntar quién es… ¿De dónde venís, de la luna?».

Doña Concettina estaba ya bien despierta, se dirigió al yerno y dijo «repetidme lo que ha dicho vuestro suegro». El barón se cagó en todos los santos, el yerno dijo:

—Ha dicho que el general Garibaldi está al llegar.

—Yo —dijo doña Concettina— es la primera vez que oigo hablar de un general Garibaldi. Esta noche, antes de acostarme, vuestro suegro me hizo saber que se corría el peligro de que apareciese por Castro un brigante llamado Garibaldi; preguntadle si, por casualidad, ha sucedido que su majestad el rey Francisco ha nombrado general al brigante, me parece que una vez sucedió algo parecido.

El barón explotó en blasfemias como un barril de pólvora, luego le imploró al yerno que le quitase de en medio a la mujer, «si no —dijo—, la mato y me la quito de encima de una vez por todas», pero mientras el yerno se ocupaba de intentar convencer a doña Concettina para que volviera a la cama, mi padre estaba descolgando el retrato de Pío IX y doña Concettina gritó «no toquéis ese retrato».

El barón gritó «sacadlo de aquí», y a la mujer le dijo:

—Si, Dios nos libre, el general Garibaldi ve este retrato, vos, yo, y todos en esta casa acabamos en la hoguera, ¿acaso no sabéis cómo se llevan ese y el papa? Como el perro y el gato, así se llevan.

—Decidle a vuestro suegro —dijo doña Concettina entre lloros— que me contento, como dice él, con acabar en la hoguera, pero el retrato de su santidad debe quedarse donde está. Es más: decidle que si ese hombre, brigante o general, entra en esta casa, yo me pongo a gritar como una loca, hago que me maten, le pego fuego a todo..., pero en esta casa un enemigo de Dios no debe entrar.

El barón pareció estar a punto de caer fulminado por un ataque de parálisis, rogó y amenazó, insultos atroces se fundieron con delicadas expresiones de afecto; dijo que, por lo que a él respectaba, a Garibaldi lo habría facturado con el mismo veneno que se da a los perros, pero el brigante había ganado la guerra, no había nada que hacer; y luego había que velar por los hijos, Vincenzino y Cristina, «¿no pensáis vos en el porvenir de los hijos, en su salvación?». Llegaron, al final, a un pacto: Garibaldi iba a ser recibido en casa, pero para expiación de semejante pecado iba a tener que edificar el barón una iglesia al lado del palacio, una iglesia toda ella para doña Concettina, y dedicada al santo que mejor conviniera para interceder entre los pecados de casa Garziano y la misericordia de Dios. Aplacada, doña Concettina dijo que elegía a san Ignacio, a quien se sentía especialmente cercana gracias a aquel tío jesuita que en Oriente murió bajo el martirio.

Y así, en Castro, al lado del palacio en que se aplicó una lápida que recuerda la estancia de Garibaldi, se erige hoy la iglesia de San Ignacio.

El barón hizo preparar una gran mesa en el jardín, había garrafas de vino, roscones y *pandispagna,* a las sombras de los árboles dispusieron los barriles de los helados, colgaban de las ramas banderas tricolor. El barón decía «vos, señores míos, sois bien recibidos en mi casa; todos, que mi casa es grande y estaréis cómodos... Mientras estéis en Castro, para mí será un honor y un placer hospedaros... Y todo lo que necesitéis no tengáis escrúpulos a la hora de pedirlo»; y al coronel Türr le dijo «los corderos llegarán de aquí a una hora, y los bueyes... Todo lo que poseo está a vuestra disposición, todo», se alejó para dar órdenes a los criados, ligeros como las mariposas se movían los corros que se habían hecho, oficiales garibaldinos y ciudadanos de Castro, y a todos los grupos daba palabras de felicitación y alegría. Garibaldi, que lo seguía con la mirada, dijo:

—Estos sicilianos, qué corazón tienen, cuánta pasión ponen en lo que hacen...

—Yo diría, general, que este hombre nos demuestra el entusiasmo que da el miedo —dijo un joven que durante la marcha vi en el carro de la intendencia, un joven de perfil claro, la frente despejada, los ojos que continuamente pasaban de la atención al hastío, de la calidez a la frialdad—, me he hecho claramente una idea sólida acerca de estos sicilianos, y este me parece que tenga mucho que esconder, que hacerse perdonar; y hasta es posible que nos odie...

—Nievo, querido mío —dijo con afectuosa comprensión Garibaldi.

—Sí, mi general —continuó el joven—, sois vos quien, con un gran corazón, y gracias a vuestra generosidad y pasión, no veis la cobardía, el miedo y el odio que se disfrazan de fiesta y agitan banderas a modo de saludo... Porque hemos ganado la guerra; si los que hay en Calatafimi fueran nuestros cuerpos, muchos de estos señores que nos hacen fiestas hubieran lanzado contra nosotros a los campesinos de sus feudos...

—Nievo, querido mío —repitió Garibaldi.

—Mirad —continuó Nievo—, este es un pueblo que conoce solo los extremos: hay sicilianos como Carini y hay sicilianos como... como este barón, en suma.

—De acuerdo acerca de Carini —dijo Garibaldi—, pero no entiendo por qué en el extremo opuesto ponéis a este pobre barón que nos abre, sí, las puertas del palacio y la bodega, y ya es mucho..., pero no creo que tenga nada que hacerse perdonar ni que abrigue odio hacia nosotros.

—Porque —dijo Nievo— yo creo en los sicilianos que hablan poco, en los sicilianos que no se alteran, en los que algo les roe por dentro y sufren, en los pobres que nos saludan con gesto cansado, como desde una lejanía de siglos, en el coronel Carini, siempre silencioso y ausente, lleno de melancolía y de hastío pero siempre dispuesto a la acción, un hombre que parece que no tiene muchas esperanzas y que, no obstante, es la imagen de la esperanza, la silenciosa y frágil esperanza de los mejores sicilianos... Una esperanza, diría yo, que se teme a sí misma, que tiene miedo de las palabras y, en cambio, tiene la muerte como algo cercano y familiar... Este pueblo necesita ser conocido y amado por lo que calla, por las palabras que guarda en el corazón y no pronuncia...

—Eso es poesía —dijo Sartori.

—Oh, ciertamente —dijo Nievo—, pero para volver a la prosa os diré, y me perdone el general, que no me gusta el barón, y no me gustan los sicilianos como Cri...

—Volvamos a la poesía —dijo Garibaldi con decisión.

Pero ya estaba de vuelta el barón, seguido por el camarero que traía la bandeja con los helados. El barón tomó la primera copa de la bandeja y se la ofreció al general con una reverencia, luego sirvió a Türr, luego a Sirtori; luego, al joven, a quien no conocía, le dijo «para usted, capitán».

—No soy capitán —dijo Nievo.

Garibaldi dijo riendo:

—Es un poeta, un poeta que guerrea y cantará nuestras victorias y el corazón de los sicilianos.

—Feliz me hace —dijo el barón, y como para homenajear a la poesía declamó:

> A derecha se oye el sonar del clarín,
> a izquierda responde otro sonar...

Dos versos que recordaba de las ceremonias del 48, pero para cambiar inmediatamente de tema dijo:

—He dado orden de que os preparen la habitación, general; si queréis subir a descansar, la encontraréis ya pronta.

Esa es vuestra habitación. —Y levantó el bastón para señalar una ventana.

Yo me estaba un poco apartado, el hombro en el tronco de un olivo. En aquel bastón que se movió, en el relucir del pomo, me pareció que el tiempo se abriese como en un tornado y me arrastrase al pasado. El barón, eufórico y seguro, continuaba:

—Es la mejor habitación, toda ella al sol, como veis, se la reservo a los huéspedes más ilustres. ¡Y cuántos han pasado por esa habitación!... ¿Sabéis quién se hospedó?... Intentad adivinarlo...

—¿Quién? —preguntó Garibaldi, fríamente.

Y mirando la cara del barón vi que, por un momento, se le detuvo el entendimiento como un reloj roto, los ojos parpadeaban como los de un náufrago desesperado. «Le da un síncope —pensé— y la palma». En cambio, se recuperó y dijo:

—Durmió un pariente de mi mujer que era un poco estrambótico, inteligente pero estrambótico, imaginaos que escribió libros estrafalarios, en latín, para decir que los bienes de este mundo deben ponerse en común, hasta las mujeres...

Rieron todos, el barón se pasó el pañuelo por la frente.

(Partí al día siguiente con el ejército de Garibaldi, participé en todas las batallas, desde Ponte dell'Ammiraglio a Capua; luego pasé, como oficial, al ejército regular, deserté para unirme de nuevo a Garibaldi, hasta Aspromonte, pero esta es otra historia).

El antimonio

And the Cardinal dying and Sicily over the ears
—Trouble enough without new lands to be conquered…
We signed on and we sailed by the first tide…

A. MacLeish, *Conquistador*

Los azufreros de mi pueblo llaman «antimonio» al grisú. Es creencia común entre los azufreros que el nombre proviene de «anti-monje», pues antiguamente lo trabajaban los monjes y morían al manejarlo de manera incauta. Añádase que el antimonio se utiliza para fabricar la pólvora, los caracteres tipográficos y, en la Antigüedad, productos cosméticos. Sugestivas razones, estas, para titular el relato *El antimonio.*

I

Disparaban desde el campanario, según cómo nos movíamos, breves ráfagas de ametralladora o precisos disparos de fusil. El pueblo era solo una calle sin salida: casas bajas y blancas y, al final, una iglesia con una basta portada de piedra arenisca, dos rampas de escaleras y una espadaña con tres arcos. Desde el campanario disparaban. Entramos pensando que habían abandonado completamente el pueblo, pero las ráfagas de ametralladora y los disparos de fusil nos detuvieron apenas llegamos a las primeras casas. Ordenaron a nuestra compañía que rodeáramos el pueblo hasta llegar a la iglesia, pero la iglesia colgaba de un barranco que parecía cortado a plomo. El capitán mandó que nos apostáramos en el cementerio, que estaba sobre un montículo cercano y quedaba a la altura del tejado de la iglesia y del campanario. Cuando aquellos se dieron cuenta, empezaron las ráfagas contra las tumbas.

Llevaba una hora tras la lápida de una tumba, de rodillas, y apoyaba la cara en el mármol para refrescarme. La cabeza me hervía dentro del casco ardiente, el reflejo del sol hacía vibrar el aire como si saliera de la boca de un horno. A mi derecha, bajo el arco de una capilla fúnebre de gente noble, el capitán y un periodista conocido mío se estaban inmóviles, como clavados a la puerta: un simple movimiento podía convertirlos en dianas. Si miraba a la izquierda, un poco hacia mi espalda, veía media cara de Ventura —cerca siempre uno del otro, en todas las escaramuzas— tras una gran lastra de mármol sobre la que habían escrito con letras grandes las palabras «SUBIÓ AL CIELO», que en cierto momento empezaron a bailarme ante los ojos y en el cerebro como si las letras, una a una, saltaran incandescentes de la fragua de un herrero. Para mí, estaba convencido, la hora de subir al cielo no había llegado todavía; si se diera el caso, mejor bajar a la tierra, porque cuando es húmeda se pega a los hilos de las raíces. Era seguro que al cielo no había subido el soldado que, buscando la sombra de la capilla, se separó de la lápida que estaba delante de mí. Con la cabeza desgranada y delgado como era, ahora parecía un odre. «Cuarenta grados a la sombra», decía el capitán; a la sombra de la capilla en la que estaba.

—Llegan los moros —me dijo Ventura.

Venían hacia nosotros y corrían inclinados, como en cuclillas. Los del campanario dirigieron el fuego hacia ellos; el capitán y el periodista alargaron el cuello como jirafas, pero con el cuerpo pegado a la puerta de la capilla. Una bala silbó por encima de sus cabezas y el monóculo del periodista cayó al suelo y se hizo añicos con un sonido argénteo. Dijo «¡rojos malnacidos!», pero llevaba otro monóculo en el bolsillo, lo sacó del papel cebolla en el que lo guardaba y se lo llevó al ojo. Lo conocía, era de mi pueblo, no podía vivir sin monóculo. Recordaba cómo era cuando joven, en el 22: camisa negra, el sombrero de paja bien tieso, la fusta en la muñeca y el inseparable monóculo; sus amigos lo llamaban «el conde» para tomarle el pelo, pero era hijo de un viejo usurero. En el verano del 22 prendió fuego a la puerta del Sindicato de los Trabajadores, y a punto estuvo de incendiar todo el pueblo.

Luego, desapareció; no sabía que fuera periodista. La última vez que vino al pueblo, unos diez años atrás, dio una charla sobre D'Annunzio en el Teatro Comunale. A mí las cosas de libros me gustan, pero su discurso hizo que D'Annunzio no me gustara. Volví a verlo en España, me presenté porque agrada, cuando se está fuera, encontrar a un paisano, aunque en el pueblo no me acercase nunca a él por antipatía. Se alegraba, dijo, de encontrar a un conciudadano al servicio de la patria en tierra española. «Bravo, honrémonos», dijo, era incapaz de saber qué estaba pasando.

Los moros habían sufrido bajas: desde donde estaba, veía a dos que habían caído, los brazos abiertos y la cara al sol. «Cara al sol» decía el himno de la Falange, el mismo sol que se comía la cara de los muertos. El himno hablaba de los vivos que desfilan con la cara levantada al sol, pero para mí el sol era el emblema de la muerte. Nuestras ametralladoras disparaban furiosas: la llegada de los moros animaba siempre, al menos porque las acometidas arriesgadas ellos las emprendían festivamente.

Los del campanario no serían más de cuatro, con dos ametralladoras. En un momento dado, la metralla dejó de rugir; solo el ta-pum de los fusiles se oía regularmente. Ese ta-pum me recordó un lejano día de verano, a los bandidos que desde las peñas disparaban a los campesinos que iban por los caminos para que abandonaran los mulos. Mi padre me contó que aquel era el sonido que hacían los mosquetones austríacos: hacía poco que había acabado la guerra y los campos de mi pueblo hervían en bandidos. Los moros se impacientaron tras las tumbas y comenzaron a dejarse ver: desde el campanario dispararon de nuevo; los moros no se inmutaron; al poco se oyó la última ráfaga. Supimos que era la última del mismo modo que el campesino dice en la era «en nada cambia el viento, se acabó el viento». A los del campanario, las ametralladoras no les servían para nada.

Una patrulla se quedó en el cementerio, los demás volvieron a la carrera a las puertas del pueblo. Mientras disparaban desde ambos lados de la calle y avanzaban apoyados en las paredes de las casas, los moros fueron hacia la iglesia; los del campanario disparaban los fusiles; uno de los moros cayó sobre los adoquines.

—¡Qué gente! —dijo el periodista.

—Están hechos de la pez del infierno —dijo Ventura.

Los moros alcanzaron las escaleras de la iglesia, solo entonces reparé en que era idéntica a la de Santa María de mi pueblo. Los del campanario no dispararon, luego se oyó una voz quebrada, como la de un chaval que tiene miedo y está a punto de echarse a llorar.

—Se rinden —dijo el periodista.

Los moros se acuclillaron en los escalones y apuntaron los fusiles hacia la puerta; sentí cómo aumentaba el silencio a mi alrededor. Cuando alguien se rendía, sentía la terciana venir, el filo helado de los cuchillos en la espalda, un nudo doloroso en la boca del estómago: a la cabeza me venían cosas de sueños, una cábala de cosas.

Se abrieron entre chirridos las puertas de la iglesia, salieron dos vestidos con mono de obrero; uno estaba herido y llevaba en la cara el color de la muerte. Eran de la FAI, lo supe desde el momento en que me di cuenta de que no tenían escapatoria, y que eran conscientes de ello. Nos acercamos. El herido se estiró sobre los escalones, el otro se quitó el casco, cabellos del color de la paja le taparon la cara, el gesto de la mano desveló que era una mujer, tenía unos ojos grandes y grises. El coronel español empezó a hacerle preguntas, respondía rápida y quedaba claro que entre una respuesta y la siguiente imploraba al coronel por el compañero herido. El periodista nos traducía, «eran cuatro, dos han muerto en el campanario; ella es alemana…».

Con una sonrisa, el coronel habló con los moros, la mujer chilló; gritando de alegría, los moros se la llevaron. El periodista dijo «se la regala, harán que se divierta; encontrará más de lo que ha venido a buscar», y el ojo le resplandecía de malicia tras el monóculo.

Se llevaron también al herido, que era ya solo un gemido. Ventura y yo nos sentamos en las escaleras de la iglesia. Sacamos la picadura y el papel de fumar, me temblaban las manos y el tabaco se me caía al suelo. Se abrieron algunas casas, dos o tres ventanas se adornaron con banderas rojigualdas.

—Apenas se me ponga a tiro —dijo Ventura—, a ese periodista de tu pueblo le meto una bala en el ojo de cristal.

—Y al coronel ese —dije.

—Al coronel también —dijo—; lo pongo el primero en la lista. Hace seis meses que hago la lista y se está haciendo demasiado larga, he de decidirme, a ver cuándo empiezo…

Ventura tenía algo de mafioso. Decía que, durante la guerra del 15, su padre, su tío, un compadre de su tío, un primo de su madre, vamos, que todos los de su pueblo que estaban en el frente no se lo pensaban dos veces a la hora de liberarse de los oficiales y de los sargentos «fétidos» aprovechando la confusión de los asaltos. De darle crédito, el ejército italiano habría perdido más oficiales y suboficiales por disparos de sus parientes que de los austríacos. Yo le permitía ese juego, me servía de desfogue, era una manera de desatar el nudo de desolación que sentía dentro. Ventura era buen compañero y quizá decía aquello para animarme. Desde Málaga llevábamos juntos; siempre cerca uno del otro en los momentos de peligro. Nos hicimos amigos un día que la emprendió a puñetazos con un calabrés a quien le gustaba «ver los fusilamientos». Apenas tenía un momento libre decía «voy a ver los fusilamientos», alegre como si fuera a ver los fuegos artificiales el día de Santa Rosalía. Ventura le dijo que dejara de hablar de los fusilamientos y que, si le gustaba verlos —que además es un gusto propio de cornudos—, fuera a verlos sin tocarle las pelotas a la gente a quien la sola mención le provocaba vómitos. El calabrés se revolvió e intentó darle con la bayoneta: Ventura le dejó buena la cara a base de puñetazos. Tras la riña, invité a Ventura a un vaso de vino, estuvimos una hora venga a pelar cangrejos de mar y beber vino, un vino semejante al de Pantelleria, generoso; solo en ese momento empecé a comprender de qué iba la guerra de España, pues yo creía que los «rojos» eran unos rebeldes que querían derrocar un gobierno legítimo. Ventura me explicó que la rebelión la organizaron los fascistas españoles y que solos no eran capaces de echar al gobierno, y entonces pidieron ayuda a Mussolini y Mussolini va y dice «¿qué hago con todos estos parados? Los mando a España y resuelto», y además no era verdad que el gobierno español fuera comunista.

—Y oye —dijo Ventura—, ¿qué te han hecho los comunistas? A ti y a mí, ¿qué mal nos han hecho? A mí no me importan un pimiento ni el comunismo ni el fascismo, me cago en ellos, a América me quiero ir.

—¿Y cómo piensas llegar a América?

—Por eso he venido a España —dijo—. Cambio de bando, los americanos ayudan a la República, americanos hay que luchan con las Brigadas Internacionales, hay una con solo americanos, atravieso las líneas y me meto en la brigada; si me matan, si me matáis vosotros... —esta idea de que yo o uno de nosotros pudiera matarlo lo sorprendió—, pero yo no la palmo en todo este jaleo, yo a América llego, puede que con alguna pieza menos, pero llego. A mi madre tengo en América, a mi hermano y a dos hermanas casadas, sobrinos... Fui cuando tenía dos años, con mi padre y mi madre, luego mi padre murió y me mezclé con todos los vagabundos del Bronx. Una noche se cargaron a un policía, me vi mezclado no sé cómo, no disparé yo, quince días después me metieron en el piróscafo que me devolvió a Italia... Todavía un chaval era, mi madre quería venir conmigo, la convencieron para que se quedara: que si un gran abogado se iba a ocupar de mí y me haría volver, y que si también un senador... Diez años que mi madre va a ver al abogado y al senador, y yo en Italia desesperado, sin hacer nada, que dólares no me faltan, a la espera... He intentado más de una vez ir a Francia, me han pescado siempre... Apenas me dijeron lo de la guerra de España y lo de los voluntarios que buscaban, me convertí en el fascista más fanático del pueblo, me mandaron con los primeros, pero yo en el fascismo me cago, y también en el comunismo.

Creo que fue el vino lo que le desató la lengua, las ganas de confiarse por desfogue, era mejor si no hablaba así conmigo, a quien apenas conocía; y tanta confianza, de cosas tan peligrosas, me daba miedo. Días después me dijo que aquella confesión no me la había hecho por culpa del vino, sino que sabía que de mí podía fiarse, él conocía a los hombres. Yo seguí creyendo que había sido el vino y le decía siempre que estuviera atento a no beber más de media botella.

—Tú —me dijo Ventura aquel día, con la ternura que el vino le provocaba hacia mí— eres uno de los que Mussolini se ha quitado de en medio; uno sin trabajo eres, mandemos a la guerra a ese parado; sin pan en Italia, en España un héroe será, hará locuras por la grandeza del Duce.

Ahora, sentados en la escalinata de aquella iglesia que era idéntica a la de mi pueblo, mientras liaba con dedos temblorosos cigarrillos deformes, me vino un gran deseo de hablar y de hablar, como un borracho: de mí, de mi pueblo, de mi mujer, de la azufrera en la que había trabajado y de la huida de la mina al fuego de España.

Se oyeron dos disparos de fusil.

—Han rematado al herido —dijo Ventura.

—Yo —dije— cambiaría contigo de bando por esto, para no ver los fusilamientos, para no ver cómo masacran a los heridos, para no ver lo que he visto ahora con la alemana, para no volver a ver a los moros y a los coroneles del tercio y los crucifijos y los corazonesdejesús...

—No verías los pompones de los tercios ni a los moros, ni los crucifijos ni los corazonesdejesús pero los fusilamientos y todo lo demás no te lo ahorra nadie.

Sabía que era verdad, y sin embargo me parecía ya mucho el no ver por todas partes los crucifijos que, por devoción, colgaban los falangistas en todo aquello que sembraba muerte, en los cañones y en los tanques; me parecía ya mucho no oír cómo invocaban a la Virgen María los navarros que descansaban tras el asalto fusilando prisioneros, no ver a los curas con sus bendiciones, a aquel monje fogoso arengarnos en el nombre de Dios y de la Virgen con el brazo en alto por entre las filas...

—En mi pueblo —dije— son ahora las fiestas de la Virgen de Agosto, como la llaman los campesinos... Aquí fusilan a los campesinos a mayor gloria de la Virgen de Agosto... Los del pueblo van con los mulos adornados, en procesión, los mulos llenos de cascabeles, todos los mulos llevan espuertas nuevas llenas de trigo; llegan a la iglesia y descargan el trigo, cientos de fanegas de trigo en agradecimiento porque la lluvia cayó cuando tocaba, porque el niño ya no tiene la solitaria, porque la coz del mulo no tocó la cabeza del campesino...

Es verdad, mueren muchos niños; es verdad, la lluvia le fue bien al cereal, pero los almendros se helaron y no será año de aceite abundante, y hay a quien la coz del burro le ha dado de lleno en la tripa o en la cabeza... Pero para nuestra fe solo cuentan las cosas buenas; Dios nada tiene que ver con las penas, las trae el destino. Los domingos los festejamos con un buen cocido y mi madre dice que debemos dar gracias al Señor; traen a casa al padre quemado por el antimonio y mi madre dice que el destino infame lo ha quemado... Me gustaría que mi madre viera que, aquí en España, el destino y Dios tienen la misma cara.

—Nada quiero saber —dijo Ventura— ni de Dios ni del destino. Los estúpidos creen en el destino, es como acercarse a un hormiguero y decir «¿lo pateo o no?, ¿es destino que lo destroce o destino que lo deje como está?»; si empiezas a pensar en el destino es posible que pierdas el juicio mientras miras un hormiguero. Lo de Dios es la cosa más complicada: diez años sin hacer nada dan tiempo para pensar en lo de Dios, estoy convencido de que la muerte es Dios, cada hombre lleva dentro de sí el Dios de su propia muerte, como una termita. Pero no es cosa sencilla, hay veces que quisieras que la muerte fuera como el dormir y que algo de ti quedase suspendido en un sueño: un espejo que no dejara de reflejar tu figura mientras te alejas... Por esto los hombres se crean un Dios. Yo no quiero saber nada, ahora mismo me sentiría abandonado, como el niño que empieza a andar y en determinado momento se da cuenta de que la mano de la madre ya no está allí para ayudarle y entonces tropieza. Si aquí debo caminar sin la mano de Dios, mejor entonces no haberlo tenido nunca cerca... Que si hubiera necesitado crearme un Dios me hubiera hecho un Dios bueno, y en España me habría abandonado... El Dios de los tercios y de los navarros no es un buen Dios.

—Se lo diría a mi madre —dije—, que su Dios va con los tercios.

—Te respondería que es justo que sea así. Quizá esté haciendo una novena por los tercios y por los navarros, que desde el púlpito el cura habrá dicho «y con la novena por la Virgen de Agosto pedidle a Dios protección y coraje para los ejércitos que en su honor y gloria combaten».

—A estos españoles los odio —dije.

—Porque se han apropiado de Dios, han hecho de él una colcha y te han dejado a ti a la intemperie: tu Dios es el Dios de tu madre. Pero en la República no hay Dios, están solo quienes desde siempre se lo han imaginado, como yo, y los demás tiemblan de frío porque la Falange se ha apropiado de la colcha de Dios.

—No solo por eso —dije—, es que son gente feroz.

—Escúchame —dijo Ventura—: yo, por el deseo grande que tengo de volver a América, he venido a arriesgar la vida en España. América es rica y civilizada y está llena de cosas buenas: hay libertad, uno puede llegar, desde la nada del pobre, a ser rico como Ford; puede convertirse en presidente, puede llegar a donde quiera llegar. Pero mandaron a dos inocentes a la silla eléctrica y toda América sabía que eran inocentes: lo sabían los jueces, el presidente, los que escriben en los periódicos y los que los venden. Me parece algo más terrible que los fusilamientos que vemos aquí. Y aquellos dos fueron condenados en un país libre, rico y bien organizado y con todos los requisitos legales por la misma razón por la que los falangistas masacran a los de la FAI. ¿Has oído hablar de Sacco y Vanzetti?

—No —dije—, jamás en la vida.

Me contó la historia de Sacco y Vanzetti; en verdad nada de lo que pasaba en España resultaba sorprendente.

—¡Imagínate en Sicilia! —dijo Ventura—; piensa en la Sicilia de los azufreros, de los braceros que van a jornal; en los inviernos de los campesinos cuando no hay trabajo, en la casa llena de niños hambrientos, en las mujeres que rondan por casa con las piernas hinchadas por la albúmina; en el mulo y la cabra cerca del dormitorio. Me volvería loco, yo. Y si los campesinos y los azufreros se cargan al podestá, al secretario del Fascio don Giuseppe Catalanotto (que es el patrón de la azufrera), al príncipe de Castro que es el patrón del feudo, si esto pasa en mi pueblo, y si todo el pueblo empieza a protestar, y si en todos los pueblos de Sicilia empieza a soplar un viento nuevo, ¿sabes qué pasa? Todos los señoritos, que son fascistas, se alían con los curas y con los *carabinieri* y con los policías y empiezan a fusilar campesinos y azufreros, y los campesinos y los azufreros matan luego curas, *carabinieri,* esbirros y señoritos. No se acabaría nunca de matar. Y, por si fuera poco, luego llegan los alemanes y les sueltan un par de bombardeos a los sicilianos que les quitan las ganas por siempre de ponerse revoltosos, y los señoritos ganan.

—En España acabará así —dije.

—Con nuestra ayuda —dijo Ventura—, que sin italianos y alemanes los señoritos aquí estarían ya muertos, como ratas. Peores que los moros somos.

Me gustaría poder recordar el nombre de aquel pueblo, recuerdo solo que la iglesia estaba dedicada a san Isidro; es un santo campesino, pero los campesinos hicieron diana con él en aquella iglesia. El periodista hizo fotos al santo Isidro con la cabeza descerrajada, que parecía un tiesto, y sin brazos como el soldado que los perdió en Guadalajara. Sentado en la escalinata de aquella iglesia comprendí muchas cosas de España y de Italia, del mundo entero y de los hombres de este mundo.

En Málaga, el calabrés que iba a ver los fusilamientos decía: «Es como ir al teatro. Hasta las señoras vienen. Se ponen un poco aparte y miran; hay una vieja dama que mira con un binóculo de madreperla».

La imagen me despertó la fantasía y me parecía un símbolo de la España fanática y feroz. Y me recordó a doña Maria Grazia, que nos hacía vivir en un chamizo de su palacio y a la que mi madre pagaba el precio del alquiler fregando dos veces por semana el suelo de la escalinata del palacio. Doña Maria Grazia venía, se calzaba los anteojos y decía «habéis dejado la escalera llena de manchas, pasad el mocho por aquí, volved a pasarlo en el salón». Dos veces por semana, mi madre volvía derrengada del palacio, el cansancio le quitaba incluso el hambre. Doña Maria Grazia no tenía buena opinión de mí, le decía a mi madre «este hijo vuestro crece mal, no es servicial, apenas me saluda y viste que parece un señorito, ¿quién sabe qué malas ideas le rondan por la cabeza? Recordadle que uno debe estar donde la Providencia lo ha puesto, el pobre que hace el soberbio mal acaba». Y mi madre decía «sé respetuoso, hazlo por mí, salúdala», pero yo nunca le falté el respeto, me quitaba la gorra y decía «buenas tardes»; ella quería, no obstante, que yo dijera «a sus pies», por eso me miraba a través de los anteojos y no respondía: hubiera venido con el binóculo a ver cómo me fusilaban.

Antes de venir a España no sabía nada del fascismo, para mí era como si no existiera. Mi padre había trabajado en la azufrera, y también mi abuelo, y, como ellos, yo en la azufrera trabajaba. Leía el periódico: Italia era grande y respetada, había conquistado un imperio, Mussolini pronunciaba discursos que daba gusto oírlos. Yo les tenía manía a los curas porque había leído algunas historias y por lo de la confesión: no me gustaba que mi madre o mi mujer fueran a contarle al cura lo que pasaba en casa, sus pecados, los míos y los de los vecinos. Las mujeres de mi pueblo se confiesan así: hablan más de los pecados de los demás que de los propios. También me daban asco los señoritos, los que vivían de las rentas de las tierras o de las minas, y cuando el domingo los veía uniformados me parecía que el fascismo se vengaba de ellos haciendo que se vistieran de manera ridícula y desfilaran en la plaza del castillo. Creía en Dios, iba a misa y respetaba al grupo fascista local. Amaba a mi mujer, con quien me casé por amor y sin un céntimo de dote. Y trabajaba en la azufrera, una semana el turno de día, una semana el turno de noche, sin quejarme un solo día. Solo tenía un gran miedo al antimonio, mi padre ardió en la misma galería. Era una azufrera que, según los viejos, los patronos habían esquilmado siempre sin preocuparse de la seguridad de los mineros. Frecuentes eran las «desgracias», el derrumbe de un arco o una explosión de antimonio, y las familias de los aplastados o de los quemados le echaban la culpa al destino. Hubo un tiempo, en 1919 o 1920, en el que, en lugar de echarle la culpa al destino, los azufreros que se libraban de la «desgracia» le echaban la culpa al patrón. Hicieron huelga y amenazaron al patrón, pero era otra época, los tiempos de las huelgas pasaron y, la verdad, yo no creía que la huelga fuese una buena cosa en una nación de orden como en la que se había convertido Italia.

El 8 de septiembre de 1936, fiesta de la Natividad de la Virgen, que en el pueblo se encienden un montón de hogueras en su honor —mi madre decía que era «día especial» y en los «días especiales» no se trabaja—, me tocaba el turno de día. El turno de día me obligaba a levantarme a las tres de la madrugada, salir de casa a las tres y media y, tras una hora de camino, «meterme» en el pozo a las cinco. Mi tío Pietro

Griffeo, hermano de mi madre, que era viejo zorro en la azufrera, hacía días que decía «chavales, no levantéis las lámparas, hay algo que me huele mal», y también ese día nos lo advirtió. Nuestra sección era la menos ventilada, no había apuntalamientos y los «rellenos» estaban por hacer. Nos desnudamos y el aire lo sentíamos pegado al cuerpo como se pega una sábana mojada. Llevábamos lámparas de acetileno; las lámparas de seguridad las tenía el patrón como nosotros tenemos el traje de fiesta, para «aparentar» cuando venían los inspectores ingenieros. Además, los viejos azufreros no las querían: «cuando es el destino —decían—, uno la palma incluso con las lámparas de seguridad». Quién sabe por qué no les gustaban, preferían las viejas lámparas de acetileno.

Después de almorzar —casi todos comíamos pan con sardinas saladas y cebolla cruda—, volvimos al trabajo. Mi tío repitió «bajas, bajas las acetilenas», y un minuto después se oyó en el fondo de la galería un trueno de fuego, como había visto en el cine cuando se abren las compuertas de un pantano y el agua se precipita; así se nos echó encima el fuego, con un grito salvaje. Esto lo digo ahora, pero no estoy seguro de que todo fuera precisamente así. Me veía encima el fuego y no sabía qué pasaba, mi tío gritaba «¡el antimonio!» y me arrastraba, y yo corría como en sueños. Corrí incluso después de salir de la mina; descalzo y desnudo corrí por el campo hasta que sentí que el corazón me iba a estallar, me tiré al suelo y temblé y lloré a gritos, como un bebé.

Esa noche deliré. No tenía fiebre, pero no podía dormir: palabra que me decían, ruido que oía, recuerdo que recordaba, era como si me explotase dentro, como el *flash* de los fotógrafos, el relámpago pasaba, pero una luz viola me quedaba dentro, la luz que yo creía que tenían dentro los ciegos. Siempre tuve miedo del antimonio porque sabía que carcomía las vísceras (así murió mi padre) y los ojos; sabía de muchos que por culpa del antimonio eran ciegos.

La mañana siguiente fue como si hubiera envejecido cien años. Decidí que no iba a volver a la azufrera. Sabía que había guerra en España. Muchos hicieron la de África e hicieron dinero, de mi pueblo uno solo murió en África. Además, morir a la luz del sol no me daba miedo. Mientras duró la guerra de España no temí la muerte, me hacía sudar de miedo solo la idea del lanzallamas. Me vestí como si fuera domingo y fui a la sede del Fascio, el secretario político había sido compañero mío en el colegio. Él acabó de maestro de primaria y no es que me quisiera mal, sino que temía que yo lo tratase con la confianza propia del compañero de escuela y lo tratase de tú, pero le hablé con todo respeto. Dije:

—Quisiera ir a la guerra, a la de España.

—Bien —dijo—. Efectivamente algo hay, una demanda de alistamiento voluntario ya ha llegado, aunque no está escrito que se haya de acabar en España.

—Como si es en el infierno —dije.

—Sí, de acuerdo, pero buscan militares, los militares tienen la precedencia: tú no eras de la milicia.

—Inscríbame —dije.

—No es fácil.

—Soy del sindicato fascista —dije—. He estado en las juventudes fascistas, he hecho el servicio militar y luego he sido soldado. No sé por qué cuando volví no se me inscribió como militar.

—Debías solicitarlo —dijo.

—Lo pido ahora. No he hecho la guerra de África, pero a esta quiero ir. He sido *bersagliere,* estoy sano. Creo que alguien como yo el derecho de ir a la guerra lo tiene; si no, escribo al Duce y me ofrezco voluntario.

Este era un buen argumento. Una vez, un obrero escribió al Duce por un premio que no le querían dar, montó un jaleo que el secretario político todavía se acuerda. Cierto es que luego se lo hicieron pagar, al obrero.

—Veremos qué se puede hacer —dijo el secretario político—. Hablo con el cónsul y veremos. Vuelve el lunes.

Me alistaron. Mi mujer y mi madre lloraron. Yo partí con el corazón en calma; la azufrera me daba miedo, en comparación la guerra española me parecía una merienda campestre.

Cádiz me gustaba, se parecía a Trapani, pero más luminosa por eso de las casas encaladas. También Málaga me gustó, era hermosa en aquellos días de febrero relucientes de sol, y era bueno el vino hecho al sol, y el coñac. De noviembre a febrero me gustó hasta la guerra, era estupendo estar en los tercios con aquellos oficiales que iban al asalto sin sacar la pistola, con solo la fusta y las manos enguantadas. Aquel hombre con perilla que los españoles aclamaban era la esencia misma de esta guerra; no era un oficial, pero sí un pez gordo del fascismo. En la camisa negra llevaba las insignias del fascismo, la cruz, las flechas y el yugo de la Falange. Tenía un gran porte y a caballo resultaba imponente. Decían los españoles que había hecho cosas grandes, luego supe que un francés escribió todo un libro para contar las cosas tremendas que hizo aquel hombre; me gustaría leerlo.

En Málaga empecé a oír hablar de fusilamientos, y luego el primer encuentro con Ventura me abrió los ojos. Pero los españoles de Málaga nos aclamaban, todos querían regalarnos algo, hablar con nosotros, las mujeres nos sonreían. Los hombres decían «soy de derechas» y nos invitaban a beber. Yo no sabía qué querían decir, creía que decir que se era de derechas era hacer un honor o un saludo habitual en español. Ventura me explicó que el fascismo era como un partido político de derechas, y de izquierdas eran el comunismo y el socialismo. Los españoles de Málaga eran todos de derechas, yo vi seis años después que todos los fascistas de mi pueblo se declaraban de izquierdas. La ciudad seguía intacta, el paseo rebosante de mujeres, pero fusilaban que no se acababa nunca.

Hasta Málaga, no se puede decir que mi vida hubiera corrido peligro; había participado solo en pequeñas escaramuzas en algún pueblo, y en Málaga entré desfilando entre vítores. La guerra de verdad la viví un mes después, en la batalla de Madrid, que tomó nombre de la ciudad de Guadalajara. Recuerdo infernal; aún más por el viento que soplaba afilado como un cuchillo, por la nieve, el barro y los altavoces que por los cañonazos y la metralla que nos llovía de todas partes. Los altavoces te llevaban al delirio, parecía que las voces salieran del bosque, de las ramas que teníamos sobre nosotros, estaban en el viento como si fueran viento, estaban en la nieve. Árboles, viento y nieve decían «camaradas, obreros y campesinos italianos, ¿por qué lucháis contra nosotros? ¿Queréis morir para impedir que los obreros y los campesinos españoles vivan libremente? Os han engañado, volved a vuestras casas, con vuestras familias. O venid con nosotros. Vuestros compañeros que hemos hecho prisioneros os dirán que los hemos recibido con los brazos abiertos...». Luego se oía una voz: «oíd, camaradas, hemos sido engañados y traicionados. No es verdad que los rojos fusilen a los prisioneros. Tienen mejores armas que nosotros, comen mejor que nosotros... No es verdad que no tengan generales, los he visto yo, me han interrogado... Es Pinto quien habla, Calogero Pinto...». Y con cada uno de los nombres que salía del altavoz nuestros oficiales decían «no es verdad, a Pinto (o como se llamase) lo he visto caer yo, está muerto, han sacado el nombre de la chapa identificativa», y quizá era verdad, que echaban mano de las chapas, pero se hacía sospechoso que tantos oficiales hubieran visto caer al mismo soldado.

Ventura decía «deserto, estoy intentando saber dónde está la brigada americana, quiero mezclarme lo antes posible con los americanos», pero no desertaba, creo que se sentía obligado a no irse mientras las cosas vinieran mal dadas. El 15 de marzo tocó patrullar; en un momento dado nos detuvimos, en suspenso y atentos al silencio, como si todos tuviéramos un misterioso presentimiento, aunque creo que algo de verdad sentimos, pues a las anunciaciones misteriosas no les tengo mucha fe. Nos movimos y una voz dijo «soltad las armas», como marionetas volvimos la cabeza para ver de dónde venía la voz. Dispararon, pero disparaban al aire, y la voz repitió «soltad las armas, rendíos»; eran italianas las palabras y la voz, serena como si nos estuviera ofreciendo amistad. El teniente se confundió y dijo «basta de bromas, somos nosotros» y, divertida, la voz repitió «claro que sois vosotros, os reconocemos a las mil maravillas, soltad las armas». Y entonces Ventura hizo un gesto veloz, la granada explotó entre los árboles, nos llovieron tiros a montones, nos tiramos al suelo, detrás de los troncos; el teniente y un soldado murieron. Cuando volvimos con los nuestros, mientras nos secábamos a la vera de un fuego escaso, Ventura me dijo «cuando quiera me voy, pero para hacer prisionero a Luigi Ventura como si fuera un idiota, los hombres capaces de hacerlo no han nacido todavía».

Estábamos en un chamizo que había saltado por los aires y del que quedaba en pie solo una esquina que servía apenas para acoger a los personajes del belén; sobre el pedazo de techo que aún resistía había un manto de nieve, y nieve alrededor para endulzar la destrucción. Pusimos a hervir un poco de vino al fuego. Yo dije:

—Eran italianos. Quizá la bomba que tiraste ha matado a alguno.

—Me sabe mal —dijo Ventura—, pero aunque hubieran sido los americanos que busco, la bomba la hubiera tirado igualmente. En algunas circunstancias no hay Italia ni América que valga, ni fascismo ni comunismo. Hoy la circunstancia era esta: había un Luigi Ventura y había un tipo que quería hacerlo prisionero. Una vez hubo una riña en un bar de Nueva York, vino la policía y nos puso contra la pared con las manos en alto; diez minutos estuve pegado a la pared, y no está bien que a un hombre lo aplasten contra una pared con las manos en alto. Y pensé: a partir de hoy, el primero que me diga «manos arriba», o él o yo. Se te come la dignidad el estar manos arriba mientras un tipo te apunta con un fusil. Y los fusilamientos me revuelven el estómago: no hay dignidad en poner un hombre contra una pared y dispararle con doce fusiles. Innobles son los que mandan fusilar y los que fusilan; eso son, innobles, personas que no conocen el honor.

—No hay honor en el matar —dije.

—Puede haber honor incluso en el matar —dijo Ventura—, pero cuando se hace en caliente es o tu piel o la mía, o cuando se mata a la gentuza, la carroña, los que por bellaquería o por oficio hacen de espías, o los que se aprovechan del mandar; incluso en frío los puedes matar y haces cosa honorable.

Matar a un policía en el Bronx, a un *carabiniere* por los campos de Naro, o disparar por la espalda a un oficial, eso le parecía cosa honorable. Y esta manera de pensar no me era nueva; así pensaban los capataces de la azufrera que nos chantajeaban a nosotros y chantajeaban al patrón: a nosotros nos garantizaban el trabajo; al patrón, que rindiéramos, y quien no pagaba los deshonraba. Personas eran que yo detestaba, y Ventura era un poco como ellos; en la azufrera quizá lo hubiera odiado, pero en aquella guerra los discursos que hacía sobre el honor tenían más sentido, estaban más cerca de la dignidad del hombre que aquella que el fascismo abanderaba con sus banderas y con las nuestras. Para mí, para Ventura, para tantos de nosotros, en una guerra que aceptábamos sin saber de qué iba y que lentamente nos acercaba a los sentimientos y motivos del enemigo, no había banderas. Cada uno de nosotros empeñaba el honor propio para no tener miedo, para no rendirse, para no huir. Y es posible que todas las guerras sean así, que las hagan hombres que son solo hombres, sin banderas, que para los hombres que combaten en ellas no existan ni la guerra de Italia, ni la de España ni la de Rusia —y que tampoco el fascismo o el comunismo o la Iglesia existan—, solo la dignidad individual a la hora de defender la propia vida, de aceptar el juego de la muerte. Es posible, digo; porque a mí, por la parte que me toca, una verdadera y humana bandera por la que combatir me hubiera gustado tenerla. Por los altavoces, cuando callaban quienes nos animaban a desertar, oíamos el himno de los trabajadores. Las declaraciones de fraternidad me fastidiaban mucho, pues incluso las cosas buenas y verdaderas, si se dicen a gritos y por altavoz, tienen apariencia de engaño, pero el himno de los trabajadores me provocaba un sentimiento diferente. Mi padre murió en el 26, yo tenía dieciséis años entonces, el recuerdo de su vida —y de cómo murió— nunca me abandonaba, pero había olvidado que fue socialista. Si escuchaba el himno de los trabajadores veía a mi padre que me llevaba de la mano, a la banda de música y luego a un hombre con pajarita que se asomaba al balcón y hablaba, y mi padre decía «muy bien» y aplaudía. ¿Y quién recordaba entonces el himno? Me gustaba la música, por momentos parecía que destruyera negros presagios, la letra decía «en la bandera libre brilla el sol del porvenir» y de verdad abría una vía de esperanza.

Pero ¿qué era el socialismo? Es verdad, era una buena bandera; mi padre decía «justicia, igualdad», pero no puede haber igualdad si no hay Dios, no se constituye el reino de la igualdad ante notario, solo ante Dios se puede hacer; o ante la muerte si todos, siempre y en todo momento, nos viéramos reflejados. Sería tan injusto el mundo de la igualdad que solo en nombre de Dios, o temiendo la muerte, podríamos vivirlo. Sin Dios, en cambio, se puede hacer justicia. Nunca pensé que Dios significase justicia, él que de nuestra esperanza de justicia está bien lejos. A mi padre no le bastaba con la justicia, quería la igualdad. Creía que aquellos importantes abogados con grandes sombreros y pajarita ocupaban el lugar de Dios, el abogado Ferri y el abogado Cigna en lugar de Dios.

Pero incluso el socialismo era un poco como la religión: un caldero en el que hierven muchas cosas y en donde cada uno mete un hueso para hacer el cocido como más le gusta. Para mí era solo el recuerdo de mi padre, de la fe que tenía, de cómo murió, y de que yo estuve a punto de tener la misma muerte, y de doña Maria Grazia que decía de mí «tiene las malas ideas de su padre», pero yo no tenía ideas ni malas ni buenas, solo el dulce recuerdo de mi padre y el dolor de saber cómo murió, y mucho miedo al antimonio, y un poco de esperanza en la justicia.

Se dijo, después de lo de Guadalajara, que perdimos porque en el frente de Madrid, como una epidemia, el comunismo empezó a circular entre nosotros; quizá se creyó que el vocerío de los altavoces y las octavillas que llovían desde los aviones (pero también llovían bombas, y uno no puede aceptar a la vez verdad y bombas) habían minado la moral de la tropa, como se decía. Se hicieron investigaciones, alguno de los nuestros fue repatriado. Recuerdo que un día nos hicieron formar y vino Teruzzi, que comandaba la milicia, y pasó revista. Llegado a un punto se paró delante de un legionario y le preguntó:

—Tú, ¿por qué has venido a España?

Y el legionario tartamudeaba:

—Por un amigo fue; me dijo «hay guerra en España, alístate»... —Y continuó—: Hacía poco que me había casado, con mi padre y mi hermano trabajábamos tierras como medieros, me casé y mi padre me echó de las tierras y dijo «búscate tierras en aparcería», y yo digo «sí, claro, como si fuera fácil encontrar tierras en aparcería, ¿dónde las encuentro?»..., y por suerte viene mi amigo y me dice lo de la guerra en España.

Teruzzi lo miraba como si el soldado le estuviese contando un secreto, parecía atento y pensativo. Decían que antes del fascismo había sido sargento y, en aquel momento, entendía las razones del soldado como hace un sargento, como el pobre hombre que había sido y no como comandante de la milicia. Pero el coronel que lo acompañaba le dijo al legionario «cretino» y Teruzzi, sin pronunciar una palabra, siguió la revista y miraba distraído las caras de los legionarios. Se detuvo de nuevo y dijo:

—Y tú, veamos, ¿por qué has venido a España?

Pero ya habíamos aprendido lo que debíamos responder para que el coronel no nos llamara cretinos. El legionario dijo con voz firme:

—Por la grandeza de Italia y la salvación de España.

Teruzzi respiró aliviado y dijo «¡bravo!», y al coronel dijo «le daremos un premio a este legionario», y se lo dieron de verdad, le dieron veinticinco pesetas, mientras que al del amigo y la aparcería lo mandaron a casa. Hecha de esta manera, la investigación era algo estúpido. El coronel volvió a interrogarnos, esta vez solo, y Ventura, que tenía mucha labia, quedó de maravilla. Habló del Duce y de la Italia fascista y de la religión como un jerarca fascista y un cura a la vez, y era uno que odiaba a los fascistas y a los curas. Como siempre, los fascistas preferían las mentiras. Todos, excepto unos pocos fascistas de corazón, vinimos a España por la paga que nos daban, obligados por el paro o por las condiciones de trabajo, pero la guerra la hacíamos de verdad, y algunos morían. No hay duda de que nos turbaba el hecho de que campesinos y mineros españoles estuvieran en el otro bando y los falangistas los fusilaran. Y como no se sabía nada del socialismo, aquella música y aquella bandera se bastaban para despertar recuerdos peligrosos, como me pasaba a mí con el recuerdo de mi padre.

La batalla de Guadalajara por la conquista de Madrid era un infierno. Vista la dulce primavera de Málaga, no me podía imaginar que en España pudiera encontrarme con un invierno tan crudo. El matacabras agrietaba los labios y las manos, el barro nos llegaba a las rodillas. Nuestros aviones apenas se veían, los de la República pasaban tan cerca que parecía que nos quisieran degollar, uno creía perder la cabeza, y tenían tanques grandes como casas, los nuestros en comparación eran latas de sardinas. Lo habían escrito en todas las paredes: «Madrid es el baluarte del antifascismo», y combatían con gran valor y disciplina para conservarlo.

Hasta llegar a Málaga luchamos contra bandas de campesinos y obreros que sin orden ni concierto ni precaución venían a hacerse acribillar por las ametralladoras, o se emboscaban en los muros de los bancales o en los campanarios en desesperada resistencia, y muchas veces todo el armamento era una escopeta de dos cañones. En Málaga había bastantes milicianos, de los que unos diez mil cayeron prisioneros. Hubieran podido resistir mejor e incluso derrotarnos, pero eran muy desordenados. Yo nada sabía del arte de la guerra, pero esa manera de moverse en bandadas tanto en el asalto como en las retiradas me hacía pensar que no tenían buenos mandos. Quizá se lanzaron a la guerra por aquel sueño de igualdad que tenía mi padre, creían que tras la guerra podría nacer un mundo de igualdad: todos oficiales, ninguno oficial, a mi padre le hubiera gustado mezclarse en esta guerra. Pero en la guerra es necesario que alguien mande, aunque se ponga a mandar uno que tiene una sandía por cabeza. Y aprendieron: en la defensa de Madrid había soldados disciplinados y buenos oficiales; los nuestros decían que habían venido de Rusia oficiales que, para poner disciplina, fusilaban sin miramientos, aunque no creo que fuese cierto, pues ni un prisionero ruso vi. Vi alemanes, americanos, franceses, e incluso un italiano vi caer prisionero, pero un ruso, jamás. La cuestión es que habían aprendido; empezaron mal, pero la guerra —ahora— la hacían como se debe hacer.

Contaría cosas que tardé diez años en comprender si dijese que entendí entonces la batalla y que tuve sensación de derrota. En aquellos días sentía gran admiración por los generales, que en medio de todo aquel jaleo de hombres y blindados en el barro y entre los árboles, entre la nieve y el viento y los disparos, eran capaces de adivinar los flancos, de saber dónde estábamos nosotros y dónde estaban los republicanos. Aunque es posible que no fueran capaces de adivinar nada de nada si al final perdimos la batalla. O quizá fue Franco, como se rumoreaba entre los nuestros, el que nos engañó: en la zona del frente encargada a sus tropas dejó tranquilos a los republicanos, como si hubiera un pacto para que la batalla de Madrid la ganasen los soldados de Mussolini. Lo cierto es que los españoles, entre ellos, de nuestra derrota hacían jolgorio. Cuando en el bar discutían un español y un italiano, para ofendernos decían «Guadalajara», e incluso a mí, que no discutía, aquella palabra me fastidiaba.

Nos tomamos la revancha cuando el ejército republicano de Santander vino a tratar la rendición con los italianos, que se fiaban de la palabra de nuestros generales —decían— pero no de la de Franco. Y a decir verdad, de la palabra de Franco yo tampoco me hubiera fiado, corrían retratos de Franco joven que parecía san Luis Gonzaga con bigotito, pero yo lo había visto de cerca, más viejo y siempre con el aire del hombre que acaba de rezar, como Carmelo Ferraro, el cura de mi pueblo, que en las procesiones del Corpus Christi llevaba bajo el palio el Santísimo, que todas las tardes iba a la iglesia a dirigir el rezo del rosario —el murmullo de los viejos y de las mujeres encantado en la voz hermosa y profunda del cura—, que caminaba siempre con la vista en el cielo —como si los ojos a fuerza de imanes el cielo los quisiera—, y hacía de logrero, prestaba dinero a interés muy alto y por cincuenta mil liras se quedó el olivar del barón Fiandaca, que valía más de un millón y a aquel lo enredó con los intereses. Y también a los pobres el cura enredaba con los intereses. Como don Carmelo, Franco tenía la cara regordeta y lisa, y los ojos siempre mirando al cielo. Me convencí de que era uno de aquellos hombres —había conocido muchos así en mi pueblo de Sicilia— que parecen sacados de un retablo pero que hacen todo el daño que un hombre puede hacer: roban, asesinan y mandan asesinar, y en el testamento dejan todo a iglesias y hospitales. Mejor aquel general que hablaba todas las tardes por la radio y con el que los españoles se divertían como en una comedia, Queipo de Llano se llamaba. Y en Málaga hizo lo que hizo, pero te lo podías esperar porque tenía cara de perro y decía cosas indecentes en la radio. Sereno y elegante, Franco era el hombre que se acaba de levantar del reclinatorio de terciopelo: nada bueno puede esperarse de un hombre que reza apoyado en un reclinatorio forrado de terciopelo.

El ejército de Santander quiso, pues, rendirse a los italianos. Los italianos garantizaron que respetarían la vida de los prisioneros, nos dio satisfacción que los españoles nos creyeran humanos. Pero fue satisfacción amarga, pues Franco se levantó del reclinatorio y dijo que el general Bastico le estaba ya tocando los cojones, bueno, no dijo eso porque su cólera encontró —sin duda— una expresión educada. Franco informó a Mussolini que era cosa de locos que un general italiano se riese de las órdenes que había dado y le impidiese hacer «limpieza» en Santander, limpiar aquella ciudad de rojos, y le pidió que le silbara algo al oído a Bastico y se lo llevara a casa. Mussolini lo entendió a la primera, imagínate tú si no comprendió la necesidad de hacer «limpieza», con lo que a él le gustaba limpiar. Bastico se fue y la Falange hizo fiesta mayor también en Santander.

Pero mientras estaba sentado en la escalinata de la iglesia de San Isidro en aquel pueblo del que no recuerdo el nombre, la batalla de Santander apenas había comenzado, era el 15 de agosto de 1937. Dábamos vueltas alrededor de Madrid como las palomillas alrededor del fuego: se acercan hasta casi achicharrarse y luego salen volando, se acercan otra vez y con un cambio de viento la llama las alcanza. Así era Madrid. Vino el vendaval Brunete y los republicanos nos cayeron encima por sorpresa: la admiración por los generales cayó de repente, pues podían habernos pillado, como se suele decir, en las nubes.

Y si no avanzaron hasta pasarnos por encima fue porque se quedaron sorprendidos del vacío que encontraron mientras nosotros estábamos en las nubes y temieron que hubiera gato encerrado y, sin embargo, no había nada; pasaron el cuadrivio de Brunete y se pararon. Líster, que era su general, dio en aquella ocasión excesivo crédito a nuestros generales y —bracero como había sido— pensaba, como yo, que los generales lo saben todo y que si dejaban un vacío como aquel en el frente de Madrid lo hacían tras secreto cálculo. Cuando se dio cuenta de que podía avanzar más ya era tarde, sus tropas cercaban Brunete y dentro ya había muchos soldados nuestros, pero nosotros pasamos al contraataque para impedirle que siguiera avanzando y para romper la tenaza que había cerrado a nuestro alrededor. No conseguimos romperla, pero obligamos a las fuerzas de Líster a defenderse. El éxito inicial que no supo aprovechar a fondo quedó, a los diez días, anulado. Y vuelta a hacer limpieza en los pueblos. El pueblo que tomamos el día de la Virgen de Agosto estaba por la zona de Brunete, y creo recordar que había un riachuelo, y en un pueblo por el que pasamos que se llamaba Maqueda me dijeron que un duque de aquellas tierras había sido virrey de Sicilia, que por eso Maqueda era el nombre de la calle más bonita de Palermo, pero es posible que no lo recuerde bien y que por Maqueda pasase algunos días antes o después. No sé por qué, pero de los pueblos y ciudades de España no tengo recuerdos claros, ni siquiera de Sevilla, que es la ciudad más bonita que he visto en mi vida. No tengo buena memoria para los lugares, y para los de España todavía menos, quizá porque esos pueblos se parecían mucho a los que conocía desde niño, el mío y los pueblos de al lado, y me decía «este pueblo es como Grotte, aquí me parece estar en Milocca, esta plaza es como la de mi pueblo», y hasta en Sevilla me parecía estar de paseo por las calles de Palermo, en los alrededores de piazza Marina. Y hasta el paisaje era como el de Sicilia, en la Castilla desolada y solitaria, como es el que hay entre Caltanissetta y Enna, pero con más vasta desolación y soledad, como si el Padre Eterno, tras haber hecho Sicilia, se hubiera entretenido en hacer una copia ampliada con uno de esos aparatos que venden en las ferias y que usan los ingenieros, pantógrafos se llaman. ¡Menuda idea la de plantar una capital en medio de Castilla! Que en medio de aquel desierto hubiera una ciudad grande y hermosa me parecía increíble, era solo una idea de alucinados, y se te aparecía como la imagen del agua que corre se le aparece al sediento. Pero sí, había una ciudad: Madrid. Por la noche reverberaba roja en el cielo por culpa de los incendios que nuestros aviones atacaban sin tregua. Solo a ratos pensaba que en aquella ciudad había niños y ancianos, mujeres que gritaban de pena, y casas en las que vivían miles y miles de personas. Pensaba «¡el antimonio, el fuego!», pero tan lejos se veía el reverbero, tanta sangre y tanto dolor nos costaba aquella ciudad alucinante, que solía mirar la roja aureola de muerte como cuando de niño, en el campo, miraba las ruedas de fuegos artificiales en la fiesta de San Calogero: un luminoso y lejano juego nocturno.

Anochecía en aquel pueblo de Castilla o de Extremadura, el campo de arcilla, encinas y rastrojos quemados, una tierra en la que el feudalismo se respiraba: capataces violentos, administradores ladrones y el duque en Palermo o en Madrid a pulirse las rentas en mujeres y coches, y los campesinos que fatigaban en aquellas tierras arcillosas bajo la mirada enemiga del capataz; la campiña me inspiraba melancolía. Igual que cuando salía de la boca de la azufrera y me golpeaba en la cara el olor a tierra y a sol y me venían ganas de ser agricultor. Avanzamos hasta las últimas casas. Un hombre vestido de negro nos saludó con el brazo en alto: «viva Italia», dijo, y Ventura pronto respondió «arriba España». Me gustaba aquel intercambio de saludos, sobre todo por los nombres de Italia y España que en el saludo se cruzaban. El hombre se paró y dijo:

—Es magnífico.

—Sí —dijo Ventura.

—Mussolini —dijo el hombre— nos ha prestado un gran servicio... Es magnífico.

—¡Cómo no! —dijo Ventura.

—Una pandilla de asesinos, los rojos —dijo el hombre.

«Este empieza a tocarme las pelotas», me dijo Ventura, y preguntó:

—¿Por qué?

—¿Qué opinión tiene usted? —preguntó el hombre con improvisada ansia.

—Arriba España —dijo Ventura.

El hombre respiró, y dijo:

—Falange ama España sobre todas las cosas... —Y añadió—: Es terrible estar entre cuatro paredes cuando fuera... Los días son tan largos entre cuatro paredes... Pues, ahora empieza nuestro triunfo...

—¡Cómo no! —dijo Ventura—, ahora limpieza, y hombre profético partido único sindicato vertical...

Leía los periódicos españoles y sabía muchas cosas.

—Claro —dijo el hombre—, España no se aparta de Dios.

«España no se aparta de Dios», tradujo Ventura, y le dijo al hombre:

—Naturalmente; así es... Manos a la obra, ahora, limpieza.

—Es magnífico —repitió el hombre, como encantado ante una visión; luego con un gesto de la mano como si empuñara una hoz, dijo—: Falange fusilará a todos, a todos... Es terrible estar entre cuatro paredes...

—Arriba Falange —dijo Ventura, y le dio la espalda.

—Viva Mussolini —saludó el hombre.

—Este cornudo —dijo Ventura— quiere fusilar a media España para vengarse de los días que ha estado encerrado en casa. Será el boticario o el médico del pueblo, o el hermano del arcipreste. En nuestros pueblos son estos las fuerzas vivas del fascismo; un señorito, a fin de cuentas.

En la plaza, delante de la iglesia, pusieron una radio sobre una silla; carraspeaba y hacía ruido de cuerdas de guitarra a punto de romperse cuando una voz anunció, como todas las tardes, «el excelentísimo señor general don Gonzalo Queipo de Llano, gobernador de Andalucía y jefe del glorioso ejército del sur…», y daba comienzo la charla. Ventura dijo:

—Menudo degenerado. Todos los tacos españoles que conozco, él me los ha enseñado.

Zaragoza estaba llena de prostitutas. En mi vida había visto una ciudad con tantas prostitutas; remoloneaban por los bares como moscas, cada soldado encontraba la suya y había millares de soldados en Zaragoza. Cuando los republicanos bombardeaban, los bares y los restaurantes parecían refectorios de monasterios: todas aquellas mujeres rezaban a la Virgen del Pilar y murmuraban oraciones, algunas sacaban el rosario y se arrodillaban. Era casi agradable pasar de estar en compañía de mujeres alegres medio borrachas a estar en medio de una doliente congregación de hijas de María, un placer compuesto de muchas cosas, como una pitanza que te gusta y está hecha con tantas y tan diferentes cosas que por separado no te las comerías, pero que una vez mezcladas ya no reconoces el sabor de cada una de ellas.

La Virgen del Pilar protegía Zaragoza. Hizo milagro evidente ya en tiempos de Napoleón y continuaba con la protección gracias al grado de capitana general de las tropas de Aragón (las falangistas) y el consecuente salario. Mi madre se santiguó después de que le dijera que la Virgen del Pilar tenía grado y paga en el ejército, pues creyó que tal diablura me la inventaba yo para enfadarla, que la Virgen no toma parte ni tiene grado en una guerra en la que se matan hijos de madre conocida, y mucho menos estipendio… Se convenció, yo se lo juré por la memoria de nuestros muertos, de que bien podía ser, pero como la Virgen no recibía la paga, algún cura iría a buscarla, no podía ocuparse de las tropas de Aragón. Aún mejor: pensaba en los aragoneses y en mí, siciliano, y en todos los que guerreaban en España y rezaba a Dios para que acabase tal carnicería.

Zaragoza estaba a pocos kilómetros del frente, pero la guerra parecía lejana, a miles de millas; solo algún bombardeo que no causaba muchos daños recordaba la cercanía de la guerra. En el frente nos reemplazábamos, pues se había convertido en una guerra de posición, con trincheras y avanzadas que se ganaban y se perdían. Sufrimos un descalabro en Belchite, pero a mitad de septiembre el frente volvió, como se suele decir, a estabilizarse; es decir, perdíamos pocos hombres y matábamos también pocos. Hacía buen tiempo, alguna borrasca y luego de nuevo el cielo luminoso y sereno y el Ebro como una vena de la tierra. Teníamos a Líster enfrente, un día en un asalto estuvimos a punto de cogerlo, quedaron solo sus cosas y un mono que decían que era suyo. Lo llevaba encima como amuleto o quizá para divertirse: tengo la fotografía de un mono en brazos de un legionario que algo se parecía al mono, el teniente lo eligió adrede, y nosotros alrededor en forma de herradura, las caras sonrientes. Líster era un demonio, se nos escapaba siempre, y era un buen comandante. No he visto nunca un retrato suyo y no sé qué fue en realidad, si bracero o filósofo, y me gustaría saber dónde acabó, si vive todavía. Tantas cosas, no solo de Líster, me gustaría saber de aquella guerra.

Cuando volvía a Zaragoza del frente buscaba siempre a la misma mujer, se llamaba María Dolores. El marido se había ido con los milicianos y ella pensaba de manera diferente: su padre era del partido católico y los rojos lo habían fusilado. Esperaba que el marido hubiese muerto; en cualquier caso, estaba convencida de que no iba a volver.

María Dolores rebosaba odio: quería que matásemos a todos los que luchaban por la República para vengar a su padre y para asegurarse de que el marido no se iba a librar. Para ella, Mussolini era alguien que entró en guerra para liberarla de un marido canallesco por culpa del vino y de la política, para vengar la muerte de su padre: se acostaba con los italianos para complacer también a Mussolini. Yo hubiera sido incapaz de hacer amistad con un hombre español que estuviera tan lleno de odio como lo estaba ella, pero con una mujer era diferente, pues su odio se convertía en amor en mí; y no porque del odio a los demás le creciera el amor hacia mí, sino que me gustaba por el simple hecho de odiar, porque hacía del odio magia, por su manera de ser un poco bruja. El placer del amor es muy complicado, y es mayor cuando en la mujer hay algo de oscura fatalidad, un punto de misterio maligno en su ser. Hablo del placer, que el amor es un hecho más sencillo y claro. Aquella mujer me atraía más que las otras no solo porque con el cuerpo, con los ojos, con la melena y con la voz «me encendiera la sangre», como se dice en mi pueblo cuando una mujer te atrae irresistiblemente, sino porque amaba con violencia todo lo que mi conciencia rechazaba. En aquellos días, la idea de que mi mujer me fuera infiel (y quizá lo era) ya no me quemaba como en los primeros días de lejanía. Entre el crudo placer del amor, turbio y complicado, y la dolorosa claridad que la guerra me hacía patente, encontraba un equilibrio extraño: me sentía indiferente ante mi vida pasada y lejano de ella, como si ya no me perteneciera excepto por aquellos hechos que me trajeron a España, la pobreza, la azufrera, el fascismo. El recuerdo de mi padre —de su muerte— y la visión de mi madre que, con sesenta años y artrítica, iba a servir a casa de los ricos no me abandonaban, pero solo porque tuve la atroz revelación de haber venido a España para combatir contra su esperanza, contra la esperanza de gente como ellos y como yo. Mi mujer era, por el contrario, una imagen amorosa que, con cada carta que recibía y con cada día que pasaba, se alejaba desenfocada e insignificante. Sus cartas eran desustanciadas y estúpidas, me hablaba de los problemas domésticos como si yo me hubiera ido, en lugar de a la guerra, de veraneo: que le costaba ir a hacer la cola para retirar el dinero que yo ganaba para ella con la guerra, que algunos días los pasaba en una soledad enloquecedora, que mi madre la regañaba por comprar cosas caras o inútiles; y me hablaba de la gente que veía o de los vestidos que se cosía. Una vez escribió que Mussolini pasó por la estación de nuestro pueblo y que fue a verlo, y que era de verdad un hombre apuesto, mucho más que en las fotografías, con la cara simpática y bronceada. Y fue tanta gente a verlo a la estación que Mussolini llegó a preocuparse no fuera a ser que los balillas y las jóvenes italianas acabaran bajo las ruedas del tren empujados por el gentío. Mi madre, por otro lado, me escribía para decirme que rezaba por mí, y también por los otros hijos de buena madre, para que la guerra acabase pronto, y decía siempre «no sé lo que tu mujer te dirá de mí, pero no vayas a pensar que yo hago de suegra con ella, solo le aconsejo que ahorre, que piense que los dineros que le dan a ella tú amargamente los ganas». Mi madre no podía imaginar la amargura de llevar la guerra —remordimientos y vergüenza— en el corazón, pues pensaba en el trabajo amargo de la guerra, en la fusilería y en las bombas, en la muerte que de un momento a otro podía venir y llevárseme. Mi madre no sabía escribir, las cartas las dictaba a una vecina que, por propia iniciativa, se ponía a divagar y me contaba lo que pasaba en el pueblo. Conocía bien a mi madre: a su hijo que estaba en la guerra jamás le hubiera escrito cómo fueron las fiestas de San Calogero y que el obispo vino a la parroquia para las confirmaciones.

Me casé por amor, el amor que en nuestra tierra está hecho de miradas furtivas y de encuentros silenciosos. Paseas por una calle y de repente te fijas en una chavala guapa que ves en un balcón; quizá ayer era solo una niña. Y desde entonces, todas las veces que pasas por esa calle miras al balcón, y ella te mira todos los días, y luego vas a la misa mayor todos los domingos para verla y a ti cada día que pasa te parece más guapa: estás enamorado y ella te mira enamorada. Y, excepto que te quiere, no sabes nada de cómo piensa, de su vida y de las cosas que le gustan o de las cosas que teme, nada de su corazón, del modo de demostrar alegría o piedad por las cosas del mundo. En vez de así, el amor debería nacer del sereno descubrimiento de que juntos, un hombre y una mujer, son capaces de afrontar las penas —sobre todo las penas— de la vida; juntos para afrontar la vida y para compartir el dolor, y para ayudarse en este compartir el dolor; y también juntos en el placer, que dura un instante y nos deja solos con el corazón desnudo, para comprendernos mejor por dentro. Así se me iluminaba el significado del amor, y descubría que no amaba a mi mujer. Me contentaba con lo del placer: me bastaba una mujer soldadesca, una mujer que llevaba dentro el mal de la guerra. La buscaba como un sediento, pero al poco, cuando tocaba volver al frente, la dejaba aliviado: me daba acre placer pensar que otros soldados ocuparan mi puesto en su cuarto y sintieran el odio que llevaba dentro, el oscuro placer de su odio.

Ventura iba de una mujer a otra. Una vez estuvo incluso con María Dolores, me dejaron en el bar y se fueron juntos, y un poco sufrí: porque Ventura era mi amigo, no porque ella fuera con otros. Si lo piensas, una cosa estúpida. Ventura se divertía en Zaragoza, quería olvidarse de la guerra. En el frente se mostraba, cada vez que le tocaba volver, más hosco y enfadado, discutía y poco a poco se hacía imprudente en el hablar. Parecía que se le hubiera pasado la voluntad de desertar.

En el frente de Aragón, aquel otoño, la guerra no fue tan dura como había sido en Guadalajara y en Brunete, los malos días iban a venir con el invierno. Participábamos en pequeñas escaramuzas, a veces pensaba que nos hacían correr como el perro que quiere morderse la cola, como una peonza. Quizá había un poco de desorden en nuestros mandos, y quizá Líster lo sabía. Una noche —dormíamos en una masada cerca de Zaragoza— nos despertaron las alarmas: corrió la noticia que la caballería enemiga se había infiltrado entre nuestras líneas y había ocupado un pueblo que estaba en nuestro flanco. Marchamos durante una hora entre una oscuridad que se podía cortar de lo densa y consistente que era, y la humedad nos calaba hasta los huesos. Llegamos a un pueblo lleno de perros, había tantos que parecía que estuviéramos en medio de un rebaño, todos cariñosamente a decir «perro perrito» y, por temor a los mordiscos, a lanzar a la oscuridad los trozos de pan que llevábamos en el bolsillo. En la oscuridad se oía el chasquido de las mandíbulas que rompían los chuscos, el rosigar violento, algunos mendrugos eran duros como huesos. Nos dieron orden de detenernos: el pueblo que teníamos delante, a cuatro o cinco kilómetros, era aquel que había ocupado la caballería enemiga. Eran las tres, los oficiales dijeron que hasta el alba podíamos descansar a nuestro aire.

En la memoria (y también entonces), aquel movimiento de hombres y perros en la oscuridad, aquel hablar a los perros y maldecir, el rosigar de los perros, me parecen cosa soñada.

El alba amaneció lívida, los perros bostezaban como nosotros. Se pusieron en marcha los motociclistas. Media hora, una hora, y que no volvían. Los oficiales se consultaron, se nos acercó un teniente, un joven siciliano que estaba siempre cerca del mayor; me resultaba simpático. Dijo «una veintena de hombres, conmigo, vamos a ver qué pasa». Ventura fue el primero en dar el paso, me uní a él. El sol ya te cocía cuando llegamos al pueblo: el sol de otoño en España, como en Sicilia, a veces es peor que el del verano. Había un silencio mortal. No era la primera vez que los milicianos tomaban un pueblo y se daban al sueño, sueño hecho de cansancio y vino, y no dejaban centinelas y dormidos los cogíamos.

Pero es que los dos motociclistas no habían vuelto. Llenos de precauciones nos movimos por entre las primeras casas: nada. Desembocamos como de puntillas en una plazoleta. Vimos a un cura con tres o cuatro viejas, era el cura y las viejas de misa primera, como en nuestra tierra. Cuando nos vieron aparecer de tras las esquinas y apuntarlos con los fusiles, el cura y las viejas casi se mueren. Por mi parte, nunca en mi vida me había alegrado tanto de ver un cura como aquella vez, pues quería decir que rojos, en aquel pueblo, no había, porque si hubiera rojos no habría cura. Del susto, el cura parecía una cola de bacalao y tardó un buen rato en poder responder al saludo del teniente. El teniente preguntó por los rojos, pues nos habían dicho que el pueblo estaba en manos de los rojos. El cura se alteró e instintivamente se levantó la sotana, como hacen las mujeres y los curas cuando se preparan para echarse a correr. Fue necesaria toda la paciencia del teniente para calmarlo y hacerle confesar que, de rojos, en aquel pueblo, ni la sombra, y tampoco en el pueblo de al lado. ¿Y los motoristas? Tampoco de estos el cura supo dar noticia. Volvimos a la carretera y seguimos adelante. A los pocos kilómetros, otro pueblo, más grande. Había dos motos delante de una casona y un centinela; en el portón un cartel de madera decía «PUESTO DE MANDO». El teniente atravesó el portón enfurecido y a los cinco minutos volvió con el mayor. El mayor, en tono de lamento, decía:

—Aquí, hijo mío, no entiendo ya nada. Todos con calma se lo toman, oficiales y soldados. Ayer un teniente va y me dice «ñor comandante, me voy», y le digo yo «¿y ande vas?», y dice «me encuentro mal, al hospital que voy», y digo «pero qué hospital de los cojones, mejor que yo estás, yo sí que debería irme, en camilla», dice él «me voy, me encuentro mal». ¿Y qué tengo que hacer? Arrestarlo, eso debería. Y la del teniente es solo una, no te digo las cosas que me pasan, aquí tengo los peores vagos, parece que me los hayan mandado adrede, uno a uno, «estos se los damos al mayor D'Assunta, que tiene paciencia, que tiene bien puestos los nervios», y yo oye, que tengo los nervios tirantes como cuerdas de guitarra, mira que cojo a alguien y lo pongo en su sitio para siempre, a la ruina lo mando.

El teniente preguntó:

—¿Y la caballería enemiga?

—Esto, hijo mío, es otra cuestión. O mejor: es la misma cuestión. Todo yo lo tengo que hacer, aquí todo yo. A diario voy a los bastiones y observo con el binóculo, y esto no es nada, hago más cosas que no me tocan. En suma: ayer miro para allá —hizo un gesto para señalar el pueblo donde habíamos encontrado al cura— y veo en el barranco, allá donde pasa el torrente, hombres de a caballo y hombres de a pie que llevan mesas, de una ladera de por allí las llevaban a la margen del torrente. Y digo «ah, estos me quieren tomar por tonto». Y llamo a consultas a todos y uno me dice «¿y qué pasa con esta historia de las mesas?, hace un par de días que veo movimientos». ¿Comprendes, hijo mío? Un par de días, y no dice nada, como si hubiera visto una chavala de bandera por via Toledo. Se lo toman con calma, oye lo que te digo. Nada de guerra; veraneo en Capri, eso hacen. En suma, mando un cifrado: «infiltración de caballería enemiga». Ahora que estáis aquí, en un santiamén los neutralizamos.

Se pasó la mano por la cara, barbuda y de barba dura, y dijo:

—Un barbero, ¿tienes un barbero en los soldados tuyos? El mío no lo veo desde hace dos días, hijo de su madre querida.

Mandamos de vuelta a los motociclistas, vinieron los otros. Nuestro comandante oteó con el binóculo, se mandaron patrullas, que volvieron festivas, en el barranco habían encontrado un batallón de caballería de los requetés y unos trabajadores que construían un puente. El mayor D'Assunta, rasurado y contento, dijo «menos mal, mucho miedo me daba que me tomaran por tonto», y se puso a explicarle a nuestro mayor los problemas que tenía con sus hombres, pero más para divertirlo que para quejarse de verdad de los problemas que tenía. Era como un padre que explica las travesuras de los chicos y al que en el fondo le disgustaría que dejaran de hacerlas.

—Un mes, un mes hace que están en este pueblo, pobres chavales. Se han acostumbrado: han encontrado «novia», tienen cama caliente, el huevo de corral; saben caerle bien a todos aquí en el pueblo. Y me quieren, sabe, me enfadan a veces, pero me quieren… «Señor mayor, ordeñada con mis propias manos», una buena jarra de leche… «Señor mayor, está todavía caliente», un huevo de gallina... «Señor mayor, el chorizo que tanto le gusta»..., grande como el brazo...

El mayor B. (recuerdo el nombre, pero no lo escribo porque luego tendré que contar otras cosas de él), comandante de nuestro batallón, lo miraba con cara de mastín, como si de un momento a otro fuera a saltarle al cuello. El mayor D'Assunta interrumpió el relato de las afectuosas atenciones que le dispensaban sus hombres y preguntó:

—Y a usted, ¿le gusta el chorizo?

Fue la gota que desbordó el vaso. Se desbordó también la ira del mayor B.

—Yo —dijo— no he venido a España a comer chorizo, sino a hacer la guerra, para hacerla bien hecha.

—Por supuesto —dijo el mayor D'Assunta—. La guerra la hacemos, ¡claro que sí! Guerreamos, si no, ¿qué hemos venido a hacer a España, la fiesta mayor de Piedigrotta?... Quizá no guerree tan bien como usted si hacer la guerra aquí significa... Dejémoslo estar. En suma: el chorizo me gusta.

El mayor B. saludó con el brazo en alto y le dio la espalda.

—Mañana —dijo Ventura— el mayor D'Assunta no tendrá ni el huevo aún caliente ni la leche apenas ordeñada. ¿Quién sabe a qué frente lo destierran?

Vinieron los camiones a buscarnos, volvimos a Zaragoza.

La primera vez que salí del pueblo para ir a Palermo tenía diez años, vivía mi padre, y a Palermo íbamos a acompañar a su hermano que marchaba a América. Fue mi primer viaje en tren: el tren, los ferroviarios, las estaciones, el paisaje, todo era para mí alegre novedad; ida y vuelta, hice todo el viaje de pie, asomado a la ventanilla. Me hice la ilusión de que de mayor iba a ser ferroviario: bajar del tren un segundo antes de que se detuviera, soplar la trompeta y anunciar el nombre del pueblo, mientras el tren se ponía en marcha subir con un salto seguro. En un momento del viaje, el ferroviario gritaba «¡Aragona, trasbordo!» y los que no iban en dirección Girgenti se apeaban cargados de maletas y fardos y subían a otro tren que les esperaba. Cuando jugaba con los amigos del barrio, me reservaba aquel grito que era como la voz del destino, el destino que había hecho nacer, o llevado a vivir, a unos hombres al este de Aragona y a otros al oeste. No sabría decir con precisión por qué me fascinaba entonces aquel grito. Recuerdo el pueblo de Aragona tal y como se ve desde el tren pocos minutos antes de llegar a la estación: parece que se gire sobre un perno, media vuelta alrededor de un gran palacio que domina sobre el pueblo, el campo desnudo a los pies del pueblo. A pocos kilómetros de mi pueblo, nunca fui a Aragona; tengo solo la imagen que queda vista desde el tren.

En el Aragón español, una región que tiene muchos pueblos semejantes a Aragona, en la provincia de Girgenti, recordé aquel lejano viaje y cómo jugaba con los otros chavales y aquel grito me volvía muchas veces a la cabeza, «¡Aragona, trasbordo!», como a veces sucede cuando una música o la letra de una canción se nos mete en la cabeza y durante días y días allí dentro sigue y se transforma. Pensaba «trasbordo, mi vida cambia de tren… o falta poco para subir al tren de la muerte… Trasbordo: Aragona, cambio de tren, cambio de tren» y el pensamiento se convertía en musical obsesión. Yo creo en el misterio de las palabras y que las palabras puedan cobrar vida, ser destino del mismo modo que pueden ser belleza.

Hay tantas personas que estudian, van a la universidad, llegan a ser buenos médicos, ingenieros, abogados, llegan a funcionarios, diputados, ministros. A estas personas me gustaría hacerles una pregunta: «¿Sabéis qué fue la Guerra Civil española?, ¿qué fue de verdad la guerra en España? Si no lo sabéis no entenderéis nunca lo que sucede ahora ante vuestros ojos, no sabréis nunca nada del fascismo y del comunismo, de la religión humana, nada de nada sabréis, porque todos los errores y las esperanzas del mundo se concentraron en aquella guerra como una lente concentra los rayos del sol y quema; así todos los errores del mundo y todas las esperanzas incendiaron España, y aquel fuego hoy hace crepitar el mundo». Fui a España que apenas sabía leer ni escribir, ni leer el periódico ni cosas de caballerías, escribir una carta a la familia, pero he vuelto que creo poder leer las cosas más arduas que un hombre pueda pensar y escribir. Y sé por qué el fascismo no muere, y sé todas las cosas que con su muerte deberían morir, y sé las cosas que en mí y en todos los hombres deberían morir para que el fascismo muera para siempre.

«Hoy España, mañana el mundo», decía Hitler en las octavillas que nos lanzaban los republicanos. Aparecía con el brazo en alto sobre el mapa de España y parecía que escuadrillas aéreas salieran de aquel brazo, y en la tierra de España había un grupo de caras de niños que lloraban. «Hoy España, mañana el mundo», decía Hitler, e intuía que no eran palabras inventadas por los servicios de propaganda: todo el mundo iba a ser España y hacer saltar la banca en España no quería decir que el juego fuera a acabarse allí para siempre. Excepto Mussolini, nadie quería jugarse todas las cartas en España. Los alemanes probaban, nuevas y precisas, nuevas armas de guerra; nosotros, por el contrario, poníamos en juego todo lo que teníamos, los cazas nuevos y los viejos cañones austríacos, los tanques relucientes solo para la fiesta del regimiento y las ametralladoras de 1914, y a los pobres soldados con las botas remendadas, las espinillas fajadas con vendas en espiral, el tabardo que bajo la lluvia parecía pan remojado, los parados pobres del Reino de las Dos Sicilias. Y lo bueno es que ni siquiera los franquistas nos agradecían tanto empeño: con las iniciales del Corpo Truppe Volontarie inventaron la frase «¿Cuándo Te Vas?», como si estuviéramos en España para fastidiar. Y ya me hubiera gustado a mí ver si solos eran capaces de salir adelante, los curas y los señoritos, las hijas de María, los jóvenes del círculo parroquial, los oficiales de carrera y unos cuantos miles de carabineros y de guardias civiles; me hubiera gustado verlos luchar contra campesinos y mineros, contra el rojo odio de la España pobre. Quizá viviera en ellos la vergüenza y la humillación de tenernos como testigos de aquella miseria y de aquella sangre, la vergüenza y la humillación de quien se ve obligado a enseñar a los amigos la pobreza de su casa y la locura de los familiares. Aquel deseo de que nos fuéramos lo llenaba por completo el irracional orgullo español. Y estaban con Franco aquellos que sentían desplacer y angustia por lo que nosotros veíamos de su tierra; no eran pocos los que decían «si viviera José Antonio, todo sería diferente». Sin José Antonio, aquel alzamiento de los generales no les convencía. «No es justo que el conde de Romanones posea todas las tierras de Guadalajara», pensaban, y estaban melancólicamente convencidos de que Franco no iba a quitarle ni una hectárea a Romanones. Y les daba vergüenza destrozar España con la ayuda de armas y soldados extranjeros: con los alemanes que arrasaban ciudades enteras con las bombas como si nada, como uno que aplasta un hormiguero cuando va de paseo; con los moros que después de muchos siglos y guiados por españoles venían a vengarse en los hijos de aquella España cristiana que los había expulsado. Cuando putas y señoritos, en una ciudad conquistada, veían desfilar a los moros y decían «moros moritos», en la cara de algunos soldados españoles leía mortificación y odio.

Por lo que a nosotros, italianos, respecta, que los acusáramos de fusilar a demasiada gente —parece ser que nuestros mandos protestaban continuamente— provocaba impaciencia en aquellos que deseaban los fusilamientos y vergüenza en quienes no los querían, por lo que no había español a quien no le diera fastidio nuestra presencia.

En Zaragoza, todos estos sentimientos y resentimientos se diluían quizá porque teníamos cerca a las prostitutas y con una mujer al lado, prostituta o no, uno quiere ser él mismo. Y luego, claro, el vino; la verdad que da el vino antes de la copa que emborracha. Y en Zaragoza había moros y alemanes, requetés y falangistas, españoles de Aragón y españoles de Andalucía, y entre los nuestros también veías al fascista de siempre, el septentrional que se alistó para venir a España a disparar a los antifascistas y que miraba a los parados sicilianos como el español miraba a los moros. Y con el vino en los adentros y una mujer al lado, uno se convierte en lo peor de sí mismo, o en lo mejor.

Digo que al último de los campesinos de mi pueblo, al más «oscuro» como decimos nosotros —es decir, al más ignorante—, al más cerrado a la hora de conocer el mundo, si lo hubieran llevado al frente de Aragón y le hubieran dicho «adivina en qué bando está la gente como tú y ve con ellos», se hubiera dirigido sin dudar hacia las trincheras de la República. Si en nuestro bando la tierra quedaba sin cultivar, en la zona republicana los campesinos trabajaban incluso bajo los obuses. Según se dice, la República repartió la tierra entre los campesinos, y los viejos —los jóvenes se habían ido a la guerra— se afiliaron a su trozo de tierra con tanta furia que ni los cañonazos, ni la idea de que su tierra pudiera convertirse de un momento a otro en trinchera, conseguían alejarlos. Desde una colina, en las mañanas claras, con el binóculo, se veía más allá de las líneas republicanas a los campesinos —pantalones negros, camisas azuladas, sombrero de paja— hundir el arado que una pareja de mulos, o un mulo solo, arrastraba. Eran arados con forma de cruz, con una reja no más grande que una azadilla, como los que se usan todavía en mi pueblo y que hacen un surco hondo como un rasguño, que apenas raspa la seca costra de la tierra. Ventura tenía un binóculo: me encantaba mirar mientras araban, me olvidaba de la guerra y creía estar en el pueblo. En otoño, el campo es hermoso: el aleteo de las perdices que se oye por sorpresa, la niebla trasparente en la que transpira oscura y azulada la tierra. Aragón es tierra de colinas y la niebla se sumerge en ellas, entre sol y niebla parecen más bellas; pero no es una tierra hermosa de esas que a todos parece bella a primera vista; es bella de una manera especial: hace falta haber nacido en ella para reconocer lo hermosa que es y amarla.

El frente era una línea quebrada, como la greca de los generales. Desde el inicio de la guerra no había habido grandes cambios, ni siquiera la historia de Belchite había aportado novedades. Había escaramuzas que provocaban un jaleo infernal, que parecía hubieran de mover el frente quién sabe cuántos kilómetros más allá, o más atrás hasta los arrabales de Zaragoza, pero todo acababa en nada. Íbamos y ocupábamos las trincheras que habían sido de los rojos, los rojos venían a ocupar las nuestras y luego, de nuevo, volvíamos a las trincheras de ayer. A Ventura le gustaba esta especie de cambio porque en las trincheras republicanas encontraba periódicos y libros americanos, estaba enamorado de todo aquello que viniera de América.

Esta situación duró hasta principios de diciembre. Si no hubiera sido por la cercanía de la ciudad, el descanso y las mujeres que ofrecía Zaragoza, tampoco es que fuera una gran cosa estar en el frente de Aragón. Cuando una guerra se estanca durante meses en el mismo lugar, aunque el riesgo quede reducido a las balas perdidas y a las escaramuzas entre patrullas, la náusea de la guerra —de cuanto la guerra tiene de verdaderamente nauseabundo— la notas en la garganta como cuando el médico te mete en la boca un instrumento y te provoca el vómito. Parece que la tierra se descomponga y desprenda un olor entre huevo podrido y orina, como si las trincheras y los pasadizos los excavara el hombre en la carne enferma de la tierra, en un tumor putrefacto. En realidad, aquel olor a muerto no sale de la tierra, sino del hombre, que excava en ella su madriguera, del hombre que vuelve a ser animal salvaje y cava su madriguera y, como todo animal salvaje, esparce allí su olor. En este sentido, creo que no hay nada más degradante para el hombre que la guerra de trincheras: constreñido a vivir rodeado de su olor salvaje, a comer mientras la tierra exhala olor a vómito y mierda, a beber avaramente agua que parece recogida gota a gota del baboso drenaje de un abrevadero.

La nieve que cuando cae y cubre tejados y campos da alegría, que enseña el perfil de las cosas, la señal luminosa, la nieve que cuando cae en mi pueblo mete alegría en el cuerpo y uno descubre la casa de siempre como si fuese rara gracia vivir en ella... En un campo lleno de trincheras la nieve trae desesperación, el hombre desde la trinchera la mira con los mismos ojos del zorro que acecha la madriguera.

La ofensiva que lanzaron los republicanos en Teruel, con todo lo que me costó, creo que me salvó de un tremendo invierno en las trincheras; me hubiera vuelto loco de estar en un agujero excavado aquellos dos meses, diciembre y enero, que fueron un grito de viento sobre un mundo de blanca muerte.

Teruel es una ciudad en alto, como Enna, y no más grande que Enna. Estuvo en manos falangistas desde el comienzo de la guerra y parece que los guardias civiles hicieron una matanza de rojos, no solo de los que vivían en la ciudad. Engañados por los guardias civiles, que fingieron permanecer leales a la República, los milicianos que corrieron a ocupar la ciudad acabaron cazados como ratones. Era una buena posición para tener Valencia controlada y atenta a la amenaza de una ofensiva, y los republicanos decidieron quitársela a Franco. En el bando de la República, la guerra era algo extraño (pero me hubiera gustado encontrarme en él): como si fueran las palabras las que determinaban los hechos, un poco como en la religión o en la poesía, en las que las palabras hacen sagradas o hermosas las cosas, el pan que es cuerpo, sangre y espíritu de Cristo, campos o pueblos que antes mirabas distraído y ahora te inspiran belleza porque la poesía les pasó por encima. No sé si consigo explicarme con precisión: quiero decir que en algunas frases que escribían en las paredes, en los carteles o en las octavillas, yo veía el sentido de un acontecimiento ya decidido, antes incluso de que comenzase la acción que debía decidir el final. Y me imaginaba que en los soldados de la República aquellas palabras asumían fatales verdad y belleza, se convertían en decisión y fuerza: «Madrid es el baluarte del antifascismo», «Teruel será hoy nuestro». Frases como estas tenían para mí el sentido de la fatalidad. Las palabras corrían torrenciales, pero en un determinado momento pocas palabras, una frase, aparecían como arrastradas por una ola gigante, se te grababan con la fuerza de la verdad o de la fe. El comisario del XIX Cuerpo del Ejército decía en las soflamas cosas bellísimas. El ataque a Teruel había comenzado y él proclamaba «que en estas tierras ásperas de Aragón sea donde florezcan las primicias de nuestra victoria definitiva», pero eran palabras que salían así, fácilmente; la certeza usaba palabras más desnudas y necesarias: «Teruel será hoy nuestro».

El 15 de diciembre de 1937, los republicanos lanzaron pues la ofensiva contra Teruel. No es que fuera una sorpresa, porque era una guerra en la que —en un bando y en el otro— no había sorpresas: había tantos espías en España como gusanos hay en una rueda de queso florecido. De hecho, nos recolocaron antes del 15. En la trinchera, los días anteriores, tuvimos enfrente milicianos anarquistas, gente que a diario se la pasaba disparando miles de escopetazos al aire y lanzándonos con los megáfonos invitaciones fraternales primero y furiosos insultos después. En definitiva, era gente que hubiera venido a jugar una partida de cartas si los hubiésemos invitado, pero que se obstinaba en hacer silbar las balas un palmo por encima de nuestras cabezas no para matar a uno de los nuestros sino por la irresistible tentación que los españoles sienten a la hora de apretar el gatillo apenas les ponen un fusil en las manos. A decir verdad, los anarquistas tenían clara predilección por las granadas: solo la distancia los persuadía de que era mejor el fusil. Tras ceder a la tentación de disparar o de lanzar granadas de mano incluso en los momentos más inoportunos, eran incontables las escaramuzas que acababan en sangriento fracaso, sobre todo las nocturnas, pues el escopetazo o el estallido de la granada nos advertía con tiempo suficiente como para recibirlos con un fuego infernal, pero no se debe excluir que alguno de ellos tuviera, eso es, la intención de advertirnos con tiempo: todos los franquistas de la Quinta Columna iban a infiltrarse en los batallones anarquistas, se aprovechaban de que los anarquistas de verdad estaban demasiado locos y demasiado llenos de absurdo coraje como para darse cuenta de si por impaciencia o por traición alguno de ellos nos ponía sobre aviso.

Me gustaban los anarquistas; los de verdad, se entiende. No es que con gente como ellos se puedan ganar las guerras; es más, se pierden sin duda. Tal y como fueron las cosas, me dio la sensación de que, si la República hubiese tenido más comunistas y menos anarquistas, Franco no hubiera ganado. Del mismo modo que no se puede vivir en compañía diciéndole a la compañía todo lo que piensas de ella, no se puede hacer una guerra como la española poniendo bombas a todo lo que odias. Y los anarquistas odiaban demasiadas cosas: a los obispos y a los estalinistas, las estatuas de los santos y la del rey, los monasterios y las casas de putas. Los anarquistas morían más por las cosas que odiaban que por las que amaban, por eso estaban locos y llenos de absurdo coraje y tenían sed de sacrificio, se sentían un poco como Jesucristo y veían redimido el mundo gracias a la sangre que vertían. Y, claro, cuando uno quiere que lo crucifiquen, ser solo imagen del sacrificio, no necesita oficiales que le digan cuándo es hora de moverse u hora de pararse. Un anarquista —y es posible que me equivoque pues mi opinión nace de cómo actuaban y no sé nada de su doctrina— se ve a sí mismo como una bomba que ha sido fabricada para ser lanzada y explotar; y como en el asalto se está impaciente por lanzar la granada que se tiene en la mano contra la primera señal o movimiento del enemigo, así el anarquista está impaciente por lanzarse y explotar a los pies de lo que odia. Desde la trinchera de enfrente de la de los anarquistas podías pedirle a uno de ellos el rancho invocando que tenías hambre y hubiera venido a traerte la comida, e incluso el fusil si el tuyo se hubiera atascado; pero un minuto después se hubiera lanzado al asalto con todo el odio del mundo.

Incluso en una guerra como aquella era necesaria la hipocresía, y los comunistas la tenían. Si hubieran sido ellos desde el principio los que controlaban la situación, si las iglesias se hubieran utilizado para rezar el tedeum y no para el tiro al blanco, curas a punta de pala hubieran dicho misa, sin dudarlo un segundo, en honor de la victoria de la República en lugar de acabar delante de un pelotón de milicianos. Los burgueses españoles, los burgueses de verdad que iban a misa, mataban campesinos a millares por el simple hecho de ser campesinos, solo por eso, y el mundo cerraba los ojos porque no quería ver. Pero el primer cura caído por los tiros de los anarquistas, la primera iglesia incendiada hicieron saltar de horror al mundo y marcaron el destino de la República. En el fondo, cargarse a un cura por el simple hecho de ser cura es cosa más justa que cargarse a un campesino por ser campesino; un cura es el soldado de su fe, el campesino es solo campesino. Pero al mundo eso no le interesa.

Teruel es sede episcopal y el obispo estaba en la ciudad cuando los republicanos la cercaron a fuego. Había también mujeres y niños, soldados y guardias civiles que no iban a librarse, pero la España de Franco solo por el obispo clamaba al cielo. Llegado el momento dijeron que los rojos lo fusilaron, pero un año después de la supuesta muerte del obispo de Teruel leí que los anarquistas se lo habían cargado antes de huir a Francia. Y como ni siquiera un obispo puede morir dos veces, está claro que los republicanos no fusilaron al obispo cuando conquistaron Teruel.

Cuando ocupábamos un pueblo y los señoritos salían de sus escondites pálidos y flácidos, y veía a los curas con las sotanas que les colgaban como si estuvieran colgadas de una percha de tan delgados que los dejaba la angustia, y a las mujeres de los ricos con ojos grandes en aquellos rostros afilados por el miedo, y a los señoritos y damas que paseaban como para asistir a una corrida en día de fiesta, y a los curas dispuestos a dar la última absolución a los republicanos que la desearan; cuando veía —como un día en Zaragoza— a la gente del Gran Hotel agolparse a las puertas y creía que se trataba de cosas de fiesta y por el contrario vi que salieron a ver desfilar a los prisioneros que iban a fusilar (un centenar de hombres atados con cuerdas de tres en tres, los moros vigilantes con los fusiles prontos, en la cabecera del desfile el oficial con la pistola de caño largo y un cura con la estola), y entre los prisioneros iban también unos chavales que caminaban a tropezones como sonámbulos y a quienes el paso seguro de los otros condenados arrastraba en aquella terrible marcha; cuando veía estas cosas, me daba acre consuelo pensar que los republicanos pudieran volver (solo unas horas). Y por cierto tengo que si me hubiera encontrado en el bando republicano y hubiera visto una cordada tal de señoritos y curas llevados al paredón me hubiera asustado, pero era diferente ver gente como yo, hombres que habían dejado el pico y el arado para hacer su guerra, ser llevados a morir así. Y por eso creía que había algo de justicia en el hecho de que los republicanos conquistasen Teruel, que sorprendieran allí a hombres que se creían virtuosos y seguros, burgueses y guardias civiles que se desfogaron cruelmente con la gente del pueblo.

Una guerra civil no es estúpida como una guerra entre países, los italianos en guerra contra los ingleses o los alemanes contra los rusos, y yo, azufrero siciliano, me cargo al minero inglés y el campesino ruso dispara al campesino alemán; una guerra civil es un hecho más lógico: un hombre se pone a disparar por las personas y las cosas que ama y las que quiere, y dispara contra las personas que odia, y nadie se equivoca a la hora de decidir de qué parte estar, solo los que gritan «paz» se equivocan. Y creo que a Mussolini, entre todas las culpas que tiene, la de haber mandado miles de italianos pobres a luchar contra los españoles pobres no le será perdonada. Una guerra civil, a pesar de las atrocidades, es una especie de «hora de la verdad», como llaman los españoles al momento culminante de la corrida. El pueblo, por ejemplo, llama «esbirros» con desprecio a los que con su trabajo aseguran la seguridad pública, a los que son el brazo de la ley; injusto, pues, e incívico, parece el desprecio del pueblo, más si se sabe que del pueblo viene el esbirro. Pero una guerra civil enseña enseguida qué es un esbirro y por qué lo desprecia el pueblo. Me he preguntado a menudo qué razones tenían los guardias civiles para ponerse del lado de Franco: traicionaban el juramento de fidelidad a la República y traicionaban al pueblo del que eran hijos. No se puede pensar que estuvieran con Franco obligados por las circunstancias, por miedo a los oficiales o solo por obediencia, porque de la República desertaban arriesgando la vida, de uno en uno o en grupos. La única razón era esta: eran esbirros con toda la prepotencia y maldad que el pueblo atribuye a los esbirros, y sabían que en la España de Franco podrían seguir siendo esbirros, dar miedo, de escoria humana que eran alzarse ante el pueblo con vibrante autoridad. Los españoles dicen «dicho sea con respeto» cuando tienen que mentar a la Guardia Civil, tal y como hacen los campesinos sicilianos cuando deben nombrar ciertas partes del cuerpo o cosas inmundas; no todos los españoles, está claro.

En Teruel tocaban a muerto por muchos guardias civiles (dicho sea con respeto). En su honor hay que decir que no eran cobardes en la batalla, también ellos sabían combatir y morir. Por lo demás, en toda la guerra de España no vi un español que tuviera miedo a la muerte: cuando caían prisioneros, esperaban su suerte con indiferencia, alguno incluso con compasión nos miraba. Los más jóvenes —había muchos chavales en aquella guerra— se veía que habrían llorado si hubiesen estado solos, pero de la entereza de los mayores copiaban el puntillo. Ventura decía que el pueblo español es el que más dignidad muestra ante la muerte.

Cuando un gran ejército es lanzado a la ofensiva como lo fue el republicano contra Teruel, el ejército enemigo que le sigue los flancos no puede hacer mucho para detenerlo, a no ser que resistan mucho aquellas fuerzas contra las que se ha dirigido la ofensiva. Nada sé del arte de la guerra y hago esta afirmación basada solamente en la experiencia de Teruel, porque nosotros estábamos (es una forma de hablar) por los costillares de la división de Líster como un perro corre al lado de un coche: el coche acelera y el perro ve que no puede seguirlo y se para jadeante en el arcén. En poco menos de una semana, los republicanos tomaron Teruel e hizo falta una semana para que nosotros pudiéramos atacar seriamente a Líster.

Creía que España no podía ofrecer, en cuestiones de nieve y viento, más de cuanto nos había regalado en Guadalajara. Pero en Teruel fue peor: tuve la sensación de ser de cristal y que el viento me cortase con puntas de diamante, incluso las imágenes que retenían las pupilas parecían abrirse como telarañas, como si fueran una lámina de cristal a la que hubieran disparado un proyectil invisible. Quizá eran las imágenes que provocaba el silbar —semejante al que hacen los cristaleros cuando cortan el cristal— del viento que no amainaba nunca, y del vítreo romperse de la nieve al pisarla, y del punzante lagrimar de los ojos.

Pasé en Concud, que Líster defendía como un mastín, la Navidad más atroz de mi vida: todos esos recuerdos de paz y de casa, la misa del gallo, jugar al siete y medio alrededor del brasero, el olor del capón que hervía en el hogar, el color de las naranjas sobre el mantel blanco, contrastaban con la realidad de la guerra. Nuestra fiesta fue, en un establo medio hundido por los cañonazos, un vino áspero que todavía sabía a mosto y un par de cajetillas de cigarrillos americanos. Uno se veía reflejado en el de al lado, la barba larga, los ojos húmedos, la manta sobre los hombros. Éramos imágenes que hacían pensar más en refugiados que en soldados; y un poco prisioneros nos sentíamos, y no solo porque los rojos avanzaban y de un momento a otro podíamos acabar en sus manos. Nos sentíamos como prisioneros por aquella guerra que nos hacían guerrear, tanto aquellos de nosotros que sabíamos porque queríamos saber como aquellos que no sabían porque no querían saber. En suma, no era nuestra guerra, y había quien pensaba «si combatiéramos contra Franco sería una buena guerra» y quien pensaba, por el contrario, que la guerra era una sarna que los españoles deberían rascarse ellos solos. Me di cuenta aquella noche de que, en cada uno de los soldados, la guerra provocaba pensamientos que, de un modo o de otro, desvelaban la cara del fascismo: para la mayoría era la imagen de la locura, la locura de un hombre que aconsejado por bellacos y bufones guiaba el destino de millones de italianos y que quién sabe a qué descalabro los llevaba.

La Navidad y el vino suscitaban rigor lógico en Ventura. Que había ligazón, decía, entre la locura de Mussolini y la de millones de personas que en ese instante iban a misa para celebrar el nacimiento del Niño Jesús, y esta ligazón dependía de los listillos, que estiraban del hilo y hacían estallar la guerra en España.

—Jesús nació —decía— en un establo como este. Llegan los espabilados y alrededor colocan columnas de oro, y un tejado también de oro por encima y hacen una iglesia. Y luego, al lado de la iglesia, se construyen los palacios; una ciudad construyen, la ciudad de los listillos. Viene el campesino del pueblo y ve lo que reluce la ciudad y dice «me gustaría quedarme», y los listos lo llevan a la iglesia, le enseñan el establo y le dicen «¿tú que tienes un establo como este quieres venir a vivir a la ciudad? Mira dónde quiso nacer Jesús para ser semejante a ti, no lo desprecies queriendo abandonar tu establo». El pueblerino vuelve al establo y le da vueltas a la cosa y piensa «y si Jesús quiso nacer en un establo, quizá quiso decir que no es justo que los hombres vivan en los establos» y va a los palacios y dice «arreglemos este asunto, que me parece que no va como quería Dios». Los listillos se enfadan, dicen «si de verdad quieres que arreglemos este asunto te contentamos de inmediato», y llaman a Mussolini…

—Y Mussolini empieza a arreglar el asunto a golpe de porras —interrumpe uno de Palermo.

—Sí, así. Recuerdo que un día, tendría yo diez años, mi padre volvió a casa con un corte en la cara y se pasó todo el día vomitando, casi se muere de tanto aceite de ricino como le dieron. «Quería arreglar el asunto con uno que decía que habría que colgar a los ferroviarios que hacen huelga», dijo mi padre, «y el tipo va y llama a unos camaradas del Fascio que me han dado para el pelo». Y es así, apenas uno quiere arreglar un asunto te llegan las hostias.

—Dejemos estar esta historia —dijo el sargento, un napolitano que tenía una recua de hijos, y mujer y suegros que mantener, todo el batallón sabía de sus problemas—, dejemos este asunto, que es Navidad, es fiesta familiar. En Navidad y Pascua con los tuyos has de estar; pensemos en nuestras familias.

—¿Y en qué quieres pensar? —bromeó uno—. A estas horas, tus suegros están de fiesta, quizá brindan «por aquel cretino que se ha ido a la guerra para poder comer».

—Tú no conoces a mis suegros —dijo el sargento—. Tú bromeas y dices eso para que me cabree, pero esos piensan de verdad así, piensan lo que tú dices. Si muero mañana esos pierden incluso la pedrea… Por favor, no me lo recordéis.

—Pues no lo pienses —dijo Ventura—. Piensa mejor en Mussolini, ¿qué le dirías a Mussolini si lo vieras aparecer por este establo?

—Le diría: «Duce, tú eres todos nosotros».

—Y Mussolini te diría: «Bravo, trabaja en esta pequeña guerra que yo mientras tanto te preparo otra, quizá más grande».

—Mussolini siempre en la guerra piensa —dijo uno de Catania.

—Viva nuestro Duce —dijo el napolitano—, reconoced en el Duce al fundador del Imperio.

El 28 de diciembre atacamos a Líster con una gran ofensiva. La ofensiva se rompió contra las posiciones de Líster como se rompe una tinaja si la tiras contra la pared, pero nos dijeron que en el flanco opuesto los republicanos cedían. Los periodistas, que revoloteaban con los prismáticos dirigidos hacia Teruel, empezaron a escribir que Franco la había reconquistado. La guerra de España me enseñó a no creer a los periodistas, que es un oficio que se parece al de los feriantes, una rocalla te la venden como jardín y un caballo de matadero como si fuera el de Astolfo. Reconquistamos Teruel a finales de enero de 1938, no sé exactamente qué día, pero es cierto que los republicanos resistieron hasta el 18 de enero y que poco después dejé el frente de Teruel y la guerra española para siempre.

A principios de enero, Ventura supo que había llegado al frente la brigada americana: nada me dijo de la intención de desertar, solo la noticia de que los americanos estaban por allí, me dijo, y yo no hice preguntas. La última vez que lo vi fue el 15, nos arrastrábamos por un escarpado, anochecía y en el aire, sobre nuestras cabezas, explotaban como las chispas que salen de la piedra del amolador las balas de una ametralladora, eran balas especiales. Ventura me dijo «no te matan, pero vigila los ojos», estaba a mi lado, un segundo después ya no estaba, y no lo volví a ver. El día anterior sucedió algo que hizo crecer la admiración que sentía por él. Llevamos a cabo lo que se dice una pequeña acción de asentamiento, y mientras estábamos entre árboles que los cañonazos habían dejado mondos y el cielo nos mandaba una nevada espesa, un soldado republicano apareció como un fantasma, llevaba el fusil a la espalda y con las manos en alto decía «fascista, fascista» con la cara abierta por una sonrisa ansiosa. El mayor B. disparó, en la cara del soldado la sonrisa se cerró como una cremallera, con los ojos de quien encima de una escalera pone el pie en falso, cayó sobre las rodillas. El mayor B. era buen tirador, disparó dos veces con la mano izquierda apoyada sobre la pistola como Tom Mix; es cierto que el rojo estaba a dos pasos. La escena la vivimos como tras el *flash* de una fotografía: durante unos segundos miramos sin ver ni entender, del mismo modo que una cámara de fotos es solo un ojo que recoge imágenes. Cuando levantamos la vista de aquel cuerpo boca abajo sobre la nieve, nos miramos a la cara y al teniente siciliano, aquel que me resultaba simpático, le temblaban las rodillas como hacía un momento al soldado rojo bajo los disparos del mayor; en la cara se le leía miedo y disgusto. El mayor se dio cuenta y lo fulminó con la mirada; el teniente se repuso y miró hacia el cielo para inundarse la cara de nieve. «No podemos permitirnos el lujo de hacer prisioneros», dijo el mayor; pero el temblor del teniente lo había puesto nervioso, se veía.

Dos horas después, una patrulla volvió con dos prisioneros y pensé «ahora el mayor va y les dispara», pero el mayor preguntó si habían sido capturados con las armas en mano; que Franco había prometido, ya en tiempos de lo de Guadalajara, respetar la vida de los rojos capturados desarmados. Sin embargo, estos dos estaban armados cuando cayeron prisioneros. El mayor buscó con la mirada al teniente, le clavó los ojos como para decirle que lo hacía por su bien y que debía acostumbrarse a ciertas cosas, le ordenó que se alejara con los prisioneros, que los liquidara y que los enterrara lo mejor que supiera. El teniente, por un momento, se vio al borde del furor, luego dijo «a sus órdenes», llamó a cuatro de nosotros, los que tenía más cerca, y con los prisioneros delante nos alejamos. Ventura no había sido llamado, pero vino con nosotros. Llevábamos dentro tanto miedo los seis italianos que nos aviábamos por allí como los dos prisioneros: eran dos chavales, sabían que iban a morir y oíamos ese llanto silencioso de los niños cuando están cansados de llorar a gritos y sollozan en silencio. Con la pistola en la mano, el teniente temblaba de pies a cabeza y gotas de sudor como lágrimas le bajaban la cara; nos miraba con ojos perdidos y miraba a los prisioneros. A un centenar de metros se detuvo y dijo «aquí». Nos paramos y también los prisioneros se pararon. Uno de ellos preguntó «¿qué hora es?». Ventura miró el reloj y dijo «las once y cinco» y luego añadió «más adelante» y dijo al teniente «más allá» y el teniente obedeció y nos pusimos en marcha.

Ventura les dijo a los prisioneros «calma, nada que temer» y los prisioneros, sin comprender qué quería decir, con ojos de animales que sufren lo indecible, lo miraron.

—Alto —dijo Ventura.

Estábamos tras una colina con encinas cubiertas de nieve, y Ventura y el teniente se miraron a los ojos, luego Ventura se dirigió a los prisioneros y dijo «con cuidado, a la izquierda», y con la mano izquierda, hacia la izquierda, hizo señal de que podían irse.

Los prisioneros miraron con incredulidad mezclada con esperanza, pero no se movieron.

—A vuestras casas —dijo Ventura—, adiós.

Los chavales se miraron, habían entendido, echaron a correr hacia la izquierda volviéndose una y otra vez para mirarnos. Nosotros estábamos quietos como estatuas, ellos desaparecieron tras un seto. Ventura cogió la pistola del teniente y disparó cuatro tiros a la nieve, le devolvió la pistola y el teniente la metió mecánicamente en la cartuchera.

—Fumemos —dijo Ventura.

La mañana siguiente, Ventura desapareció; lo dieron por muerto, siempre hay alguien dispuesto a decir «yo lo vi caer», pero lo busqué entre los muertos, uno por uno, y no lo encontré. Quizá esté muerto de verdad o cayese prisionero, o haya conseguido encontrarse con la Decimoquinta Brigada, la de los americanos, pero yo he preguntado a todos los americanos de Sicilia que he conocido después y nadie me ha sabido dar razón de Ventura. Espero que esté vivo, con sus parientes del Bronx, que se haya hecho gánster o venda cervezas y helados (como se prometía a sí mismo y me prometía a mí), deseo que esté vivo y sea feliz.

El 18 de enero lanzamos otra gran ofensiva. Tras el primer avance, nos detuvimos (detrás de unos árboles) por culpa de una ametralladora que nos disparaba con precisión con aquellas balas explosivas. Estaba detrás de un tronco y, como dicen que hace el avestruz que mete la cabeza en la arena y cree así haber encontrado refugio, con la cabeza a resguardo pensaba que la ametralladora no podría alcanzarme. Estaba cuerpo a tierra y saqué la mano izquierda, que se me había dormido, fuera del resguardo: fue como si el aire que rodeaba la mano se hubiera vuelto agua hirviendo de golpe. Lo que se siente al ver de repente una mano sangrar, una mano que no es una mano, es como ser expulsado de ti mismo, como sucede en los trucos de las películas cuando una persona se mira en un espejo y el reflejo se mueve, aunque él se esté quieto.

Me arrastré detrás de nuestras líneas, los dedos que ya no tenía me ardían de dolor, por la curiosa sensación de que todavía los tuviera y me dolieran. En la enfermería, el médico hizo su trabajo y ya no sentí nada, quizá me desmayé unos instantes.

A los cuatro días, estaba en el hospital de Valladolid; la guerra de España se había acabado para mí.

La guerra de España se había acabado para mí: la nieve, el viento, el sol de España, los días de trinchera y los asaltos a las trincheras, a las masías, a las aldeas; las batallas (la de la carretera de Francia y la del Ebro), la angustiosa imagen de los prisioneros, las mujeres de los fusilados —vestidas de negro y con los ojos como pasas— y las mujeres de los hoteles de lujo y las prostitutas, todo esto se había acabado para mí. No volví a ver al mayor B., ni a los oficiales del tercio, ni a la Guardia Civil, ni a los moros ni a los navarros con sus corazonesdejesús ni todas las banderas de aquella guerra; tampoco la esperanza, el odio y la muerte que inventaban las banderas y las ondeaban en el cielo español como un barco rebosa de banderas en los días de fiesta. Pero dentro de mí, en la mente y en la sangre, la guerra de España seguía viva; en todos los instantes de mi vida iba a estar presente aquella experiencia, pues en aquella experiencia se hundían las raíces de mi vida, se movían oscuras en aquel oscuro humus. El brazo izquierdo me quedó como una rama seca mientras las raíces de la vida crecían.

La imagen del árbol la tomo de un sueño que tuve en el hospital de Valladolid; me parecía estar desnudo como en la visita el día del reclutamiento, un hombre sin rostro me tocaba con las manos heladas y hablaba para sus adentros, de sus palabras parecía entender que me consideraba un árbol. Quería decirle que era un hombre, pero no podía hablar, sentía que las palabras me explotaban en la garganta como pompas de jabón. El hombre me tocaba la mano izquierda, que en el sueño aparecía intacta, y decía «hay que cortar, está seca, el árbol tendrá ramas nuevas, las raíces...», y yo sin voz gritaba que la mano no estaba seca, que era una mano y no una rama, pero todo se difuminaba y en la oscuridad oía solo el chasquido de las tijeras de podar. Soñé muchas veces, los días que estuve en el hospital, que tenía la mano intacta, y sucedía siempre que algo me caía encima y me la aplastaba o que alguien me la arrancaba o me la cortaba; el dolor me despertaba entonces.

No sufría mucho por la mano que me faltaba. Sufrí un poco cuando me quitaron el vendaje, que bajo las vendas, no sé, era como si la mano estuviera todavía. El muñón al descubierto, que por el color y la forma parecía una salchicha fresca en la parte por la que se ata para colgarla, me desesperó los primeros días; de desesperación sudaba al vestirme y al desnudarme, con los botones y las correas y las vendas, y cuando encendía un cigarrillo. Pasados unos meses ya no me daba cuenta, como si hubiera nacido con una mano solo, excepto en el momento de encender un cigarrillo, que todavía me desespero.

La guerra me marcó el cuerpo con una condena. Pero cuando un hombre es consciente de su dignidad, podéis podarlo hasta dejarlo como un tocón, desgarrarlo, que será siempre la mayor creación divina. Cuando llegan tropas de refresco al frente, los generales y los periodistas dicen «han recibido su bautismo de fuego», una de las muchas frases solemnes y estúpidas que se suelen decir ante la bestialidad de las guerras, pero de la guerra de España, del fuego de la guerra de España, yo creo haber recibido de verdad el bautismo: una marca de liberación en el corazón, de conocimiento, de justicia.

En Valladolid, las horas que pasaba fuera del hospital me iba a pasear solo por la calle Santiago y a desmadejar ideas; me sentaba en el café Cantábrico y pensando volaban las horas. A veces, los pensamientos se me liaban como en un ovillo, Dios y la religión lo mezclaban todo y no conseguía encontrar la punta del hilo y deshacer la madeja. Entraba en el colegio de San Gregorio, en el claustro, y los pensamientos se me aclaraban, se alzaban sobre las palabras, la piedra y la luz hechas armonía por la mano del hombre, y la piedra no era aquella de la sierra, y la luz no era la que golpeaba cruda los campos de Castilla, y yo venía de un mundo en el que el corazón del hombre era como la piedra de la montaña y la luz se comía la cara de los muertos, y descubría que el hombre con el corazón vivo, por la paz de su corazón, puede conjugar en armonía la piedra y la luz, elevarlo todo y ordenarlo por encima de sí mismo.

También la fachada de San Gregorio me dejaba encantado, llena estaba con todos los símbolos de la historia de España. Aunque yo no supiera mucho de la historia de España, la historia y la belleza de España me parecía verlas reflejadas allí. Valladolid es una ciudad hermosa y con historia, me hubiera quedado para siempre; me gustan las ciudades pequeñas y antiguas, espero acabar mis días en una ciudad como Valladolid, como Siena; en una ciudad en la que el pasado del hombre está en las piedras. Pero la guerra había acabado para mí: gracias a la «fidelidad y honor» con los que serví, a la mano perdida, se agolparon los sellos del puesto de mando y permisos para embarcar. España fue una postrera señal nocturna de tierras y casas, como si se hubiera convertido en tierra de paz en aquella noche de febrero. Mientras el barco se alejaba, un soldado cantó con ironía *«quando la Spagna dorme nelle sue notti limpide e serene»,* que era una canción de unos años atrás, una de aquellas canciones que provocan mal de ojo (lo digo por decir, que yo no creo, pero es curioso que en aquellos años empezaran los problemas en los países en los que las canciones empezaban a ser algo habitual, quizá fuera que las canciones le llenaban a Mussolini la cabeza de pájaros). En la oscuridad, con rabia, alguien gritó «cállate».

Parientes y amigos venían a rendir pleitesía. Demostraban un poco de aflicción por eso de la mano que no tenía, opinaban sobre el porvenir de jubilado que me esperaba, descubrían que en el fondo habría que dar gracias a Dios porque podría haber sido peor. Y luego preguntaban: «España, ¿cómo es?», como si hubiera ido en viaje de placer y solo por accidente hubiera perdido una mano.

—Terrible —respondía.

Y se sorprendían. Los toros, las guitarras, las mujeres tras las celosías, el olor a jazmín, las procesiones, España… ¿no era así?

No oí una sola guitarra, salí de los toros nada más ver el primero y las mujeres las vi solo borrachas en los bares, no misteriosas tras las celosías. Y vi otras mujeres ennegrecidas, negra masa de dolor, tras las puertas de los puestos de mando; pero no olí el nocturno olor del jazmín ni asistí a procesiones de oro e incienso.

—Pero ¿es hermosa España? —insistían.

—Es como Sicilia —decía—; cerca del mar es bellísima y rebosa de árboles y viñas, en el interior es árida, «tierra de pan» la llamamos aquí, y de pan escaso.

—¿Son pobres esos españoles?

—Los pobres son más pobres que los de aquí, y los ricos son tan ricos que dan miedo. Una noche de tren se necesita para atravesar las tierras de un duque, un feudo que no se acaba nunca.

—¡Con su pan se lo coman! —decían mis amigos, y añadían—: Aquí Mussolini va contra los feudales, dice que dividirá los feudos entre los campesinos. En la plaza han pegado carteles así de grandes donde han escrito «asaltemos los latifundios».

—En cambio, en España, nosotros luchamos contra los que quieren repartir los latifundios entre los agricultores.

—¿Combatimos para ayudar a los ricos, en España?

—Para ayudar a los ricos, a los curas y a los esbirros —respondía.

—¿Y cómo es posible? Por los curas y los esbirros puede ser, pero Mussolini a los ricos como puercos los tiene.

—Decir puede decir lo que quiera —decía yo—, pero ni tú ni yo veremos quitarle nada a los ricos mientras Mussolini viva.

Mi madre me oía hablar así y con los ojos y con los labios me decía que callara. Cuando estábamos solos me pedía prudencia, decía que le metía la angustia en el cuerpo cuando venía alguien y me ponía a hablar. Tío Pietro decía que no me reconocía, que me fui cuando apenas decía, una tras otra, cuatro palabras, y ahora hablaba como un abogado de causas perdidas; cosa de locos, decía, que tras haber perdido una mano en la guerra me empeñase ahora en que me mandaran al confinamiento. Mi mujer nada decía. La cartilla del banco, con las diez mil liras que había conseguido ahorrar, parecía compensarle todo: la guerra, la mano perdida, la repulsión que le provocaba el muñón o el sentirse tocada. Notaba cómo se estremecía, con escalofríos, cuando la tocaba. No hubo amor entre nosotros, en los pocos meses que estuvimos juntos hubo placer: fue suficiente aquella muñeca acabada en muñón (siempre frío como el hocico de un perro) para hacerle perder el deseo. Algunas flores, en cuanto las tocas, cambian de color y parecen agostadas. Era hermosa, la deseaba y el deseo me llegaba como una llamarada; pero apenas apagada, mi vida se vaciaba de su presencia, como una pizarra de la que las letras desaparecen apenas pasas el paño. Se había vuelto más hermosa, con un cuerpo más acabado, y con empeño fingía el momento del amor; cuanto más alejada estaba de mí, más fingía el deseo: era una buena esposa. O quizá en mí había crecido el desprecio hacia ella: me sentía diferente, con un cuerpo y una conciencia diferente, y en ella veía malicia y fingimiento, y la alegría cuando hablaba de la cartilla y de lo que se podría hacer con lo ahorrado yo lo condenaba como avaricia, mezquina alegría de mujer que solo el dinero ama. En cambio, era quizá la pobreza de la que salíamos la que hacía resplandeciente el dinero a sus ojos, y también mi madre por aquel dinero ahorrado, y por la pensión que me correspondía, veía ante sí un futuro sereno. A mí, aquel dinero me hacía sufrir: me veía como un sicario que ha acabado un trabajo atroz y ha sido recompensado, un Judas con sus treinta monedas. Recuerdo el momento, el único momento en toda la guerra, en el que me vino el frío placer de matar: los republicanos huían y yo con frío cálculo disparaba, apuntando un poco más allá del hombre que corría, y sentía la feroz alegría de ver caer a tierra a un hombre al que has disparado. No consigo saber el porqué, por qué en aquel momento apareció en mí con tanta violencia y lucidez juntas. La guerra es terrible, sobre todo, por esto, en un momento nos hace asesinos, nos desvela el placer de matar, tan violento como el deseo de poseer una mujer. Y por aquel momento que fui un asesino creía tener el dinero que había en la roja cartilla de ahorros. Quizá mi madre hubiera comprendido si le hubiera dicho que aquel dinero, ante mis ojos, en mi conciencia, era muestra de vergüenza, la de una guerra que no era la mía y contra gente como nosotros, la del momento en que fui un asesino. Habría comprendido, pero según ella todo se habría resuelto —para paz mía en esta tierra y en la vida eterna— si le hubiera explicado estos pensamientos al cura, arrodillado, y tras la ofrenda a la Virgen de una parte de aquel dinero. Esto de la religión me fastidia: que la gente lleva la conciencia a la lavandería como quien lleva una colcha sucia y, una vez limpia, se duerme con ella encima. Mi mujer ni siquiera este lavado de la conciencia entendía, tenía apetito y deseo de alegría: iba a la iglesia como otros hacen conjuros cuando ven un gato negro, una figura para repetir una y otra vez con el ganchillo era todo lo que llegaba a comprender y el máximo de la belleza para ella. La idea de tener un hijo con ella me espantaba.

En aquel tiempo, yo era como un niño al que le han regalado un juguete nuevo, un juguete complejo, y no lo abandona un segundo. Descubrí que pensar en mí mismo, en los otros y en las cosas del mundo era un juego que no se acababa nunca, como entrar en la cadena de los números infinitos. No es que tuviera conciencia del descubrimiento y por voluntad propia me lanzara a jugar, era un hecho natural, como el de una planta que muere en la maceta y que al trasplantarla al campo irrumpe en ramas y raíces. De niños, en la escuela, jugábamos a los números: cero después del uno, diez; otro cero y cien, y más ceros, uno detrás de otro, y escribíamos números que ni siquiera el maestro sabía leer, y aun así añadíamos ceros; así son los pensamientos. Y me sentía como un acróbata que camina sobre la sirga: mira el mundo con la alegría del vuelo y luego le da la vuelta, se da la vuelta, y ve bajo de sí la muerte; un hilo lo suspende sobre un vórtice de cabezas y de luces, el tambor que anuncia la muerte. En una palabra: sentí el furor de ver las cosas desde dentro, como si las personas, las cosas fuesen como un libro que se abre y se lee. También el libro es una cosa, lo puedes poner encima de la mesa y mirarlo apenas, incluso para apuntalar una mesa coja lo puedes usar, o para tirárselo a la cabeza a alguien, pero si lo abres y lo lees se convierte en todo un mundo. Por eso, ¿por qué las cosas no han de abrirse y ser leídas como si fueran un mundo?

Lo que más me dañaba y aislaba era la indiferencia de los demás ante las tremendas cosas que había visto y que España estaba viviendo. Me sentía como quien, en las fiestas de San Calogero o de la Asunción, va a un funeral. La gente está llena de alegría, la plaza rebosa de colorido y tú vas detrás del carro fúnebre, te toca cruzar una galería de felicidad y toda esa gente que se divierte y la fiesta te aumenta el rencor. Quizá le toque a todos los que vuelven del frente molestarse ante la indiferencia de los demás y encerrarse en sí mismos hasta que la vida de a diario, el trabajo, la familia y los amigos los reabsorban y asimilen, pero cuando uno vuelve de una guerra como la de España, con la certeza de que su casa la quemará el mismo fuego, no consigue hacer de la experiencia recuerdo y retomar el sueño de la rutina; es más, quiere que los demás estén despiertos, que los otros también sepan. Pero los otros querían seguir durmiendo.

Así de pobre, y en la pobreza cobarde, era mi pueblo, que con envidia todos me decían «has hecho dinero, ahora puedes vivir tranquilo», y hasta los ricos me lo decían. Si no hubiese perdido la mano hubiera vuelto a la azufrera, también España era la azufrera: el hombre explotado como un animal y el fuego de la muerte emboscado dispuesto a aparecer tras la primera tronera, el hombre con la blasfemia y el odio, la esperanza grácil como las espigas aún blancas del día de Viernes Santo dentro de la blasfemia y el odio. En cambio, manco como era, estaba obligado a ociar con las conversaciones de los viejos, con los mineros al acabar el turno, a los largos paseos en solitario. Con los viejos podía hablar todo lo que quisiese, pero me escuchaban como si les contara historias de los paladines de Francia, cosas lejanas, que la sangre era solo un color vivo como la pintura de los carros.

El secretario del Fascio me miraba como si hubiera ido a la guerra de su parte y en su nombre: estaba orgulloso de la mano que yo había perdido, nuestro pueblo aportaba a la balanza de la victoria el peso de mi mano. «Una página al valor hemos escrito», decía; era la frase que cerraba las razones que explicaban la medalla que me concedieron, pero las razones se las hizo escribir a un profesor. Con caligrafía llena de arabescos, encuadrada en acuarelas de fasces y banderas, la habían colgado enmarcada entre el diploma de miembro de la orden del Santo Sepulcro de un paisano y el retrato de otro que había caído en Abisinia. Fotografías de los caídos, diplomas y concesiones de medallas llenaban las paredes de la sede del Partido Fascista, a espaldas de la mesa «de trabajo» colgaba enmarcado un mandamiento del decálogo fascista —«servir a la patria es incluso vigilar un bidón de gasolina»—, y no sin razón el secretario dejaba a la vista este mandamiento. Mussolini estaba seguro de poder contar con él como vigilante del bidón, que la gasolina se vende bien. El secretario me mandaba llamar casi a diario, decía que la patria no olvida la deuda de gratitud que tiene con sus mejores hijos, y el secretario trabajaba para recordarle a la patria la deuda que conmigo tenía, quería que la patria me diera un trabajo adecuado, pues la patria tenía muchos hijos heroicos a los que recompensar y quizá tenía flaca memoria. El secretario quería que le explicase episodios de la guerra, era admirador del general Bergonzoli, apodado «barba eléctrica», como si Bergonzoli fuera un jugador de fútbol o un torero. Yo le contaba cosas de Bergonzoli que había leído en los periódicos, que aquella barba yo no la vi nunca, y luego le contaba las cosas más atroces que había visto, cosas como para cagarse en el fascismo. Se las contaba crudas crudas, sin añadir ni una nota de desdén; él escuchaba y el entusiasmo le aumentaba.

—Que sí —decía—, los villanos son mala gente —se refería a los campesinos—, si los tratas bien te muerden… Y también los azufreros, los hay como tú, pero a la mayoría hay que tratarlos a palos… Querían pillarse España, ¿eh? Pero el Duce acecha, a nuestro mar el comunismo no debe asomarse.

—A decir verdad —respondía yo—, comunistas en España hay pocos, la mayoría son anarquistas, republicanos y socialistas.

—Todos rojos, rojos son —decía el secretario—; esclavos de Moscú. Y los anarquistas son los más peligrosos de todos; fieras feroces son.

Me mandó llamar un día, la patria había respondido a su solicitud. Se había acordado de mí y me ofrecía el puesto de bedel en una escuela, pero los bedeles de la patria, o sea, los puestos de bedel de los que el Estado disponía, estaban en las ciudades con escuelas de educación superior e institutos; los bedeles de las escuelas infantiles no eran «estatales». Era necesario, el secretario lo sentía mucho, que me fuera a ocupar mi puesto a la ciudad, quizá en una ciudad cercana…

—No —dije—, es mejor en una ciudad lejana, lejos de Sicilia, una ciudad grande.

—¿Y por qué? —preguntó maravillado el secretario.

—Quiero ver cosas nuevas —dije.

Índice

Los tíos de Sicilia

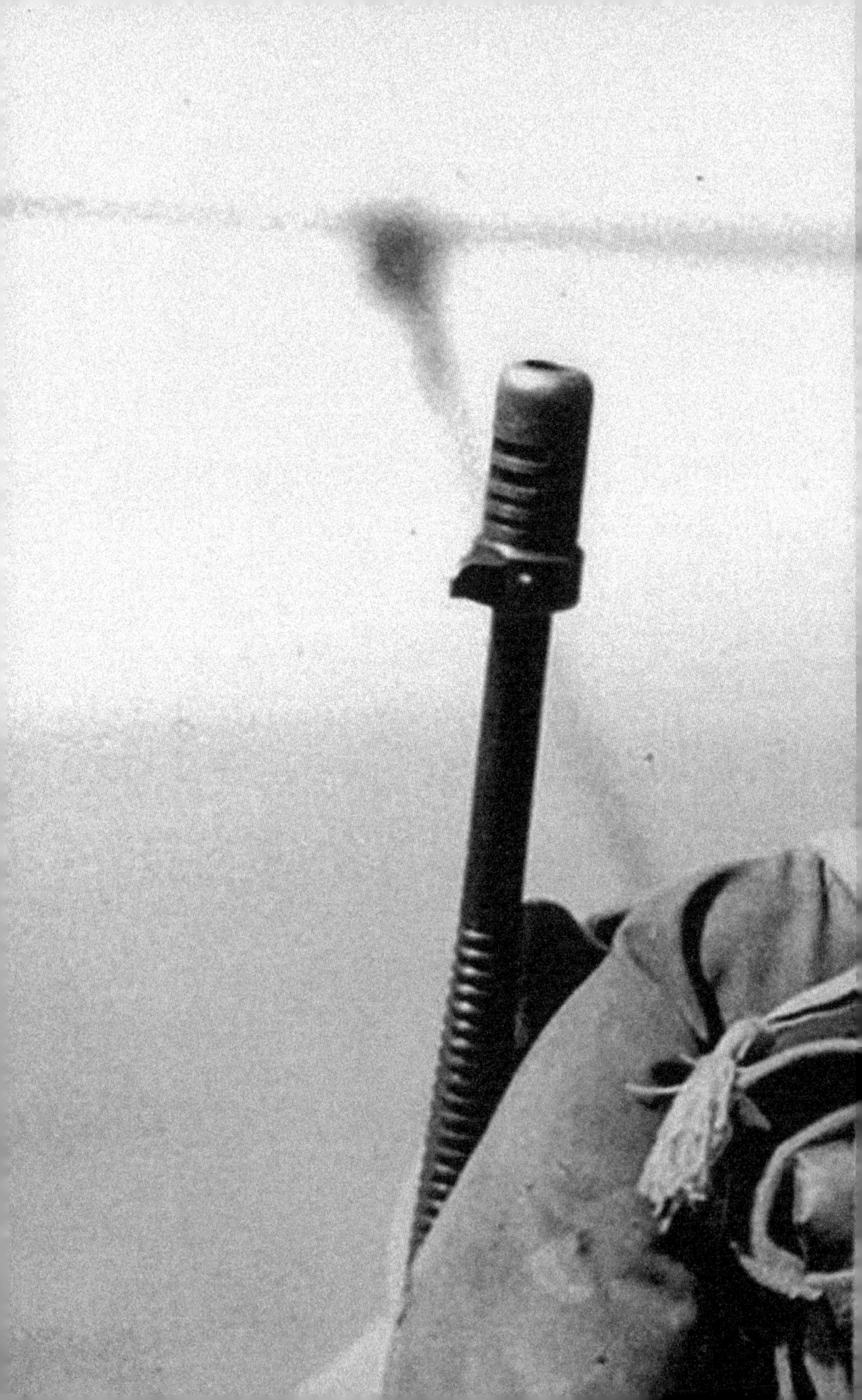

SOLDIER'S GUIDE
TO
SICILY

«E il naufragar m’è dolce in questo mare»